저니어스 게임

GENIUS: THE GAME

지니어스 게임

1판 1쇄 펴낸날 2020년 5월 15일
1판 3쇄 펴낸날 2021년 6월 10일

지은이 레오폴도 가우트 **옮긴이** 박우정
펴낸이 김민지 **펴낸곳** 미래M&B **책임편집** 황인석 **디자인** 서정민 **영업관리** 장동환, 김하연
등록 1993년 1월 8일(제10-772호) **주소** 서울시 마포구 동교로 134(서교동 464-41) 미진빌딩 2층
전화 02-562-1800(대표) **팩스** 02-562-1885(대표) **전자우편** mirae@miraemnb.com
홈페이지 www.miraeinbooks.com **블로그** blog.naver.com/miraeibooks **인스타그램** @mirae_inbooks

ISBN 978-89-8394-884-7 03840

* 잘못 만들어진 책은 구입처에서 바꾸어 드립니다.
* 미래인은 미래M&B가 만든 단행본 브랜드입니다.

지니어스 게임

레오폴도 가우트 지음 · 박우정 옮김

미래인

보낸 사람 : Rex_n_effex@lodge_revolution.com

제 목 : 환영합니다

알베르트 아인슈타인이 이런 말을 한 적이 있습니다.

"진정한 지성의 징표는 지식이 아니라 상상력이다."

아인슈타인의 말이 맞습니다. 제가 아는 사람들은 항상 창의력으로 앞서 나갔습니다. 나이 때문에 거리끼는 일도 없었지요. 테일러 윌슨은 열네 살 때 핵융합로를 만들었습니다. 말도 안 되죠?

저로 말하자면, 버튼 한 번만 누르면 실종자를 찾을 수 있는 컴퓨터 프로그램을 만들었습니다. 그리고 아직 스무 살이 되지 않았습니다.

사람들은 우리를 '특별'하다고 말하지만 우리는 여러분과 비슷한 사람들입니다. 영화를 보러 다니고, 부모님과 옥신각신하고, 누군가에게 홀딱 반하고, 스케이트보드를 더 잘 타길 바라는 아이들이죠. 다만 어쩌다 보니 우리는 흰 가운을 입은 사람들이 '유기적 컴퓨터'라고 이름 붙인 두뇌를 가지고 있습니다. 우리가 선택한 게 아니라는 거죠.

반전은, 우리가 예전에는 다른 모든 사람들이 외면했을 존재라는 겁니다. 20년 전이라면 제 친구들과 저는 잊혔을 겁니다. 제 경우에는 가난한 집안에서 태어났기 때문에, 그리고 제 친구들은 아무도 관심 없거나 모두가 싫어하는 지역 출신이니까요. 차이점은 지금 우리에겐 기술이 있다는 것이고, 기술이 우리를 자유롭게 해줍니다.

저한테 컴퓨터를 주면 당신이 요구하는 어떤 프로그램도 만들 수 있습니다. 제 친구 툰데한테 여분의 시계 부품들을 줘보세요. 멀쩡히 돌아가는 휴대폰을 만들어줄 겁니다. 그리고 제 친구 페인티드 울프한테 당신의 문제를 털어놓으면 어떤 문제라도 해결해줄 겁니다.

우리 부모님들이 자란 세상은 이제 과거가 되었습니다. 우리는 모든 옛 규칙들을 내다 버렸습니다. 우리는 미래를 만들고 있는 사람들이거든요. 우리는 창시자입니다. 우리에게 무제한의 대역폭과 허니 갈릭 치킨 윙을 던져주면 우리가 세상을 바로잡을 겁니다.

하지만 우리는 그 모든 멋진 일들을 조금 있다가 착수할 겁니다. 그냥 틈이 날 때 이 메일을 보내고 싶었습니다.

제 온라인 상태 메시지가 '필사적으로 달려라'인 이유가 있습니다.

문제는, 케이크를 굽기 위해서는 달걀 몇 개를 깨뜨려야 한다는 겁니다. 그런데 달걀 깨는 걸 엄청나게 싫어하는 사람들이 있습니다. 그중 몇몇은 지금 이 순간에도 테이저 건을 들고 전 세계에서 제 친구들과 저를 쫓고 있습니다. 솔직히 말하자면 그건 우리가 겪고 있는 문제의 극히 일부일 뿐입니다.

혁명은 이미 시작되었습니다. 우리에게 합류하신 걸 환영합니다.

달릴 준비 되셨나요?

그럼 또 만나요,

렉스 우에르타

고도로 발달한 기술은 마법과 구별하기 어렵다.

— 아서 C. 클라크, 『미래의 프로파일』(1961)

painted wolf,

프롤로그

실종

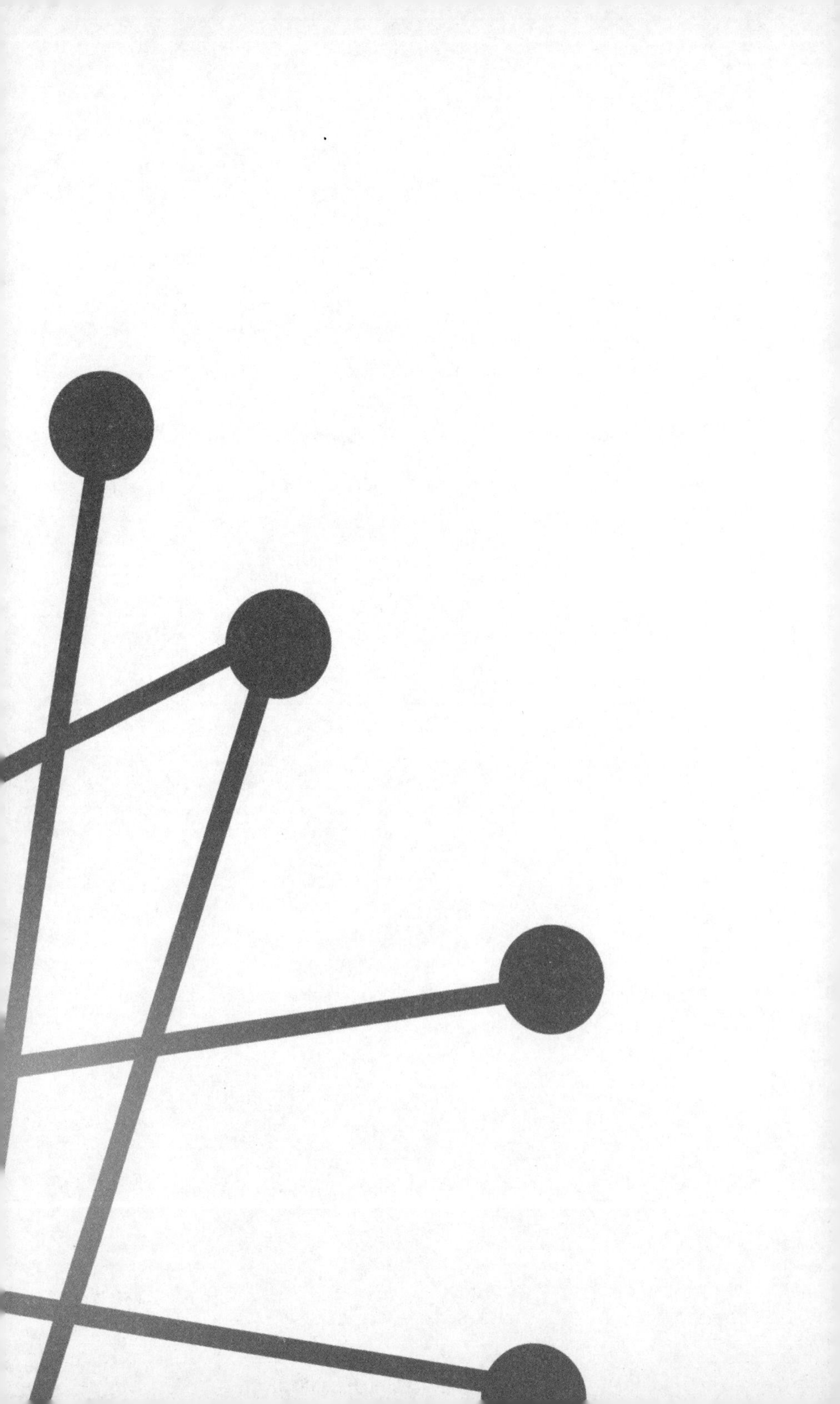

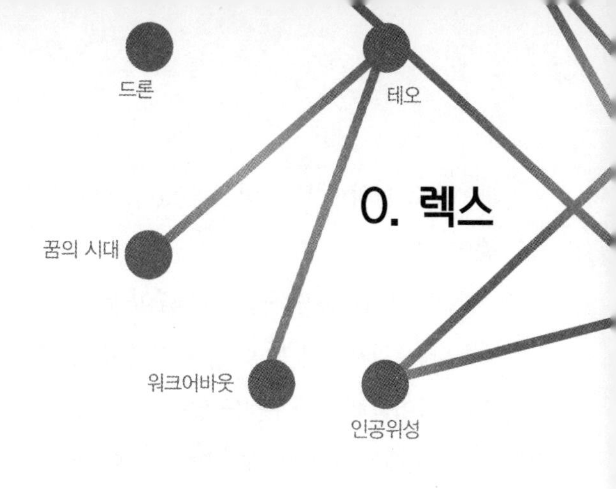

0. 렉스

테오 형이 사라진 날 밤은 여느 날과 다름없이 시작되었다.

몇 가지 과제를 마무리하려고 책상 앞에 앉아 끙끙대느라 녹초가 되기 일보 직전인데, 현관문이 열리는 소리가 났다. 현관문의 녹슨 경첩들이 금속판에 못을 긁을 때처럼 끼익 소리를 냈다. 엄마가 나한테 기름칠 좀 하라고 했지만 그러면 경첩 본연의 용도에 어긋난다. 경첩이란 모름지기 경보 장치니까.

그냥 끼익 소리만 났다면 하던 일을 멈추지 않았을 것이다.

우리 집에는 많은 사람이 드나들었다. 어떤 때는 아침도 먹기 전에 들이닥쳤다. 하지만 그때는 자정에 가까운 시간이라 온 동네가 잠에 빠져 있었다.

사위가 조용했다.

갑자기 섬뜩한 기분이 들었다.

나는 책상용 스탠드를 끄고 복도 아래 부모님의 침실 쪽을 살폈다. 엄마, 아빠는 이미 잠들어 있겠지. 아빠는 코를 골고,

테오 형의 방문은 닫혀 있었다. 형이 방문을 닫는 건 잠잘 때뿐이었다.

그럼 방금 현관문을 연 사람이 누구지?

나는 의자에서 몸을 뒤로 젖혀 집 앞쪽 모퉁이를 봤다. 하지만 어둑어둑해서 아무것도 알아볼 수 없었다.

이번에는 내 방을 훑어봤다. 눈이 어둠에 적응하자 대강의 형체가 분간이 갔다. 소파. 장식장 위의 텔레비전. 평소와 다른 건 없었다….

"보비 삼촌이에요?"

정적.

보비 삼촌(친삼촌은 아니다)은 가끔 잔뜩 술에 취해서 집에 찾아오곤 했다. 삼촌은 취하면 멕시코 민중가요인 '코리도'를 강한 미국인 억양으로 목청껏 불러댔다.

나는 내심 보비 삼촌이 멕시코인의 변종이라 생각했고, 삼촌은 자기 내면에 탈출을 갈구하는 멕시코인이 있다고 정말로 믿었다. 삼촌과 아빠를 연결시켜준 건 땅에 대한 이해였다. 두 분이 수백 종의 나무와 식물을 저마다의 '치유' 속성으로 구분하는 모습을 지켜보노라면 퍽 재미있었다.

아빠가 "유럽에선 옥수수에 곰팡이가 피면 전부 내다 버린다는 거 알아? 진짜야! 멕시코에선 위틀라코체(옥수수에 생기는 깜부기균으로, 멕시코에서 옛날부터 사용해온 식재료:옮긴이)를 캐비아 취급하는데 말이야!" 하고 말하면 보비 삼촌은 고개를 끄덕이며 맞장구를 쳤다.

문제는 보비 삼촌은 이렇게 밤늦게 온 적이 없다는 것이었다.

여기에 생각이 미치자 가슴이 조여들었다.

괜찮아. 괜찮아. 넌 할 수 있어. 아빠를 깨우기만 하면 돼.

나는 허둥지둥 손으로 책상 위를 휘저어 무기로 쓸 만한 뭔가를 찾았다. 스크루드라이버가 잡혔다. 너무 작지만 그 녀석 말고는 마땅한 게 없었다.

하나… 둘… 출발!

나는 의자에서 일어나 살금살금 거실로 들어갔다. 왼 주먹을 꼭 쥔 채, 여차하면 목청껏 고함을 지를 태세로.

범인은 테오 형이었다.

긴장이 풀리자 부아가 치밀었다.

“간 떨어질 뻔했잖아—”

형이 입술에 손가락을 갖다 대며 조용히 하라고 했다. 그리고 창밖을 내다보며 말했다.

“네 방에 들어가서 아침까지 그대로 있어. 나오지 말고.”

“그게 무슨 말이야? 왜?”

“난 떠나, 렉스. 엄마, 아빠가 모르셨으면 좋겠어.”

“어디로 가는데?”

“워크어바웃.”

“워크어바웃? 무슨 소리야? 얼마나 오래?”

“영원히.”

나는 “무슨 일인데?” 하고 물어야 했지만 그러지 못했다. 너무 놀라서 말문이 막혀버렸다.

형이 내 방으로 나를 데리고 가더니 침대 가장자리에 걸터앉아 얼굴을 찌푸렸다.

"엄마, 아빠를 걱정시키고 싶지 않아. 난 괜찮아. 괜찮을 거야."

"무슨 말인지 모르겠어. 왜 안 돌아오려는 거야?"

"뭔가 중요한 일이 다가오고 있고 내가 가서 그 일에 가담해야 해." 형이 내 눈을 똑바로 쳐다보며 말했다. "아우야, 세상이 변할 거란다. 난 사람들이 얼른 그 사실을 깨닫도록 알려주고 싶을 뿐이야. 잘 있어, 렉스."

"엄마, 아빠는 어떡하고?"

"나 대신 잘 돌봐드려."

형이 자리에서 일어섰다.

"기다려! 이해가 안 가. 대체 왜 그러는 거야?"

"그래야 하니까."

이 말을 남기고 형은 떠났다.

끼익 하고 문소리가 나더니 조용해졌다. 창밖을 내다봤지만 아무것도 보이지 않았다.

나는 기운이 빠지고 혼란스러웠다. 그리고 무서웠다.

겁이 나서 꼼짝도 할 수 없었다.

그 뒤 정신을 잃었던 모양이다.

0.1

다음 날 아침, 나는 테오 형이 정말로 사라졌다는 사실에 놀라지 않았다.

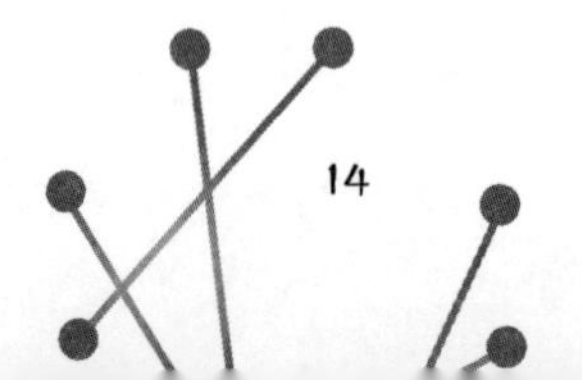

형의 실종은 고통을 안겨줬다. 칼에 찔린 듯한 깊은 고통. 형이 사라진 직후 우리 가족은 하루하루를 두려움과 걱정에 사로잡혀 어찌할 줄 몰라 허둥댔다. 만약 경찰에 실종 신고를 하면 부모님의 이민 상태가 알려질 테고, 그렇다고 신고하지 않으면 우리가 형 찾기를 어느 정도 포기한다는 뜻이니까.

우리는 이 문제를 놓고 계속 옥신각신했다. 시간은 초조히 흘러갔고, 마침내 우리는 경찰에 신고하기로 결정했다. 경찰이 조사를 벌였지만 테오 형은 단순 가출로 처리되었다. 그게 끝이었다. 캘리포니아 주의 이민법이 관대하긴 하지만 경찰에 다시 호소하면 안 된다는 것쯤은 우리도 알고 있었다.

인간의 적응력이라는 게 얼마나 놀라운지. 이런 고통을 겪고도 말이다.

괴로움이 망연자실로 바뀌더니 마침내 눈물이 되었다. 끼니 때마다 엄마는 식사하다 말고 울음을 참느라 아랫입술을 깨물며 침실로 향했다. 엄마가 만든 음식들은 죄다 밍밍했다. 마치 눈물이 엄마의 요리에서 맛을 씻어낸 것처럼. 엄마는 요리하는 걸 좋아하는 분이다. 집에서 몇 블록 떨어진 태국 요리 식당에서 일했고, 주말이면 우리 집 식탁 위에 찜쭘, 칠레스 엔 노가다, 파낭가이, 파파출레스 같은 음식들을 산더미처럼 쌓은 근사한 뷔페를 차리는 걸 즐겼다. 하지만 다 옛날 일이었다.

아빠와 나도 속상해서 식사를 제대로 할 수가 없었다. 그냥 식탁에 앉아 가만히 엄마의 울음소리를 듣고 있다가 아빠가 일어나 침실 문을 조심스레 노크했고, 저녁 내내 두 분은 모습을 보이지 않았다.

슬픔에는 일반적으로 몇 가지 단계가 있다.

첫 번째가 부정 단계다.

우리는 금방 벨이 울릴 거라 생각하며 전화기 주변에 모여 앉았다. 형이 전화를 걸 거야. 걱정시켜 미안하다면서 웃겠지. 곧 집에 갈 텐데, 자기가 한 끝내주는 모험을 하나도 안 빼먹고 다 말해주고 싶어 몸이 근질근질하다고 하겠지.

이 부정 단계는 곧 분노로 바뀌었다.

나는 형과 마지막으로 나눴던 대화들을 끊임없이 되새겨봤다. 좋은 얘기들은 아니었다. 형은 대학에서 정치적 동기의 해킹을 둘러싸고 맹렬한 논쟁을 벌이다가 결국 학교를 그만뒀다. 더 속상한 일은 핵티비스트(hacktivist. 인터넷을 통한 컴퓨터 해킹을 투쟁 수단으로 사용하는 행동주의자:옮긴이)와 무정부주의자 포럼에서 살다시피 하는 것이었다. 심지어 '터미널'에 가입하기까지 했다. 터미널은 다국적 기업들과 전체주의 정부들을 대상으로 화면 변조 공격과 서비스 거부 공격을 감행하는 급진적 해커 단체였다. 하지만 형은 그들이 힘없는 이들을 위해 싸운다면서 열렬히 옹호했다.

"그래봤자 나쁜 짓이야." 내가 이렇게 비난하자, 형은 "나쁘게 보이는 것뿐이야." 하고 대꾸했다.

하지만 형의 분노와 달리 우리의 분노는 흩어져 사라졌다. 우리는 형을 오래 미워할 수 없었다. 몇 달이 걸리긴 했지만 엄마, 아빠의 슬픔은 결국 멍한 체념으로 바뀌었다.

아빠는 직장에 복귀해 포도주 양조장의 지하 저장고에서 뼈 빠지게 일했다. 그리고 엄마는 형의 방에 제단을 차리고 형이 제일 싫어하는 사진을 올려놓았다. 사진 속의 형은 너무 말라 보였고 헤어스타일이 바보 같은 데다(형은 머리에 시간을 많이 투자했다) 삐딱한 미소를 짓고 있었다. 형이 얼마나 멋진 사람인지는 담지 못했지만 어떤 사람인지는 보여주는 사진이었다. 이런저런 요란한 모습들과 달리 형은 그냥 우리와 똑같은 사람, 사랑받길 바라고 소속되길 원하는 사람일 뿐이었다.

형이 사라진 지 8개월쯤 지나자 형의 이름이 머릿속에서 떠내려가기 시작했다. 제단에는 먼지가 쌓여갔다. 엄마와 아빠는 형이 영원히 떠났고 다시는 우리 곁에 돌아오지 않을 거라는 생각에 각자의 방식대로 익숙해졌다.

하지만 나는 아니었다.

물론 나도 똑같은 감정의 롤러코스터를 타긴 했다. 극심한 우울증이 빠르게 몰려들었다. 나를 거의 무너뜨릴 정도로. 하늘에서 달이 사라진 것 같은 깊은 공허감.

하지만 나는 포기하지 않았다. 형이 단서를 남겨뒀을 거라고 확신하며 형의 방을 샅샅이 뒤졌다. 형의 책들, 카펫, 카펫 아래, 책상, 갖가지 작은 장난감들까지 죄다 확인했다. 보푸라기를 살피고 빛을 측정했다. 심지어 침대 아래 떨어진 양말 한 짝부터 통풍구에 들어간 구슬 하나까지 방에 있는 모든 물건의 위치를 삼각측량 해서 서브그래프 매칭 프로그램을 돌려보기까지 했다.

다음 페이지의 그림이 형의 방을 나타낸 도해다.

하지만 어떤 시도를 해봐도, 어떤 테스트를 해봐도 결과는 똑같았다. 꽝.

어떤 단서도, 어떤 해결책도 찾지 못했다.

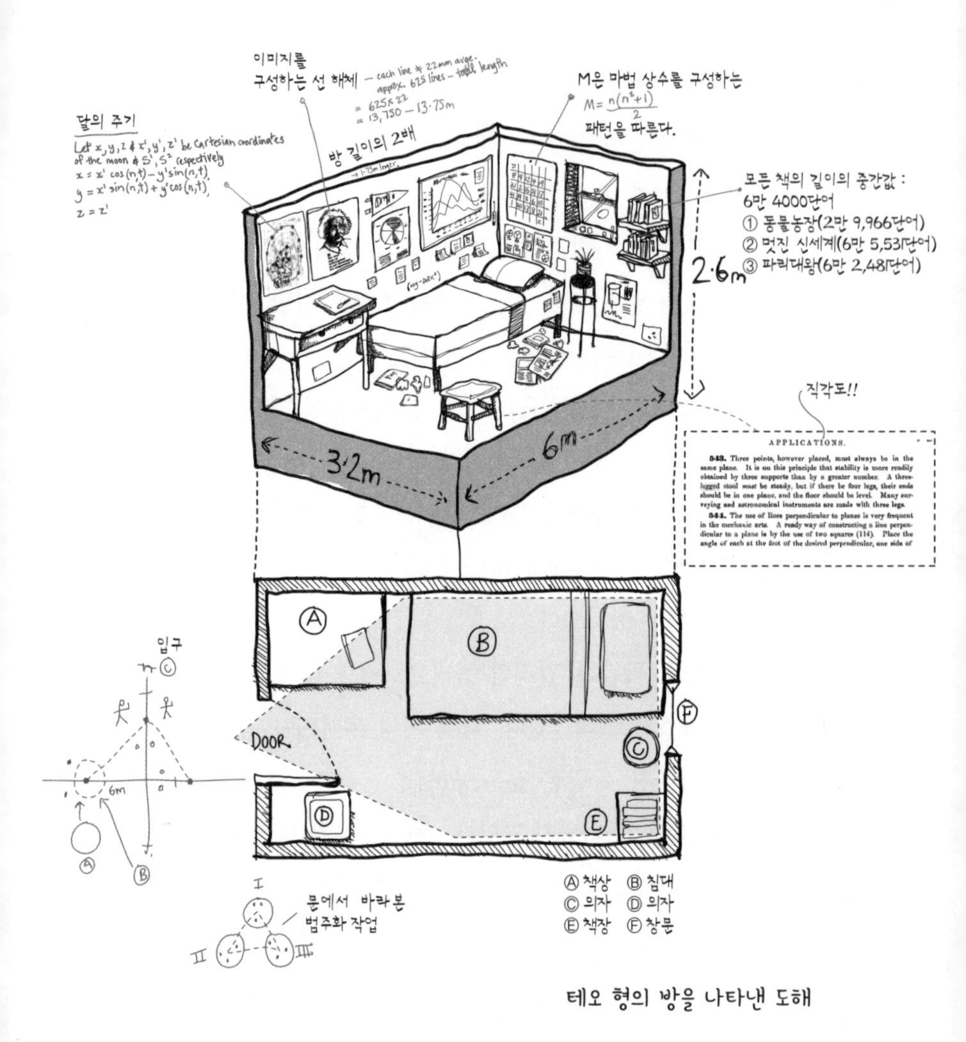

테오 형의 방을 나타낸 도해

내 세계가 더 어두워지고 가능성이 줄어든 것 같았다. 하지만 우리가 세운 모든 계획, 우리가 품은 모든 위대한 탐사와 발견의 꿈이 까마득히 멀고 유치하게 느껴지더라도 나는 포기하지 않았다. 모든 고통과 분노, 실망과 슬픔을 다 모아 무언가를 했다.

어느 날 나는 어떤 코드를 쓰기 시작하여 계속 매달렸다.

며칠, 몇 주가 지나갔다.

밥도 책상에서 먹었다. 커피 말고는 물 한 모금 마시지 않았다. 화장실에 가고 기운을 차리기 위해 잠깐 낮잠을 자는 것 외엔 한 번도 쉬지 않았다.

그리하여 두 달 뒤,

워크어바웃(WALKABOUT)이 탄생했다.

0.2

워크어바웃은 내가 그때까지 쓴 가장 복잡한 프로그램이었다.

코딩이 끔찍하게 복잡해서 나도 내가 그걸 어떻게 썼는지 모를 정도였다. 게다가 너무 미친 코딩이어서 양자역학 수준에서 작동하는 양자컴퓨터에서만 효과적으로 돌릴 수 있다. 우리 책상 위의 랩톱컴퓨터보다 100억 배 더 빠른 컴퓨터를 일상생활에서 만나기란 거의 불가능하다.

워크어바웃은 정말 신비로운 프로그램이다.

인정한다, 내가 약간 과장을 하고 있다는 걸. 하지만 아주 약간일 뿐이다.

오스트레일리아 원주민 문화에서 워크어바웃은 젊은 남성이 야생의 오지로 가서 6개월 동안 혼자 살아남는 의식을 말한다.

하나의 통과의례.

일상으로부터의 탈피, 휴식이다. 깊은 생각에 잠기고, 삶에서 성취하기 위해 노력하고 싶은 것과 자신이 되고 싶은 것을 찾는 시간이다.

또 '꿈의 시대'라고 불리는 영적인 경지로 넘어갈 수 있는 성스러운 기회이기도 하다. 꿈의 시대에서는 과거, 현재, 미래가 겹쳐진다. 조상들을 만날 수 있고 그들을 통해 삶의 모든 질문에 대한 답을 찾을 수 있다.

형은 떠날 때 워크어바웃을 간다고 했다.

나는 형을 찾기 위해 꿈의 시대의 디지털 버전을 이용할 작정이다.

이 프로그램에 깔린 개념은 단순하다. 당신은 매일, 매시간 카메라에 포착된다는 것이다. 당신 방의 한구석에 카메라 렌즈가 설치돼 있지 않다 해도 말이다.

당신이 무심코 지나치는 주유소의 지붕에도, 가게에도 카메라가 붙어 있다.

쇼핑몰, 공항, 기차역에도 카메라가 있다.

휴대폰에도, 컴퓨터에도 있다.

심지어 하늘에도 있다. 위성과 드론이.

깊은 숲속이나 바다 밑바닥에 살지 않는 한 누군가가, 아니 아마도 많은 사람들이 당신을 지켜보고 있다. 젠장, 깊은 숲속이나 바다 밑바닥에 산다 해도 누군가 간절히 원하기만 한다면 당신을 발견할 수 있다.

어떻게 생각하는가? 수많은 사람, 수많은 프로그램이 그렇게 감시의 눈길을 보내고 있다. 당신이 가는 곳, 보는 것, 해온 일, 그리고 더 중요하게는 '앞으로 할 일'까지 보고 있다. 예측 분석.

디지털 예측. 전자식 예언자. 친구들이여, 지금은 21세기다. 당연히 당신은 추적당하고 있다.

여기에서 멋진 반전! 워크어바웃이 그런 일을 하는 건 아니다.

물론 워크어바웃은 주요 고속도로들을 달리고, 슬쩍 훔쳐보며 감시를 한다.

하지만 기술은 물건이 아니다.

기술은 데이터다.

누군가를 찾고 싶은가? 위치를 추적하고 지도를 살피느라 골머리 썩일 필요가 없다.

그 사람이 구입한 물건들을 살펴보라.

그 사람이 먹은 음식들을 살펴보라.

우리는 소비 지상주의 세상에 살고 있는 소비자들이다. 여러 개의 브랜드, 여러 개의 상품을 지나치지 않고는 욕실에 들어갈 수 없다.

믿기 어려우면 가서 실험해보길.

구입한 상품들과 하나도 만나지 않고 열다섯 발 걸어가려고 시도해보라. 깊은 숲속에 살지 않는 이상 성공하지 못할 것이다.

우리는 모두 상품의 흔적, 추적할 수 있는 경로를 남긴다.

그런데 테오 형을 찾을 때 어려운 점은 형이 어디에 있건 자기가 추적되길 원치 않는다는 데 있었다. 형은 자기가 데이터 흔적을 남기고 있다는 사실을 알기에 그걸 감추려 애쓸 것이다. 자신의 디지털 지문을 지우려고 애쓸 것이다. 하지만 형이 동굴에서 원시인처럼 생활하지 않는 한, 적어도 몇 개의 흔적은 남아 있을 것이다.

테오 형이 가장 좋아하는 것들 :

록 밴드 : M83, 노진자, 그라임스, 제시 웨어, 블러드 오렌지, 크리스털 캐슬, 트러스트, 마인드.인.어.박스, 프랭크 오션, 데스 그립스

브랜드/제품 : 프레드 페리, 자이스, 밴드 오브 아웃사이더스, 오큘러스 리프트, 3D 로보틱스, 애플, 터치우드

책 : 〈디지털로 가능한 사회 변화〉(제니퍼 얼, 카트리나 킴포트), 〈스노 크래시〉(닐 스티븐슨), 〈원더풀 라이프〉(스티븐 제이 굴드), 〈이런 어둠〉(제임스 앨프리드 아호), 〈언론 자유의 아이러니〉(오웬 M. 피스), 〈시너스〉(팻 캐디건)

워크어바웃은 바로 이런 것들을 찾아낼 것이다.

일단 워크어바웃을 돌리기만 하면 테오 형을 찾은 것이나 마찬가지다.

문제는 이 프로그램을 제대로 돌리려면 양자컴퓨터가 필요한데, 작동하는 양자컴퓨터가 세상에 여섯 대밖에 없다는 사실이다. 워크어바웃을 사용해 테오 형을 찾으려면 모스크바나 파리, 토론토, 부에노스아이레스, 시드니, 보스턴에 가야 한다.

그중 어디도 이곳 산타크루스와 가깝지 않다.

그리고 그중 어느 곳도 온라인에서 해킹이 불가능하다.

나는 굳게 마음먹었다.

나는 양자컴퓨터를 써야 한다.

하지만 대체 어떻게?

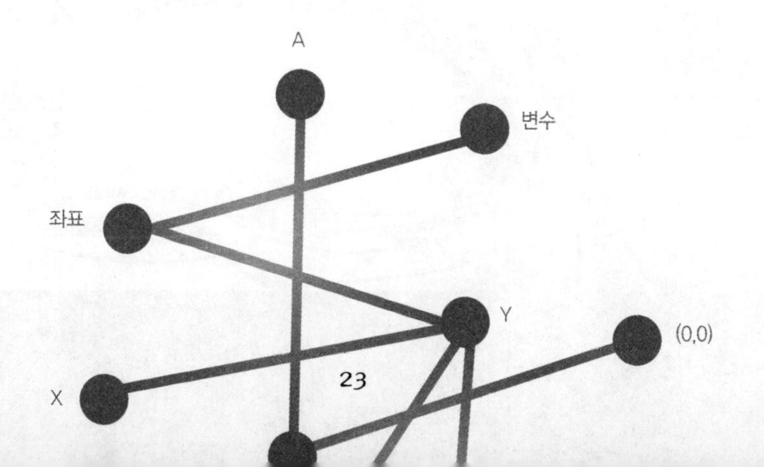

REXREX
REX TEO

1부
초대

1. 렉스

클라우드

생명공학

제로 아워(Zero Hour)까지 6일 7시간 39분

툰데 굉장한 사건이 벌어지고 있어, 친구들.

화요일 새벽 3시 1분, 제일 친한 친구 툰데의 문자 메시지가 휴대폰에 떴다.

나는 두 시간이 지나서야 메시지를 확인했는데, 그때는 툰데의 시스템이 전부 꺼져 있었다.

이메일도, 문자 메시지도, 전화도 먹통.

그래서 나는 툰데가 다시 온라인에 나타날 때까지 손톱만 물어뜯고 있어야 했다. 그런데 솔직히 툰데가 사용하는 장비들을 감안하면 녀석이 언제 나타날지 누가 알겠는가? 아마 몇 시간은 걸릴 것이다.

하지만 툰데가 굉장한 사건이 벌어지고 있다고 말했을 땐… 진짜 굉장할 게 분명했다.

나는 무슨 일인지 궁금해서 안달이 났다.

하지만 어쨌든 화요일에는 새벽 다섯 시에 일어나야 했다. 그래야 아빠가 출근길에 나를 버스 정류장에 내려줄 수 있으니까. 나는 화요일이면 45번 버스를 타고 시내에 있는 산타크루스 산업생명공학센터로 갔다. 이 센터는 화학반응을 일으키는 데 사용되는 활성제와 억제제 같은 생화학물질들을 전문적으로 다루는 연구소다. 이 화학물질들을 이용해 비누부터 맥주까지 뭐든 만들 수 있다.

물론 내가 분자들을 설계하러 가는 건 아니었다. 나는 그곳 서버를 폐쇄형 클라우드 컴퓨팅 모델로 업그레이드하는 작업을 돕고 있었다. 그 연구소 사람들은 화학자들이어서 비커로 하는 일은 잘하지만 소프트웨어에는 약했다.

내가 얼마간의 코딩을 하면 그 사람들은 도넛을 줬다.

아, 보수도 줬다. 전문가가 설계한 알데히드를.

맞다, 바로 그 알데히드.

알데히드에 대해 알아두어야 할 것은 연구소에서 금방 만들어낼 수 있는 유기화합물이라는 것뿐이다. 알데히드는 향수와 샴푸, 탈취제 등에 들어 있다. 뿐만 아니라 알데히드는 세정력이 뛰어나다. 내가 알데히드를 받은 건 바로 그 때문이었다.

나는 화요일마다 일찍 등교해서 자완다 아저씨를 만났다. 아저씨는 우리 학교 건물 관리인인데, 우리는 계약을 했다.

내가 최상품 알데히드를 가져다주면 아저씨는 주말에 내가 컴퓨터실을 쓸 수 있게 해줬다. 일종의 윈-윈 관계랄까. 아저씨는 알데히드를 청소용품에 섞어 사용해서 복도를 얼룩 한 점 없이 유지할 수 있었고, 그 덕분에 교장선생님으로부터 칭찬을 많

글루타르알데히드

이 받았다. 그리고 나는 비교적 신형 컴퓨터와 괜찮은 규모의 서버 시스템을 이용할 수 있었다. 집에서는 사용할 수 없는 장비들이었다.

하지만 새벽 다섯 시는 이른 기상 시간이긴 했다. 내가 잠시도 가만 못 있는 성미를 타고난 데다 툰데의 문자가 왔으니 망정이지, 안 그랬다면 1교시인 '무뚝뚝' 와그너 선생님의 물리 AP(대학과목 선이수제:옮긴이) 시간에 곯아떨어졌을 것이다.

노스 고등학교에 입학했을 때 선배들은 하나같이 와그너 선생님이 진짜 지루하다고 말했다. 하지만 나는 그저 거칠고 학생들을 어떻게 자극하는지 모르는 선생님인 줄로만 알았다. '오만상' 젠킨스 선생님의 미적분 수업을 다들 싫어하는 것도 그 때문이었다. 젠킨스 선생님은 수학을 암을 치료하듯 가르쳤다. 수업 시간이 전쟁이었다.

그런데 선배들의 말이 옳았다. 와그너 선생님은 물리학에서 가장 흥미진진한 발전(가령 양자역학이나 카오스 이론)을 설명할 때도 누군가가 사전을 88분 동안 크게 읽는 소리를 듣는 것처럼 만드는 재주가 있었다.

게다가 틀린 내용은 얼마나 많은지.

1학년이던 작년에 내가 선생님의 설명을 바로잡아준 적이 있었다. 하지만 나는 그게 실수였다는 걸 금방 알아차렸다. 선생님 입장에서는 학생이 오류를 정정해주는 게 싫었을 테고 학생들 눈에는 재수 없어 보였을 것이다. 왜 애들이 나한테 손가락질하며 웃는지, 왜 내 사물함 안에 자꾸 탄산음료를 부어놓는지 이해하는 데는 시간이 더 걸렸다.

하지만 좋은 면도 있었다. 와그너 선생님은 수업 진도를 빼느라, 학생들(음, 나만 빼고)은 최대한 귀를 쫑긋 세운 채 열심히 필기하느라 바빠서 내가 교과서 태블릿으로 코딩을 하고 있다는

사실을 아무도 눈치채지 못했다.

이름이 암시하는 것처럼 내 교과서 태블릿은 교과서인 동시에 태블릿이다. 겉은 할리데이-레스닉 일반물리학 교과서이지만 속은 태블릿 컴퓨터인 것이다.

200달러만 있으면 이런 태블릿을 만들 수 있다. 1.5GHz 프로세서를 장착한 싱글 보드에 4.3인치짜리 OLED 터치스크린을 올리고 배터리 모듈과 사전 포맷된 4GB짜리 SD카드, 그리고 이것들을 넣을 적당한 크기의 양장본 책 한 권만 준비하면 된다. 그런 다음 잘 조합하면 짠! 완성이다.

내가 꽤 괜찮은 어셈블리 언어용 마이크로코드를 두 줄 썼을 때 교과서 태블릿의 알람이 울렸다.

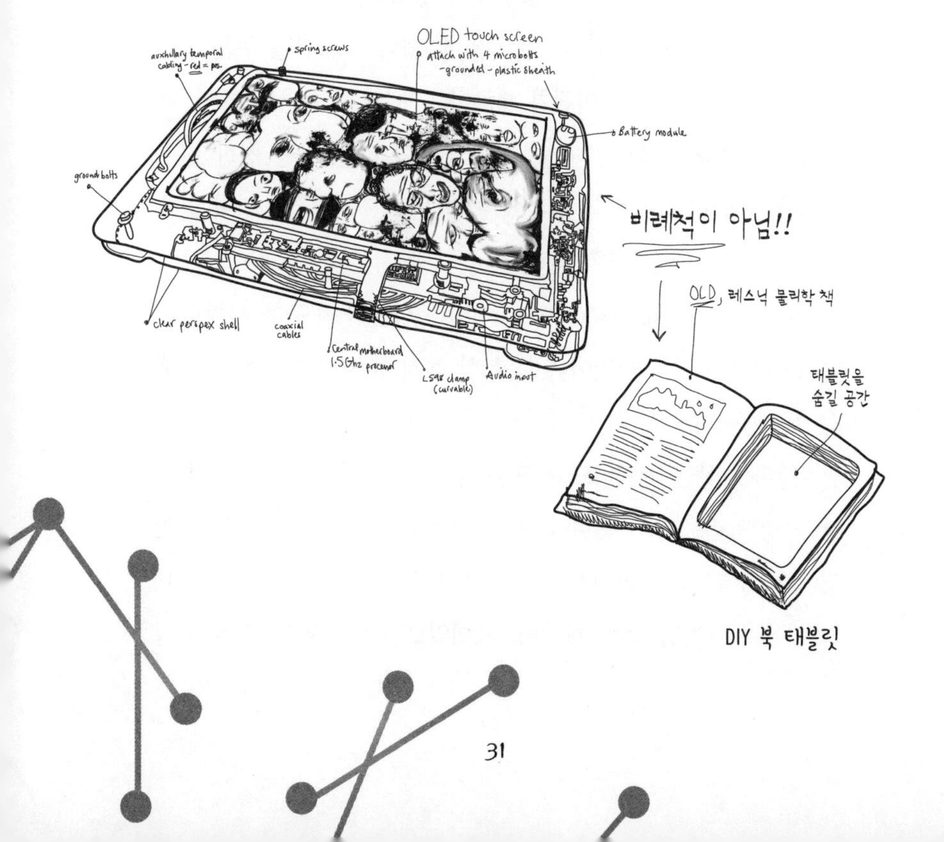

DIY 북 태블릿

툰데가 온라인으로 돌아와 있었다.

나이자 보이 내 문자 받았어?

킹Rx 당근이지. 내 답 봤어? 무슨 일인지 말해줘. 궁금해 죽겠다.

나이자 보이 기다려봐. 페인티드 울프가 올 때까지.

킹Rx 으, 그러지 말고 힌트 좀 줘.

나이자 보이 우리 삶을 바꿔놓을 사건이야.

킹Rx 진짜?

나는 노스 고등학교에 친구가 없었다.

하지만 그 따분한 벽돌 벽을 벗어나면 내겐 '로지'(LODGE. 비밀 결사단체 회원들의 집합소:옮긴이)가 있었다. 우리가 모임의 이름을 로지로 정한 건 아무나 들어올 수 없다는 느낌을 주는 멋진 이름이라는 데 다들 동의했기 때문이다. 실제로 회원은 툰데, 페인티드 울프와 나뿐이었다. 그리고 툰데와 나는 가장 친한 친구이지만, 페인티드 울프의 경우에는 한 번도 직접 만난 적이 없을 뿐 아니라 진짜 이름조차 몰랐다.

열네 살인 툰데(별명: 나이자 보이)는 힙합과 축구를 사랑하는 나이지리아의 시골 소년이다. 독학한 엔지니어이자 엄청난 기억력의 소유자이기도 하다.

열여섯 살인 페인티드 울프는 상하이에 사는데, 중국에서 가장 악명 높은(그리고 신비에 싸인) 행동주의자 블로거 가운데 한 명이다. 우리 셋을 연결시킨 사람이 바로 페인티드 울프다. 그녀의 이야기는 직접 듣는 게 가장 재미있으니 여기서 더 자세히 말하지는 않겠다.

어쨌든 툰데한테 과장하는 버릇은 없다. 재미없는 사람이란 말이 아니다. 사실만을 말한다는 뜻이다.

그런 툰데가 우리 삶을 바꿔놓을 일이라고 말했다면?

그건 정말로 우리 삶을 바꿔놓을 일이라는 뜻이다.

나이자 보이 페인티드 울프가 곧 올 거야. 고니오포토미터 얘기부터 먼저 할래?

킹Rx 좋아. 하지만 페인티드 울프가 오면 바로 전부 얘기해줘야 해. 질질 끌지 말고. 1교시가 정확히 11분 뒤에 끝나.

1.1

그러면 고니오포토미터 프로그램 얘기를 잠깐 해보자.

처음 이 이름을 들었을 때 나는 그게 뭔지 찾아봐야 했다.

고니오포토미터는 빛을 측정하는 기구다.

툰데는 자기가 만든 태양광 발전장치를 업그레이드하고 있었고(툰데가 나중에 설명할 것이다), 이 일에는 약간 복잡한 코딩이 필요한데 툰데가 사용할 수 있는 컴퓨터는 구식 기종뿐이었다. 족히 20년은 뒤떨어진 기종 같았다. PC-DOS 6.3처럼. 이 문제로 툰데는 몹시 좌절했는데, 다행히 마침 나는 골동품 컴퓨터용 프로그램을 작성하는 도전을 즐겼다. 그 작업은 마치 HTML을 파피루스로 바꾸는 것과 비슷했다.

일하는 방식은 간단했다. 툰데가 태양광 발전장치 개선을 위한 설명서 한 뭉치와 자기가 이루고 싶은 것에 대한 전반적인 아이디어를 보내주면, 나는 그걸 소프트웨어 수준에서 작동하게 만들 방법을 생각했다. 이번에 툰데는 새로운 태양광 반사장치(집광 타워 꼭대기로 태양광을 집중시키는 장치)를 설치하고 있었다.

나이자 보이 그럼 고니오포토미터가 분광복사계와 짝이 되겠네.

킹Rx 어, 그게 뭔데?

나이자 보이 뻔하잖아. 분광 범위 내의 복사 에너지 분포를 측정하는 기계지.

킹Rx 아, 당연하지. 오케이, 설계해볼게.

나이자 보이 ㅎㅎ 알았어, 빈정쟁이님.

킹Rx 우리가 무슨 얘기를 하고 있었지?

나이자 보이 분광 태양…

킹Rx 맞아. 광도에 대해 얘기하고 있지? 일단 떠오르는 건 for(int i=1, <=2;i++)야. 말이 될까?

나이자 보이 당연하지, 멋진데? 고마워.

그때 교과서 태블릿에서 다시 알람이 울렸다.

화면에 작은 아이콘이 나타나더니 페인티드 울프의 얼굴이 떴다. 페인티드 울프의 트레이드마크가 된 검은색 선글라스, 보라색 가발, 그리고… 나는 사실 처음에 그녀가 코걸이를 한 걸 보고 깜짝 놀랐다. 코걸이라는 걸 난생처음 봤으니까.

페인티드 울프 안녕, 친구들. 우리 지금 괴상한 짓 하는 거야?

킹Rx 아니면 우리가 뭘 하겠어?

페인티드 울프 툰데, 네 메시지 봤어. 무슨 일이야?

킹Rx 그것 때문에 돌아버리겠어. 툰데가 네가 올 때까지 말을 안 하겠다는 거야.

페인티드 울프 자, 내가 왔어.

킹Rx 얼른 말해봐, 툰데.

나이자 보이 대회가 열릴 거야. 지니어스 게임이란 대회인데, 전 세계에서 열여덟 살 이하의 가장 똑똑한 사람 200명이 보스턴 컬렉티브로 날아가 경쟁을 벌이는 거지. 비용은 다 지불되어 있어. 포상이 뭔지는 모르겠고.

페인티드 울프 끝내준다. 주최자가 누군데?

나이자 보이 키란 비스와스.

킹Rx 헐

페인티드 울프 :-O!

키란 비스와스는 인공두뇌학, 미래주의, 설계 분야에서 독보적인 거물이었다. 사람들이 키란 숭배 현상에 대해 얘기하는 건 절대 과장이 아니다. 그는 불과 열여덟 살의 나이에 세계에서 가장 유력한 IT 기업 중 하나인 온드스캔(OndScan)의 CEO일 뿐 아니라 사회정의를 위해 싸우는 평등주의자였다. 게다가 키도 크고 가무잡잡한 피부를 가진 미남이었다.

한마디로 다 가진 사람.

비스와스가 일종의 두뇌 싸움을 개최한다는 사실이 마음을 뒤흔들었다. 참가하고 싶었다. 당장. 하지만 단지 멋진 시간을 보낼 수 있겠다는 기대 때문만은 아니었다. 미국 최고의 공과대학인 보스턴 컬렉티브에서 열린다는 사실 때문에도 구미가 당겼다.

지난 2년 동안 내가 기다려온 순간이었다. 양자컴퓨터가 작동하는 여섯 곳 중 하나에서 열리는 대회. 만약 참가할 수 있다면, 내가 그 캠퍼스에 갈 수 있다면, 워크어바웃을 돌릴 수 있다면, 테오 형을 찾을 수 있을 것이다.

킹Rx 어떻게 알게 된 거야?

페인티드 울프 초대받았어?

나이자 보이 아니. 굉장히 비밀스럽게 진행되고 있어. 오늘 오후 이 대회에 관한 이메일을 익명으로 받았어. 이상한 일이지. 내일 밤에 초대장이 발송될 거래. 가장 먼저 아프리카, 두 시간 뒤에 아시아, 그리고 또 두 시간 뒤에 미국, 마지막이 유럽이야. 하지만 너희는 내가 지금부터 할 말을 못 믿을 거야.

그때 갑자기 눈앞에 손 하나가 보이더니 내 교과서 태블릿을 낚아챘다. 그 손의 주인은 세스 프랫이었다.

"대박."

녀석은 입이 귀에 걸리게 싱글거리면서 내 교과서 태블릿을 이리저리 돌려보고 버튼을 하나하나 눌러봤다. 나는 움찔하지 않을 수 없었다. 버튼을 누를 때마다 창이 닫히거나 이메일이 삭제되거나 프로그램이 사라져버릴 수도 있기 때문이다.

"이런 걸 만들 수 있으면서 와그너 쌤의 헛소리나 듣고 있다니, 넌 뭐가 문제냐?"

"돌려줘."

나는 침착함을 유지하려고 애썼다. 짜증나는 성격에도 불구하고 세스는 우리 고등학교에서 가장 인기 있는 학생 중 한 명이었다. 학교 대표팀 수영선수인 데다 미친 입술을 자랑하는 베로니카 스타일스와 데이트를 했고 산타크루스에서 열리는 모든 파티에 초대받았다.

그동안 세스는 나한테 한 마디도 말을 건 적이 없었다. 학교 최고의 인기남인 세스한테 나라는 존재는 없는 것이나 마찬가지였다.

"뭐라고?" 녀석이 얼굴을 찡그리며 물었다.

"돌려줘. 당장."

녀석이 눈을 가늘게 뜨면서 비웃었다.

"어쭈, 제법인데?"

멋지군. 한번 붙어볼까.

"잘 들어, 세스. 그걸 돌려줘."

그러자 녀석이 교과서 태블릿을 떨어뜨리는 시늉을 했다.

"앗!"

녀석이 똑같은 짓을 한 번 더 되풀이하자 나는 태블릿을 뺏으려고 거의 자리를 박차고 튀어나갈 뻔했다. 하지만 소란을 피우면 골치 아파진다는 걸 알고 있었다. 나는 학교의 관심을 원치 않았다. 게다가 몇 주 전에 세스가 탐 멘데스를 두들겨 패 멍이 든 것도 봤다. 가만히 있는 게 최선이었다.

"내가 이걸 떨어뜨리면 어떻게 될까? 그럼 넌 어쩔 건데?"

"꽤 속상하겠지."

"꽤 속상하다…" 녀석이 내 말을 흉내 냈다. "화가 치미는 게 아니고? 확 덤벼들 게 아니고?"

"내가 무슨 말을 하길 원해?"

"이봐, 이게 바로 나 같은 사람들이 세상을 움직이고 너 같은 사람들이 우릴 위해 일하는 이유야. 넌 이런 컴퓨터 책이나 만드는 또라이야. 이따위 쓰레기를 만들고 싶어 하고 수업시간에 딴 짓이나 하는 놈. 그런데 진실은, 네 두뇌는 그걸 받쳐줄 등뼈가 없으면 아무것도 아니라는 거지."

녀석이 내 얼굴에 주먹을 날렸다가 마지막 순간에 멈췄다. 녀석은 내가 펄쩍 뛰며 물러설 줄 알았을 것이다. 하지만 나는 그러지 않았다. 나는 굳어버렸고, 녀석이 내 얼굴 앞에서 주먹을 건들거렸다. 손에 낀 동창회 반지의 작은 글자까지 알아볼 수 있을 정도로 바짝.

"넌 딱 네 형 같아, 우에르타. 입만 살았다는 뜻이지. 아직 형 못 찾았지? 멕시코는 확인해봤냐?"

여기까지.

나도 모르게 주먹을 쥐고 벌떡 일어섰다. 몸이 잔뜩 긴장되고 눈이 찌푸려졌다.

책상을 뒤엎고 녀석을 아원자로 으깨버릴 참이었다. 하지만….

"하. 야, 진정해." 녀석이 활짝 웃었다. "그냥 장난 친 거야, 인마. 젠장. 꼭 날 죽이기라도 할 것 같네. 근데 진짜로…."

그때 와그너 선생님이 헛기침을 했다.

내가 노려보자 녀석이 태블릿을 책상 위에 떨어뜨렸다. 화면 모서리에 금이 갈 정도로 세게.

나는 절로 한숨이 나왔다. 속이 부글부글 끓었지만 참았다.

고개를 들어 보니, 다른 학생들이 나를 쳐다보고 있었다.

"괜찮니, 우에르타?" 와그너 선생님이 물었다.

"네, 선생님." 나는 이를 악물며 대답했다. "문제없어요."

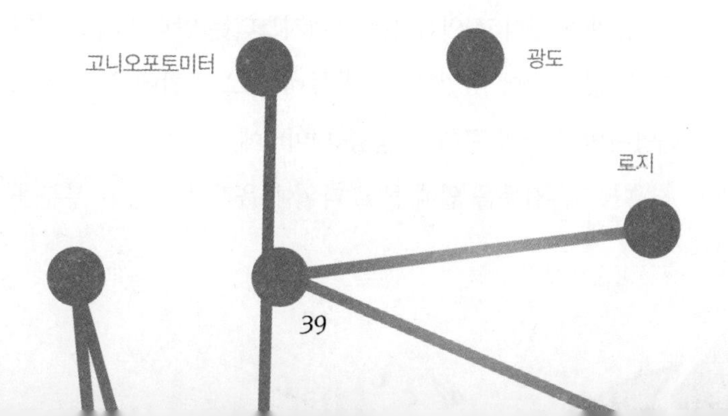

2. 툰데

제로 아워까지 6일 7시간 32분

나이자 보이 렉스? 뭐야? 뭐 해?

사람들은 지금 세계가 그 어느 때보다 서로 연결되어 있다고 말한다. 휴대폰이 지구 인구보다 많다고도 한다. 그리고 나는 1만하고도, 2천하고도, 636킬로미터나 떨어진 절친과 소통할 수 있다. 하지만 당신에게 절연 기능이 우수한 트랜지스터가 없다면 말짱 꽝이다.

그게 세상의 이치다.

렉스, 페인티드 울프와의 대화는 하필 시간을 딱 맞춰, 내가 가장 흥미로운 소식을 전하려는 순간에 끊겨버렸다. 저녁에 다시 온라인에 접속하기란 쉽지 않을 것이다. 아마 불가능할지도 모른다. 하지만 밑져야 본전이다.

문제가 있다고 의심되는 트랜지스터는 안타깝게도 쉽게 접근할 수 없는 곳에 있었다. 우리 동네 바로 바깥에 서 있는 오케케 태양광발전 타워 꼭대기, 상공 12미터에.

나는 손전등을 입에 물고 타워에 올라가 손상된 부분을 살펴봤다. 예상대로 트랜지스터가 새카맣게 타 있었다. 이 구역 배선에 과도한 전압이 걸린 게 분명했다. 마침 아까 고물상에서 이 문제 해결에 안성맞춤인 물건을 봤다.

나는 타워를 기어 내려가 고물들을 헤치며 그걸 찾았다. 다행히 지난주 고물상에 내 구역을 만들어놨기 때문에 시간이 오래 걸리진 않았다. 맞다, 내 구역. 고물상 주인인 샘콘 말루 아저씨는 나 덕분에 드라마 재방송을 볼 수 있었다. 그래서 내가 아저씨의 영업장에서 고물들을 조립하거나 고철들을 뚝딱거려 다른 물건으로 만들어도 봐줬다.

야자나무와 맑은 하늘 아래에서 다기통 4행정 오토바이 엔진을 조립하며 오후를 보내본 적이 없는가? 당신은 믿을 수 없을 정도의 즐거움을 놓친 셈이다.

그 고물상은 집 밖의 내 집이었다.

어떤 사람들은 그런 게 무슨 재미냐고 말한다.

이해를 못 하겠다.

한번은 어떤 영국인이 우리 마을에 왔다가 내가 만든 물건들을 굉장히 인상 깊게 봤다. 그는 나한테 영국의 대학에 지원해 기계공학자가 되는 공부를 해보라고 권했다. 내가 어떻게 그럴 수 있는지 묻자 그는 "그냥 온라인에 접속해 지원서를 내세요." 하고 대답했다.

이 말에 나는 빵 터졌다.

좋은 소식은 내가 공부하러 굳이 영국까지 갈 필요가 없다는 것이다. 우리 동네 주변의 모든 곳이 관심이 필요한 프로젝트였다. 우리 땅 모든 곳이 해결되어야 할 문제였다. 나이지리아에는 사방에 문제가 있다. 그리고 새 프로젝트를 시도할 때마다 나는 많은 것을 배웠다.

태양광발전 타워를 건설하는 방법도 그중 하나다.

맞다, 내가 그 타워를 직접 설계했다.

그 뒤에 숨은 개념은 간단하다. 타워 주변의 땅에 거울들을 주의 깊게 정렬시킨 뒤, 이 거울들을 이용해 태양광을 타워에 집중시킨다. 타워에는 2킬로미터 떨어진 강에서 끌어오는 물이 담긴 수조를 설치해놓았다. 빛이 충분히 뜨거워지면 물이 증기가 되고 증기가 터빈을 돌린다.

나는 1년 전 라고스에 사는 친구들의 도움을 받아 오케케 태양광발전 타워를 지었다. 진짜 좋은 친구들이다! 거울들을 올바로 정렬시키는 데만도 두 달이 걸렸는데, 그래도 친구들은 불평 한 마디 없었다.

나는 이 타워의 이름을 나이지리아의 유명 과학자인 프란시스카 오케케의 이름을 따서 지었다. 오케케는 뛰어난 영감을 주는 사람이다. 내겐 그분이 투팍 샤커, 니콜라 테슬라, 볼프강 아마데우스 모차르트와 동급이다.

이 타워는 내가 아키카 마을에서 2킬로미터 떨어진 폐기물 처리장에서 발견한 산업용 강철로 지었다. 대부분 수십 년 동안 뜨거운 햇살 아래 방치되어 있었던 것들이지만 여전히 튼튼했다.

오케케 태양광발전 타워가 지금까지 지어진 가장 정교한 일광반사 발전장치는 아니지만, 우리 아키카 마을이 밤에 몇 군데 환한 불을 밝히고 발전기를 돌려 물을 퍼 올리는 데 충분한 전력을 공급했다. 불을 밝히는 건 표범과 하이에나로부터 마을을 보

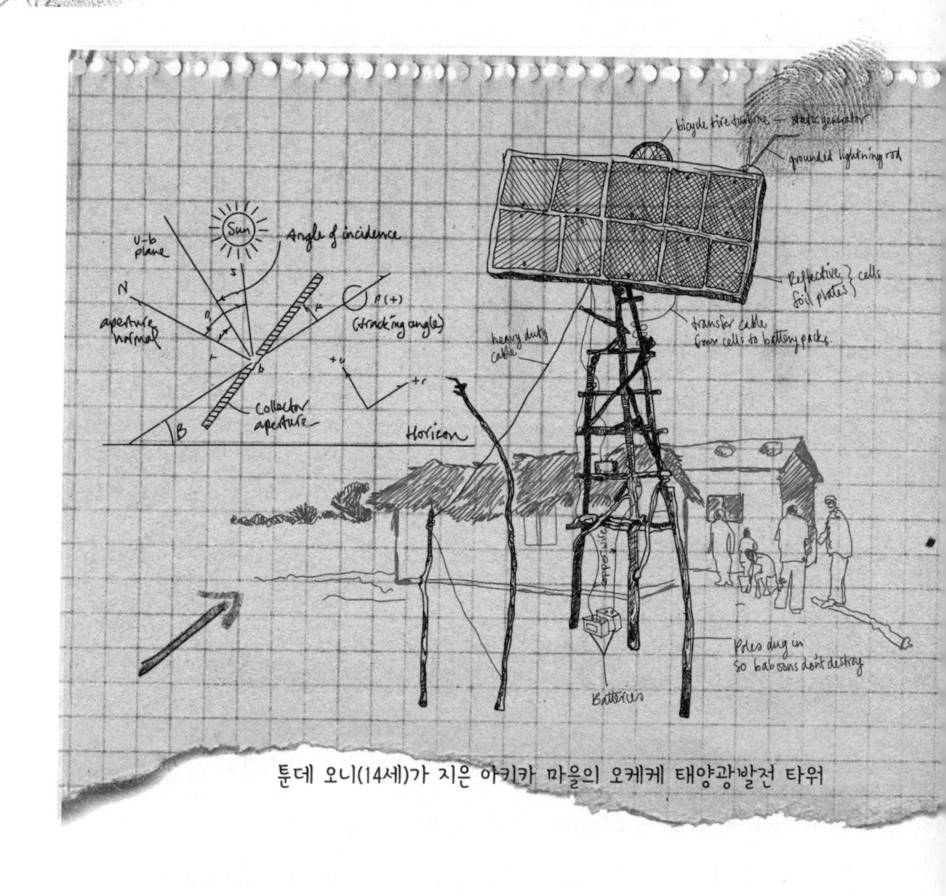

툰데 오니(14세)가 지은 아키카 마을의 오케케 태양광발전 타워

호하기 위해서였다. 대개 하이에나가 표범보다 더 위험하다.

내 자랑을 하려고 이런 얘기를 늘어놓고 있는 건 아니다. 마을 어른들이 내 목에 메달을 걸어주길 바라는 것도 아니다. 내가 기계들을 만든 건 우리 가족과 마을 사람들에게 도움이 되기 위해서였다. 이런 얘기를 하는 건 내가 하는 일이 외부에 알려졌기 때문이다.

"아키카 마을에 기계를 만들 줄 아는 소년이 있어. 원하는 어떤 기계건 만들 수 있다는군. 가서 부탁해봐."

이런 얘기가 사람들 사이에 오갔고, 나한테 도움을 부탁하러 오는 사람들이 줄을 이었다.

그래서 차량들이 우리 마을로 들어왔을 때도 나는 그리 놀라지 않았다. 나를 놀라게 한 건 이 차들이 군용 차량이고 지프 뒤쪽에 서 있는 사람들이 기관총으로 무장한 데다 굉장히 심각한 얼굴을 하고 있어서였다.

이건 분명 우리 마을에 문제가 생겼다는 뜻이었다.

2.1

탄코라는 이웃 마을이 있었다.

우리 집 뒤의 무화과나무에 올라가면 망원경으로 그 마을을 볼 수 있었다. 나는 타조를 기르는 농부들이 먼지투성이 들판에서 타조 떼를 모는 모습을 구경하길 좋아했다.

그런데 몇 년 전 어느 날 아침, 관찰하러 나무로 올라갔다가 탄코 마을이 사라져버린 것을 알고 두려움에 휩싸였다. 단 하나의 건물도 서 있지 않았다. 북쪽의 과격분자들이 밤사이 침입해 마을을 잿더미로 만들어버린 것이다. 주민들은 다 사방팔방으로 흩어졌다. 침략자들은 타조들도 살려두지 않아 불타버린 타조 털

이 그후 몇 주 동안이나 발견되었다.

태양광발전 타워에서 내려와 군용 차량들이 멈춰 선 마을 한복판으로 달리면서, 탄코 마을에 대한 생각이 빠르게 머리를 스치고 지나갔다.

군용 차량들의 가운데에 리무진 한 대가 서 있었다.

메달과 훈장을 주렁주렁 단 검은색 양복 차림의 덩치 큰 남자가 이 매끈한 검은색 리무진에서 내렸다. 그는 캄캄한 밤인데도 보잉 선글라스를 쓰고 있었다. 지프에서 기관단총을 든 군인 열두 명이 나오더니 그 남자를 보호하기 위해 빙 둘러섰다.

그는 바로 데이비드 이야보 장군이었다.

장군은 양복 먼지를 툭툭 털고 선글라스를 고쳐 쓴 뒤, 우리 마을의 무하마두 디야 이장에게 걸어가 힘차게 악수를 했다.

"아키카 마을에 오신 걸 환영합니다, 장군님."

이야보 장군은 대답 대신 아름다운 우리 마을을 휘둘러보더니 비웃음을 지었다. 우리 가족과 이웃들이 진흙과 풀로 지은 오두막에서 사는 건 사실이다. 우리 마을에서 최고 부자만 콘크리트와 주석으로 지은 집에 산다. 우리는 농부, 사냥꾼, 목동이다. 내가 만들 수 있는 기계 말고는 냉장고도, 텔레비전도, 전화도 없다. 우리는 마을에서 가장 솜씨 좋은 기술자인 묵타르가 만든 등나무 매트 위에서 잠을 잔다.(이 매트는 놀라울 정도로 안락하다.)

마을 전체를 살펴본 이야보 장군이 오케케 태양광발전 타워를 가리켰다.

"저걸 누가 지었나?"

나는 손을 들고 앞으로 나아갔다.

"접니다."

이야보 장군이 웃자 부하들도 따라 웃었다.

"이름이 뭔가?"

"툰데 오니입니다."

"자네가 툰데라고?"

장군이 마을 사람들의 얼굴을 훑어봤다. 내가 거짓말을 하고 있다고 생각하는 것 같았다.

"그럼 꼬마 엔지니어라는 소문이 사실이었군. 자네는 이 파리 똥만 한 마을 밖에서 굉장히 유명해. 자네는 도시로 가서 작업을 해야 한다. 이 마을은 자네의 뛰어난 머리에 비해 너무 작기 때문이지. 이곳은… 뒤로 가고 있다, 앞이 아니라."

우리 마을은 대도시인 라고스에서 걸어서 며칠 걸리지만 달의 맞은편에 있는 것이나 마찬가지인 곳이다. 그렇지만 내겐 아주 소중한 곳이다. 이 마을에는 내 일가족이 살고 있다. 엄마, 아빠, 삼촌, 숙모, 할아버지, 할머니까지. 우리 마을에 대한 장군의 평가를 들으니 당연히 입맛이 썼다. 하지만 나는 아무 대꾸도 하지 않았다. 장군은 말이 통하는 사람이 아니었다. 그는 말싸움을 벌이는 걸 굉장히 좋아하는 사람이었다.

이야보 장군은 상대보다 몇 수 앞서 생각할 만큼 유능하고 교활했다. 그는 반역파와 반란군, 국경을 넘어 활동하는 테러리스트들을 상대로 승리를 거둔 사람이었다. 호전적인 나이저 삼각

주 무장전선에 맞선 장군의 오랜 싸움은 전국적으로 전설이 되었다. 하지만 그에겐 다른 면도 있었다. 언론이 절대 다루지 않고 대부분의 국민들이 모르는 사실. 바로 세상에서 가장 성공한 도둑들 중 한 명이라는 것이다. 내가 허풍을 떨고 있는 게 아니다.

그는 마음만 먹으면 이 나라에서 가장 위험한 사람이 될 수도 있었다.

"그래서 자네는 어떻게 지내고 있나, 툰데?" 장군이 물었다.

"아직 살아 있습니다."

"내가 누군지 아나?"

"네."

"난 여기 온 적이 없지만 이곳을 지배한다. 무슨 말인지 아나?"

"압니다."

장군이 오케케 태양광발전 타워를 가리켰다.

"자랑스럽겠군. 그런데 자네, 쌈닭들 얘기를 들은 적이 있나?"

나는 없다고 대답했다.

"옛날이야기인데, 아주 단순한 내용이다. 한 농가 마당에서 수탉 두 마리가 싸움을 벌였다. 한참 싸운 뒤에 패한 수탉은 부끄러워서 헛간 뒤로 달아났다. 이긴 쪽은 자랑스러워서 헛간 꼭대기로 날아가 목청껏 소리를 내질렀다. 그 뽐내는 모습이 마침 날아가던 독수리의 관심을 끌었다. 독수리는 이긴 수탉을 내리 덮쳐 낚아챘다."

장군은 자신의 이야기가 충분히 이해되도록 잠시 말을 멈췄다가 물었다.

"내가 왜 자네한테 이 얘기를 하는지 아나?"

나는 고개를 저었다.

장군이 다시 타워를 가리켰다.

"자네는 뛰어난 실력을 드러내는 걸 굉장히 조심해야 한다. 자칫하면 독수리를 끌어들일 수 있으니까."

내가 그 말에 몸을 떨고 있을 때, 장군이 재킷 주머니에서 이미 개봉된 작은 봉투를 꺼내 나한테 내밀었다.

봉투 안에는 지니어스 게임의 초대장이 들어 있었다.

"이게 뭔지 아나?" 장군이 물었다.

"네. 내일 초대장이 발송될 거라고 들었어요. 이런 식으로 받을 줄은 전혀 예상 못 했어요."

"실망한 것 같구나."

"아, 아니에요." 나도 모르게 말을 더듬었다.

"절대 아니에요."

"키란 비스와스를 깊이 존경하나?"

"그분은 거장이니까요."

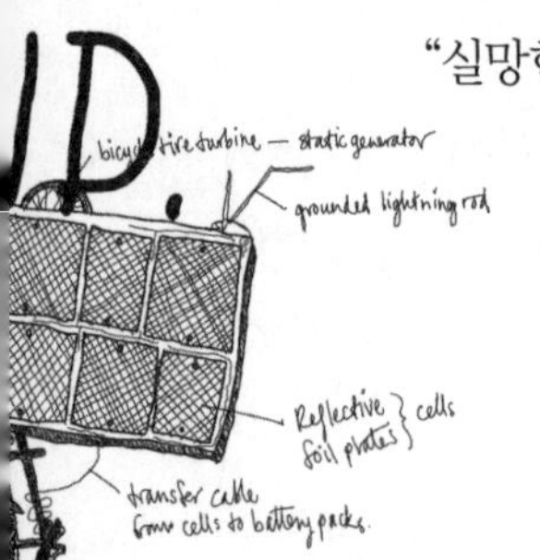

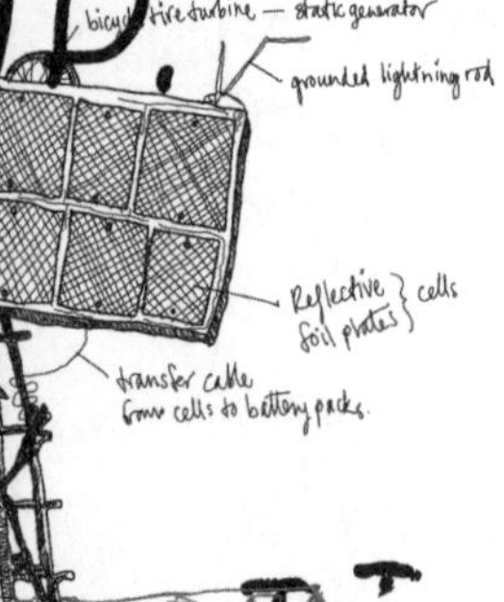

"자네처럼 말이지."

"아니, 말도 안 돼요." 나는 얼굴이 빨개졌다. "그분이 저보다 훨씬 뛰어나죠."

이야보 장군이 내 어깨에 손을 올렸다. 손가락에 묵직한 금반지를 여러 개 끼고 있었다.

"너한테 이메일을 보낸 사람이 나다. 넌 내가 나이지리아 한복판에서도 대통령보다 영향력이 더 크다는 걸 알아야 한다. 미국으로 날아가 대회에 참여할 것을 내 이름으로 허락한다. 모든 나이지리아인의 어깨를 으쓱하게 만들어라. 내가 교양 있는 사람이고 국민들에게 가장 좋은 것을 선사하길 원한다는 걸 세상에 알려라."

그러자 큰 박수와 환호성이 터져 나왔다.

동네 사람들이 기쁨에 넘쳐 춤을 추기 시작했다. 하지만 나는 몹시 불안해서 부모님을 돌아봤다. 두 분의 얼굴에는 근심이 어려 있었다. 나는 이웃 마을 너머까지 가본 적이 없었다. 이번이 분명 내 일생에서 가장 먼 여행이 될 것이다.

장군이 내 어깨에 팔을 둘렀다.

꼭 사자가 내 목을 물고 있는 것처럼 느껴졌다.

"자," 장군이 말했다. "자네가 여기서 만든 것들을 보여주게나."

온드스캔

튼데님, 안녕하세요.

귀하는 지니어스 게임에 초대받았습니다.

지니어스 게임에서는 사흘 밤낮 동안 열여덟 살 이하의 세계 최고 수재 200명이 내가 직접 낸 두 가지 과제를 받을 것입니다. 첫 번째 과제를 성공적으로 완수한 참가자들은 우리가 '제로 아워'라고 부르는 두 번째 과제에서 직접 대결을 펼칩니다.

'제로 아워'의 우승자들은 세계 어디에든 자신의 최첨단 연구소를 세우고 유지할 수 있는 수단들(자금, 자원, 기술 등)을 상으로 받습니다. 이 초대장에는 비행기 티켓과 보스턴 컬렉티브 캠퍼스에 오는 방법에 대한 설명서가 들어 있습니다. 초대를 수락한다면 비행기를 타십시오. 모든 비용은 우리가 부담합니다. 지니어스 게임은 단순한 대회가 아니라 일생에 다시없을 기회입니다. 지니어스 게임은 세상을 바꿀 것입니다.

대회를 어떻게 준비할지 걱정하지 마십시오. 당신이 선택된 것 자체가 당신이 이미 준비된 사람이라는 뜻입니다.

온드스캔 CEO

키란 비스와스 드림

2.2

나는 장군을 오케케 태양광발전 타워로 데려가서 어떻게 지어졌고 어떻게 돌아가는지 설명했다.

"그러니까 고물들로 지었다는 건가?"

"용도를 바꾼 자재들로 지었습니다."

나는 고물이란 단어를 좋아하지 않는다. 그 단어에는 본질적으로 쓸모없다는 뜻이 담겨 있는데, 나는 세상에 본질적으로 쓸모없는 물건은 없다는 걸 알기 때문이다. 물건, 기능, 장소를 발견하는 것이 관건일 뿐이다.

나는 모든 물건이 다른 무언가로 변모하길 기다리고 있다고 생각한다.

"이 땅을 사랑하나?" 장군이 물었다. "자네의 마을을? 가족을?"

"정말정말 사랑합니다."

"좋은 마음가짐이야. 내가 여기 온 건 너와 네 마을을 돕기 위해서다. 넌 눈치 못 챘겠지만 오늘 아침 잠에서 깼을 때 네 삶은 바뀌었다. 나는 너와 네 사람들을 보호하려고 여기에 왔다."

"무엇으로부터 보호하나요?"

"크고 나쁜 세상으로부터."

이야보 장군이 선글라스를 벗더니 빛나는 까만 눈동자로 내 눈을 들여다봤다.

"그 보답으로 내 작은 부탁을 들어주면 된다. 프로젝트 하나를 검토해줬으면 하는데, 이 일은 최고 군사 기밀이지. 나는 이 땅을 안전하게 지키기 때문에 권력을 부여받았다. 네 사람들의 안전을 지켜주마."

한 마디, 한 마디가 굉장히 불길하게 들렸다. 장군이 말하는 요점은 분명했다. 그는 나한테 선택권을 주는 게 아니라 명령을 내리고 있었다. 아니, 명령이 아니라 협박이었다.

나는 이렇게 말하고 싶었다. *제발 우리 마을에서 떠나세요! 가버려요!*

하지만 그랬다간 참담한 결과를 맞을 게 뻔했다. 그래서 나는 고개를 끄덕이며 말했다.

"장군님께 필요한 일을 하겠습니다."

장군이 미소를 지었다. 한 번도 거절을 당해본 적이 없는 사람의 미소였다.

그가 나를 자기 차로 데려가더니 트렁크를 열었다. 번호자물쇠가 달린 서류가방 하나가 보였다. 장군이 숫자를 맞춰 가방을 여는 동안 나는 딴 곳을 바라봤다.

가방 안에는 뭉툭한 안테나가 달린 라디오처럼 생긴 검은색 상자가 들어 있었다. 나는 장군이 내민 그 상자를 살펴봤다.

"이건 GPS 전파 교란기다. 뭔지 아나?"

물론 알고 있었다. GPS 전파 교란기는 GPS 신호를 방해하는 기계다. 주로 부정직한 사람들이 이 기계를 사용한다.

나는 발끝을 내려다보며 대답했다.

"온라인에서도 이 기계를 팔아요."

장군이 역정을 냈다.

"나를 바보로 아나?"

"말도 안 됩니다."

장군이 마음을 가라앉히고 다시 입을 열었다.

"나는 지금까지 나와 있는 것과는 완전히 다른 GPS 교란기를 원한다. 휴대가 가능하고 훨씬 더 강력한 걸 말이다."

"얼마나 더 강력해야 할까요?"

"상상력을 동원해봐."

교란기가 가까이 있으면 GPS에 의존하는 모든 게 제대로 돌아가지 않는다. 온라인에서 구입 가능한 소형 교란기만 해도 휴대폰의 내비게이션 소프트웨어 작동을 중단시키고, 경찰 순찰차 시스템에 혼란을 일으키고, 배달 트럭들을 뒤죽박죽으로 만들고, 심지어 공항 관제탑의 장비들에 오작동을 일으킬 수도 있다.

그러면 장군이 내가 만들어야 한다고 요구하는 교란기의 효과를 상상해보자. 아마 도시 하나 전체의 GPS를 정지시킬 수 있어야 할 것이다.

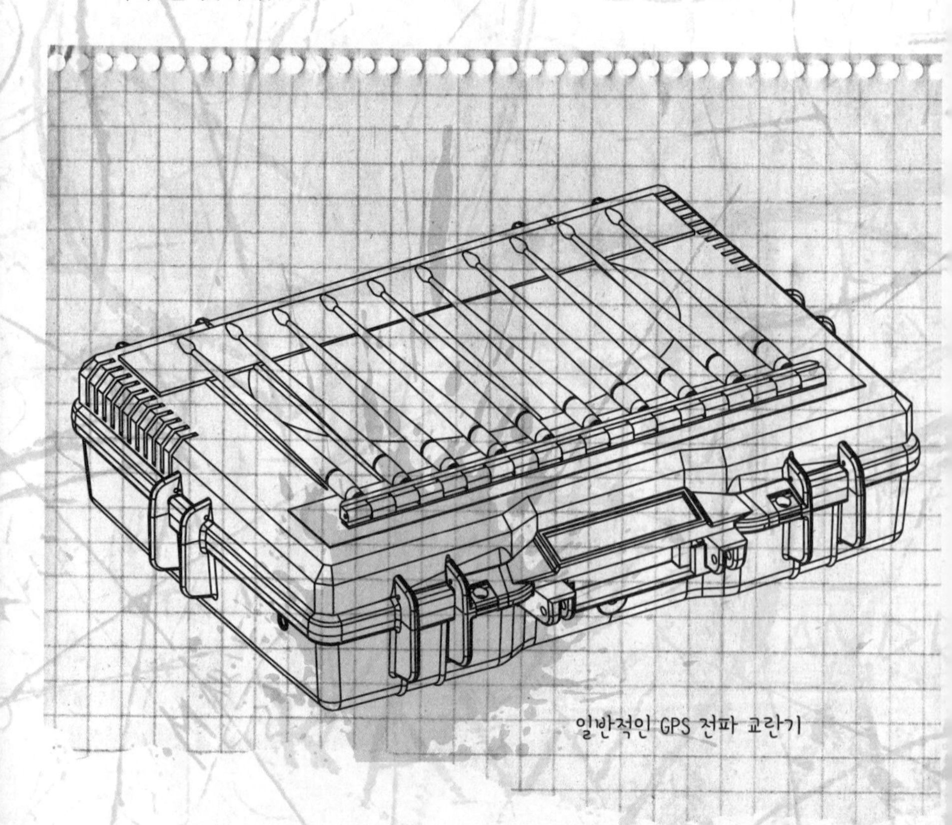

일반적인 GPS 전파 교란기

국가나 지역 전체까지는 아니더라도.

"그 기기로 뭘 교란하나요?"

"그건 자네가 상관할 바가 아니야." 장군이 대답했다. "자네가 대회를 마치고 돌아오면 다시 찾아오겠다. 그때까지 기기를 준비해놓도록."

목구멍에 혹이 생긴 기분이었다.

지금 장군은 내가 무기를 만들어주길 바라는 것이다.

3. 카이

제로 아워까지 6일 5시간 35분

수십 년 만의 초강력 폭풍우가 베이징을 덮쳐 도시 전체가 완전히 마비돼버렸다.

물론 지금 당장은 내 알 바 아니다. 나는 지금 가발을 쓰고 오버사이즈 작업복을 입은 채 통풍구에 쭈그리고 앉아 로저 도저라는 마이크로블로거와 문자를 주고받는 중이니까.

로도 집은 괜찮은 것 같아. 오늘 밤엔 거리에 경찰이 쫙 깔렸어. 물에 빠진 얼간이들.

페인티드 울프 고마워, 얼마나 오래 걸렸어?

로도 30분쯤. 여긴 악몽이야.

페인티드 울프 생각해봐. 물 한 컵 높이인 12센티만 비가 내려도 도시 전체가 끝장나버린다니까.

로도 우리랑 비슷하네, 안 그래? 우리가 영상 다섯 개, 메시지 다섯 개를 올려서 도시를 발칵 뒤집어놓으면 어떻게 될지 상상해봐.

페인티드 울프 위험한 소리야, 로도. 부탁 들어줘서 고마워. 진짜로 감사 감사. 저승에서 만나. 조심해.

로도 너도 조심. 그나저나 너 지금 어디에 있는 거야?

페인티드 울프 푸둥. 환기구 안이야.

로도 하하, 미쳤구만.

로도의 말은 틀리지 않았다.

나는 미쳤다. 헌신적인 미치광이.

나는 열여섯 살이고 고등학교 3학년이다.(가끔 대학의 야간 수업을 듣기도 한다.) 그리고 상하이에서 가장 악명 높은 마이크로블로거 중 한 명이다.

나는 지난 15개월 동안 페인티드 울프라는 닉네임을 사용해 부패를 폭로해왔다. 뇌물을 받거나 조폭들과 은밀히 만나는 공무원들의 영상을 몰래 찍어 익명의 소식통들에게 보내면 그들이 그 영상을 내 닉네임으로 온라인에 올린다.

문제는 중국의 인터넷 보안 시스템인 만리방화벽을 뚫는 것이다. 이 보안 시스템은 굉장히 빈틈없는 데다 철저히 감시되고 있어서 만약 내가 중국 내에서 영상을 올리면 몇 초도 안 돼 삭제

될 것이다. 그래서 나는 영상을 더 넓은 웹으로 보내야 했고 그러려면 친구가 필요했다.

나는 1년 전쯤에 처음 툰데를 알게 되었다. 보안 시스템의 설계도를 찾다가 우연히 어떤 엔지니어링 포럼을 발견했는데, '나이자 보이'라는 아이가 3로 스위치 연결법에 관한 질문들에 답을 하고 있었다. 나이자 보이는 재미있는 데다 믿을 수 없을 정도로 똑똑했다.

툰데는 내가 동작 감지 몰래카메라의 제작 방법을 이해하도록 도와줬고 그 프로그램을 작성할 수 있는 미국의 지인을 추천해줬다. 그 지인이 바로 렉스였다. 우리는 정보의 자유로운 사용과 디지털 부(富)의 확산에 대한 열정, 그리고 '터미널' 같은 해커들에 대한 불신이라는 공통점을 통해 친해졌다. 얼마 지나지 않아 우리를 '로지'라고 부르기 시작했고(렉스가 떠올린 이름인데 툰데와 나는 좀 바보 같은 이름이라고 생각한다) 우리가 좋아하거나 직접 제작한 자료들을 배포할 사이트를 만들었다.

인터넷에서 완전히 무명이던 우리는 몇 달 안에 높은 평가를 받을 정도로 존재감이 커졌다. 나는 우리 홈페이지에 영상과 녹음 자료를 올렸고, 툰데는 설계도를 게시하거나 전문적인 이야기를 했다. 렉스는 좌절에 빠진 컴퓨터 프로그래머들의 질문에 답을 해줬다. 또 우리는 포럼 몇 개를 운영하고 기술적인 도움을 줬으며 기사들을 게시하고 다른 천재들이 어울려 시간을 보낼 공간을 제공했다.

'로지' 덕분에 나는 내 영상들을 훨씬 광범위한 사람들에게 보여줄 수 있었다. 큰 폭풍우가 들이닥친 밤, 내가 한 건물의 72

층에서 부패한 사업가 두 명의 회의를 몰래 촬영하고 있었던 건 그 때문이다.

그중 한 명인 기업가 쇼우 쉬푸는 옅은 수염을 기르고 악어 가죽 부츠를 신고 있었다. 특이한 사람이었다. 다른 한 명인 왕루는 부정한 짓들을 저지른 외교관으로, 몇 년 동안 곤경에 빠졌다 벗어나기를 반복했다. 하지만 어쨌든 지금도 버젓이 활동하며 주머니를 두둑이 채우고 모든 일을 엉망으로 만들고 있었다.

두 사람이 같은 방에 있다는 사실 자체는 내가 그들에게 기대하는 행동만큼 중요하지 않았다. 나는 쉬푸가 감비아에서 연루된 뇌물수수 사건에 대한 공소를 기각시키기 위해 현금이 가득 든 서류가방을 루한테 건네길 기다리고 있었다. 쉬푸의 회사는 유출된 기름이 남쪽으로 번져 환경을 엉망으로 망가뜨린 해저 석유 프로젝트의 배후였다.

나는 영상을 찍고 싶었다.

"아시겠지만," 루가 말했다. "저는 매우 조심해야 합니다."

"당연하지요." 쉬푸가 대답했다.

"그쪽에서는 조사를 서두를 거예요. 하지만 그건 단지 새로운 정보를 입수한 척하려고 그러는 겁니다. 약속드리겠습니다. 한 달 안에 소송이 기각될 겁니다."

쉬푸가 미소를 지으며 서류가방으로 손을 뻗었다. 내가 기다리던 순간이었다.

나는 몸을 기울여 카메라 초점을 맞추고 숨을 죽였다.

쉬푸가 테이블 위에 서류가방을 놓은 뒤 루 쪽으로 밀었다.

루가 서류가방의 손잡이를 움켜쥐고 자리에서 일어섰다.

"함께 일해서 즐거웠습니다."

쉬푸도 일어섰고, 두 사람은 악수를 했다.

나는 그 장면을 손에 넣었다.

페인티드 울프가 몰래 찍은 영상의 화면 캡처

그 순간, 뒷덜미와 머리를 훑고 지나가는 전율이 느껴졌다. 중요한 무언가를 발견했다는 걸 알았을 때 드는 느낌이었다. 이렇게 짜릿한 걸 보면 이번에는 큰 건이 될 것 같았다.

두 사람이 불을 끄고 방을 나간 뒤에야 나는 숨을 내쉴 수 있었다. 어릴 때 부모님이 나를 억지로 수영 수업에 보낸 게 얼마나 다행인지. 나는 빠져나가기에 적당한 때를 기다리며 새로 도착한 이메일 몇 개를 훑어보다가 환풍구를 열고 환기 통로 밖으로 기어 내려갔다. 체조 수업을 받은 것도 도움이 되었다.

방 밖의 어두운 복도를 반쯤 지나 엘리베이터 근처까지 갔을 때, 툰데의 이메일이 도착했다. 맙소사. 내가 바보같이 습관적으로 휴대폰 소리를 다시 켜놓은 바람에 알림 소리가 낭랑하게 울려 퍼졌다.

"누구요?" 루의 목소리가 복도에 울렸다.

번쩍, 불이 켜졌고 나는 얼어붙었다.

루와 쉬푸가 아직 엘리베이터 앞에 있었다. 두 사람 다 몸을 돌려 나를 봤다. 청소부 작업복을 입은 젊은 여자를.

"안녕하세요." 나는 휴대폰을 등 뒤로 감추고 천천히 뒷걸음치며 말했다. "엄청난 폭풍우죠?"

두 사람이 어리둥절해서 서로 쳐다봤다.

"누구시죠?" 루가 내 쪽으로 걸어오며 물었다.

"저요? 청소부예요."

"사원증은 어디 있죠?" 루가 물었다. "보여주세요."

"어, 그건 제 카트에 있어요. 71층에요. 달려 내려가서 가져올게요."

나는 재빨리 뒷걸음쳤다.

쉬푸가 따라왔다. "이 층은 막혀 있는데요."

"막혀 있는 것 같지 않은데요." 나는 여전히 뒷걸음치며 대답했다.

두 사람이 나를 향해 달려오기 시작했다.

나는 한 치의 망설임도 없이 몸을 돌려 달아났다.

죽을 듯이 달려 계단까지 간 뒤 한 번에 두 개, 세 개씩 층계를 뛰어 내려갔다. 나는 거의 날고 있었다! 하지만 두 사람이 쏜살같이 뒤따라 내려오는 소리가 들렸다. 루가 경비와 통화를 하고 있었다. 그들은 출구를 막으려 할 것이다. 나는 15층에서 계단을 빠져나와 어두운 복도를 지그재그로 달려 일렬로 늘어선 엘리베이터들에 도착했다.

내 뒤로 계단 문이 벌컥 열리자마자 엘리베이터 한 대가 도착하는 소리가 땡 하고 울렸다. 고함 소리와 카펫 위를 쿵쾅쿵쾅 달려오는 발소리가 들렸다. 내가 구석에 몸을 숨기고 숨죽인 채 귀 기울이는 동안 추격자들은 엘리베이터로 달려가 버튼을 마구 눌러댔다.

"로비로 갔을 겁니다. 밖으로 나가게 해선 안 돼요."

루의 목소리였다.

또 다른 엘리베이터가 도착하자 두 사람은 곧바로 뛰어들었다.

나는 엘리베이터 문이 닫히자마자 다시 계단으로 가서 달음박질쳐 내려간 뒤 로비를 지나 지하로 갔다. 지하는 비어 있고 형광등 몇 개만 켜져 있었다. 나는 지하도를 기어가면서 몇 미터마다 발을 멈추고 모든 교차 지점과 내 뒤쪽을 살폈다. 건물 뒤의 연결 입구에 도착하기까지 마치 영원처럼 느껴졌다.

주차장의 철제문을 열자 끼익 소리가 났다. 누군가 분명 소리를 들었을 것이다. 밖을 순찰하는 야간 경비나 아니면 침입 경보를 듣고 출동한 경찰이. 하지만 아무 일도 일어나지 않았다.

나는 한 번도 속도를 늦추지 않은 채 전철역까지 내달렸다.

3.1

보통 때 같으면 15분이면 집에 도착했겠지만 그날 밤에는 한 시간도 넘게 걸렸다.

그날 부모님은 중요한 손님들을 저녁식사에 초대했다. 빌어

먹을 날씨 때문에 내가 건망증이 있거나 더 나쁘게는 무례한 인간으로 보일 판이었다. 집에 몰래 들어갈 좋은 방법이 없었다. 우리 집은 15층에 있는 방 두 개짜리 아파트니까.

흠뻑 젖은 채 엘리베이터에서 내린 나는 지각에 대해 어떤 변명도 통하지 않으리라는 걸 알아차렸다. 나는 가발을 가방에 집어넣은 뒤 머리카락을 정리하고 구겨진 옷을 펴고 문을 열었다.

아빠는 양복 차림의 나이 든 남자와 함께 식탁에 앉아 있었다. 그 남자의 얼굴은 꼭 돌을 깎아놓은 것 같았다. 웃음은커녕 미소라도 지어본 적이 있는지 의심스러운 얼굴이었다.

나는 그가 누구인지 알아봤다. 베이징에서 온 부도덕한 사업가 하크였다. 신축 공항을 둘러싼 스캔들과 관련해 웨이보(중국 최대의 마이크로블로그 사이트:옮긴이)에 그의 사진이 올라온 적이 있었다. 그 사람을 우리 집 식탁에서 보니 걱정이 밀려들었다. 아빠는 그의 악명을 모르는 게 분명했다. 아빠는 내가 아는 것들을 알기에는 너무 정직한 분이었다.

그런데 하크가 대체 왜 우리 집에 있는 걸까? 징조가 좋지 않았다. 하크가 아빠를 만날 일은 없을 텐데 말이다.

하지만 아빠는 미소를 짓고 있었다. 분명 준비된 만남이었다. 아빠가 어떤 일에 휘말린 걸까? 아빠 의지와 상관없이 하크를 초대한 걸까?

나는 얼이 빠졌지만 공손히 인사했다.

"늦어서 죄송해요, 아빠."

아빠는 몹시 실망한 눈치였지만 내색하지 않고 손님 쪽을 보며 말했다.

"오늘 밤에는 전철이 많이 지연된다는군요."

하크가 부드럽게 웃었다.

"이런 폭풍우는 제가 아주 어렸을 때 이후 처음입니다. 그런데 저는 비가 내리면 항상 식욕이 당기더군요."

나는 그의 노골적인 힌트에 고개를 끄덕이고는 새우와 버섯을 곁들인 폴렌타 케이크를 준비하는 엄마를 돕기 위해 허둥지둥 주방으로 갔다. 엄마는 혼자 요리하느라 정신이 없었다. 끓고 있는 여러 개의 냄비들, 알람이 울리는 오븐, 엄마 안경에 서린 김을 보니 너무 미안했다.

"카이, 책임감에 대해 얼마나 더 가르쳐야 하는 거니?"

"죄송해요, 엄마." 나는 수프를 휘저으며 말했다. "입이 열 개라도 할 말이 없어요."

하지만 나는 무슨 일이 일어나고 있는지 알아야 했다. 대체 왜 하크가 우리 집에 있는 걸까?

"넌 아빠 전화도 안 받았어. 우리가 왜 네 휴대폰 비용을 내주는 걸까? 굉장히 중요한 손님이 오신다고 했잖아."

나는 수프 맛을 봤다.

"맛있어요."

엄마가 고개를 끄덕였다.

"이모가 알려준 레시피야. 커라마이 지방의 맛이지."

나는 무슨 일이 일어나고 있는지 알아야 했다.

"아빠가 만나고 있는 사람이 누구예요?"

나는 걱정스러운 마음을 감추려 애쓰면서 조심스레 질문을 꺼냈다.

엄마가 수프를 저으며 미소를 지었다.

"사업 파트너란다. 우리 가족한테 굉장히 도움이 될 거래에 대해 얘기하고 계셔. 너, 공손히 굴어야 한다."

"당연하죠, 엄마. 근데 무슨 거래인지 아세요?"

엄마가 수프를 젓고 있던 손을 멈추고 나를 봤다. 내가 선을 넘은 것이다.

"왜 그렇게 궁금한 게 많니? 난 네가 알아야 할 건 이미 다 얘기했어."

"하지만 아빠가 저런 손님과 만나는 일은 흔치 않으니까…."

"어떤 손님인데?"

나는 포기하기로 했다. 엄마의 반감을 사서 좋을 건 없었다. 엄마는 내 궁금증을 풀어주지 못할 것이다. 게다가 나는 몸을 사려야 했다.

"변화가 너한테 쉽지 않았다는 건 알아." 엄마가 말했다. "네가 태어난 세상, 자란 세상은 이 세상과 아주 다르지. 마치 겨울과 여름처럼. 하지만 성공이 단지 네 아빠의 것만은 아니야. 내 것만도 아니고. 우린 더 나은 삶을 위해 이곳으로 왔어. 여기까지 오려고 열심히 노력했다. 그리고 계속 열심히 노력할 거야. 단지 돈을 많이 벌어 더 큰 아파트와 차를 사기 위해서가 아니야. 네가 성공에 필요한 것들을 가질 수 있게 해주기 위해서지. 카이, 넌 똑똑한 아이야. 내가 본 가장 똑똑한 아이. 하지만 넌 가끔 지금의 현실과 분리돼 있어. 지금 우린 네 도움이 필요하단다."

나는 엄마의 말을 완전히 이해하고 고개를 끄덕였다.

내가 태어난 곳은 아빠가 공산당 관리의 자녀들이 주로 다니는 작은 대학의 경제학 교수로 일하던 푸젠 성이다. 엄마는 초등학교 교사였다. 두 분 모두 열심히 일했다. 아주 열심히. 내가 자랄 때는 부모님을 며칠 연이어 보는 일이 흔치 않았다. 휴가도 없었다. 화려한 파티도, 선물도, 영화도 없었다.

두 분의 근면성은 내가 중학교에 들어갈 즈음 보답을 받았다. 한 학생의 아버지가 아빠를 하얼빈 공업대학의 교수직에 추천했다. 1년 뒤에는 베이징에서 정부 경제자문으로 일하는 자리를 얻었다. 이사를 할 때마다 나는 친구들을 두고 떠났다. 집을 옮겨 가면서 우리 가족은 더 부유해졌다.(유럽이나 미국과 비교하면 여전히 중산층이긴 하지만.) 그래도 부모님은 여전히 열심히 일한다. 그전보다 더 열심히는 아니라 해도.

내가 부패를 폭로하는 블로거, 페인티드 울프라는 사실을 알면 부모님은 낯을 들지 못할 뿐 아니라 큰 곤경에 처할 것이다. 나는 내가 하는 일이 도덕적으로 옳다고 믿지만, 우리 사회에서는 받아들여질 수 없는 일이다. 나는 열여섯 살의 소녀다. 공부하고, 친구들과 어울리고, 남자애들과 문자를 주고받으며 시간을 보내야 하는 나이.

요리가 완성되자 나는 엄마를 도와 음식들을 식탁으로 옮겼다. 분위기가 상당히 바뀐 걸 느낄 수 있었다. 아까는 경직되고 사무적인 분위기였는데 지금은 흥겹고 화기애애한 느낌이었다.

그리고 식탁에는 또 다른 손님이 와 있었다. 나보다 기껏해야 몇 살 더 많아 보이는 인도인이었다. 완벽한 맞춤 정장에 스니커즈를 신은 그는 밝은 미소와 건강한 치아에 눈매가 단검처럼 날카로웠다.

그가 일어서서 나한테 인사했고, 나는 그 사람을 한눈에 알아봤다.

"안녕하세요." 그가 나무랄 데 없는 만다린어(중국 표준어처럼 쓰이는 방언:옮긴이)로 말했다. "저는 키란 비스와스입니다."

인도 최대 기술업체의 창립자인 키란 비스와스. 지니어스 게임의 창시자 키란 비스와스. 제2의 스티브 잡스 또는 레오나르도 다 빈치로 칭송받는 열여덟 살의 천재.

그런데 도대체 키란 비스와스가 지금 우리 집에서 뭘 하고 있는 거지?

3.2

이어진 저녁식사는 내가 가족과 함께했던 어떤 식사와도 달랐다.

당연히 키란이 관심의 중심이었다. 하지만 그는 겸손했고 자기 때문에 주변이 빛을 잃는 것에 다소 불편해하는 것 같았다. 독학을 한 키란은 중국 정치, 날씨, 증시 변동, 입자물리학, 입체파, 식물학, 컴퓨터 할 것 없이 어떤 화제에 대해서도 막힘이 없었다. 키란이 인정했듯, 컴퓨터는 그의 인생이었다.

식사 내내 키란은 나한테 말을 걸면서 대화에 나를 포함시켰다. 타고난 경계심에도 불구하고 나는 키란이 말하는 모든 것에 빠져들었다. 그가 쓰는 단어나 완벽한 발음 때문이 아니라 매우 주의 깊게 들어준다는 사실 때문이었다. 그는 내가 상상했던 냉정한 전문가가 아니라 솔직하고 좋은 사람이었다. 키란 숭배는 단순한 마케팅 전략이 아니었던 걸까?

그는 나한테 기술 진보와 기회에 대해 어떻게 생각하는지 물었다. 나는 부모님의 감정을 상하게 하거나 모욕이 되지 않는 선에서 최선을 다해 대답했다.

키란은 자기 회사가 이룬 많은 것들, 올해에 신청한 특허들과 인수한 작은 기술업체들에 대해 얘기했다. 그는 인상적인 프레젠테이션을 했지만 아빠는 더 깊이 파고드는 질문들을 던졌다. 아마 잠재적인 협력 관계와 관련된 것 같았다.

아빠가 지금으로부터 20년 뒤에 온드스캔이 어떤 모습이길 원하는지 묻자, 키란은 미소를 지었다.

"저는 우리 회사를 웹의 관문이라기보다 새로운 삶으로 들어가는 관문으로 생각하는 데 자부심을 느낍니다. 우리는 선진국들뿐 아니라 그 너머의 모든 세상이 뛰어놀 운동장을 바꾸고 있죠."

"그게 무슨 뜻인가요?" 내가 물었다.

아빠가 곁눈질로 나한테 눈치를 줬다. 하지만 나는 지금 무슨 일이 벌어지고 있는지 알고 싶었다. 하크처럼 썩어빠진 사람은 말할 것도 없고 키란이 우리 집에 있는 것도 말이 안 되는 상황이었다.

아빠는 무슨 일을 하고 있는 걸까? 곤경에 빠진 걸까?

"제겐 비전이 있습니다." 키란이 나와 눈을 맞추며 대답했다. "어릴 때 저는 기차역에서 지칠 때까지 구걸을 하며 살았어요. 밤이 되면 운행되지 않는 기차 위로 올라갔지만 잠을 이루지 못했던 기억이 나네요. 도시의 먼 불빛들을 바라보면서 절망을 느꼈어요. 그 불빛들이 너무 멀리 있는 것 같았거든요. 도저히 닿을 수 없는 먼 곳에요. 밤새 달려도 도착할 수 없을 것 같았어요. 그 때 문득 이런 생각이 떠올랐어요. 왜 내가 절대 도달할 수 없는 무언가에 닿으려고 노력하지? 그대신 그게 나한테 오게 만들어야지. 그 생각이 제 지침이 되었어요. 저는 사람들에게 세상에 접근하는 방법을 주길 원치 않아요. 세상을 사람들에게 가져다주고 싶어 하죠."

아빠는 이 말에 고개를 끄덕였지만, 하크 씨는 약간 김이 샌 것 같았다.

"당신처럼 성공한 사람이 그런 비현실적인 생각을 한다니 믿기 어렵군요. 제 말은, 우리 모두에겐 길잡이가 되는 비전이 있다는 겁니다. 제 경우엔 돈을 많이 버는 거죠!"

그렇게 말하면서 하크가 웃음을 터뜨렸지만, 키란은 웃지 않았다.

"제 원동력이 제 비전입니다." 키란이 말했다. "제 비전이 저를 성공시켰어요."

하크가 코웃음을 쳤다.

"열심히 일해서 성공한 거죠. 인내와 땀 덕분에 성공한 거예요. 아니라는 대답은 사절입니다. 오늘날에는 그 어느 때보다 힘든 싸움이 벌어지고 있습니다. 내가 거래를 하려 할 때마다, 뭔가를 시작하려 할 때마다 도덕적 우월 콤플렉스에 찌든, 휴대폰을 든 양아치 애들이 저지하려고 들어요. 정말 여기 중국에선 진정한 성공은 고사하고 남부럽지 않은 생활을 하는 것도 거의 불가능합니다."

휴대폰을 든 양아치라고? 설마 내 얘기를 하는 건 아니겠지?

"적응해야 합니다, 하크 씨."

"적응하라고요?" 하크가 접시들이 흔들릴 정도로 식탁을 쾅 쳤다. "그자들은 기생충입니다. 직업도 없고요. 부모님 집 지하실에서 기어나와 내 삶을 엉망으로 만들고는 난관에 부딪히면 잽싸게 다시 기어들어가 숨죠. 그런 양아치들은 제거되어야 합니다."

"제거라고요?" 키란이 고개를 저었다. "그 말은 좀 환원주의적으로 들리네요. 하크 씨가 말한 그 기생충들 중 일부는 똑똑한 사람들이에요. 예를 들어 초점을 올바로 맞춘 로저 도저나 페인티드 울프는 혼자 힘으로 기업가가 될 수 있어요. 그 사람들에게 당신의 대의를 설득시키면 어떨지 생각해보세요. 그들과 싸우는 대신 당신의 사고방식으로 그들의 생각을 바꾼다면요?"

내 이름이 나오자 너무 당황한 나머지 그만 찻잔을 엎지르고 말았다.

아빠가 얼굴을 찌푸렸고, 키란이 손을 뻗어 나를 도와줬다.

"괜찮아요. 다 닦았어요. 죄송합니다."

나는 키란이 왜 페인티드 울프를 말했는지 아무리 생각해도 알 수가 없었다. 키란이 어떻게 알았을까?

갑자기 가슴이 철렁하며 숨이 막혔다. 페인티드 울프라는 이름이 우리 집에서 나온 적은 지금까지 한 번도 없었다. 나는 내 삶의 두 세계를 멀리 떼어놓는 선을 오랫동안 지켜왔기 왔기 때문에 부모님은 내가 누구인지 전혀 눈치채지 못했다고 확신한다. 그런데 지금, 우리 집의 저녁 식탁에서, 테크놀로지 분야의 세계 최고 스타 중 한 명인 키란 비스와스가 내가 주의 깊게 구축한 모든 걸 위협하고 있는 것이다.

내가 엎질러진 물을 마저 닦는 동안, 키란이 하크를 보며 물었다.

"터미널이란 단체, 알고 계시죠?"

"아니요." 하크가 도전적으로 대답했다. "난 그런 사람들 상대 안 해요."

"음." 키란이 사려 깊게 손깍지를 꼈다. "하크 씨는 기생충들을 때려잡아야 하지만 제겐 처리해야 할 포식자들이 있어요. 터미널은 세계적인 해킹 네트워크입니다. 총과 탄약 대신 키보드와 소프트웨어를 손에 든 테러리스트들이죠. 그들은 온드스캔을 해킹하려고 무수한 시간을 썼어요."

"왜요?" 내 시선은 키란한테 고정되어 있었고, 심장 뛰는 소리가 내 귀에까지 들렸다.

아빠가 자리에서 몸을 꼿꼿이 일으켰다.

키란이 미소를 지었다. "그들은 저를 두려워하거든요."

그러자 하크가 웃음을 터뜨렸다. 아빠조차 미소를 지었다.

"제 회사의 로고를 아시나요?" 키란이 물었다.

"네." 아빠가 대답했다. "시바(힌두교에서 가장 강력한 파괴의 신:옮긴이)죠. 아주 세련됐어요."

키란이 고개를 끄덕였다. "맞아요. 좀 추상적이죠. 디자이너들이 어떤지 아시잖아요. 하지만 주목해야 할 핵심은 시바의 오른발이 작은 형체를 밟고 있다는 거예요."

"저는 그게 돌인 줄 알았는데요."

"그건 무지의 악령인 아파스마라예요. 힌두교 신화에서는 세상에서 무지를 완전히 없앨 수 없다고 믿어요. 그런데 그렇게 하면 모든 것의 균형이 깨지고 심지어 지식까지 평가절하될 겁니다. 우리는 무지를 없앨 수는 없지만 억누를 수는 있어요. 이것이 우리가 블로거들, 해커들, 그리고 우리를 망가뜨리려 하는 사람들을 다루는 방법입니다. 그들을 짓밟는 게 아니라 우리 눈에 보이는 곳에 두고 해를 끼치지 않도록 만드는 거죠."

"하." 하크가 킥킥거리며 대꾸했다. "내가 그 얼간이들을 채용이라도 해야 한다고 말하는 것 같네요. 우린 현실을 아주 다르게 해석하는군요."

"맞아요." 키란이 대답했다. "하지만 우리가 철학 토론을 하려고 여기에 온 건 아닙니다. 그렇죠? 우린 사업을 하려고 모였어요."

그때 아빠가 일어섰다. "카이, 주방에서 엄마를 도와주겠니?"

"네, 아빠." 나는 일어서서 고개 숙여 인사했다. "만나서 반가웠어요, 비스와스 씨. 하크 씨도요."

키란도 고개 숙여 인사했다.

"저도 즐거웠습니다. 그냥 키란이라고 불러주세요."

내겐 사람 마음을 잘 읽고 생각을 예측할 줄 안다는 자부심이 있다. 키란은 분명 단순히 어떤 제안을 하려고 여기에 온 게 아니었다. 그는 더 중요한 무언가, 우리 아빠를 넘어서는 무언가, 내가 이해하지 못하는 무언가를 위해 여기에 왔다.

나는 주방으로 향하면서 키란이 아빠와 하크, 그리고 나한테 무언가를 숨기고 있다는 확신이 들었다. 그게 뭔지 알아야 했다.

3.3

엄마를 도와 설거지를 하고 커피를 준비하면서 심장이 쿵쿵 뛰었다.

밖에는 비가 세차게 쏟아졌다. 온 세상이 씻겨 내려가고 있었다. 천둥이나 번개는 치지 않았다. 바다가 땅을 집어삼키려고 뭍으로 올라온 것만 같았다. 키란과 나눈 대화에 대한 생각이 내 집중력을 집어삼킨 것처럼.

나는 설거지를 하면서 키란의 대답들을 머릿속으로 몇 번이고 재생해봤다. 모든 단어, 모든 몸짓을 하나하나 나눠 분석하면서 드러나지 않은 의미를 추론할 수 있는지 살폈다. 하지만 앞뒤가 맞지 않아 미칠 지경이었다.

키란과 하크가 떠난 뒤 부모님이 나를 식탁으로 불렀다. 우리는 약식과 망고를 먹었다. 나는 두 입 이상 삼키지 못했지만.

아빠가 먼저 입을 뗐다.

"지난 몇 년 동안 카이 네가 정말 힘들었다는 거 안다. 우리가 여러 번 이사를 하고…."

서두로 보건대 식사 내내 생각한 얘기일 것이다. 그리고 아마 내가 지금까지 백만 번쯤 들었던 얘기겠지. 나는 몇 초도 안 되어 머릿속 생각으로 돌아갔다.

오늘 밤 렉스와 툰데한테 알려야 한다. 그 애들은 키란 비스와스가 우리 집에 와서 나와 대화를 나눴다는 걸 믿지 못할 것이다. 그 애들이 키란에 대해 알고 있는 것, 지니어스 게임에 대해 알고 있는 것을 파악해야 한다. 얼른 가야 해!

고개를 드니 부모님이 나를 이상하다는 듯이 쳐다보고 있었다. 나는 아빠가 벌써 얘기를 끝냈다는 걸 알아차렸다. 족히 몇 분 전에.

"죄송해요. 오늘 밤에 너무 많은 일이 있었어요. 굉장히 피곤해요."

엄마가 나한테 이해한다는 미소를 지어 보이고는 아빠 손에 손을 올렸다.

나는 접시들을 치우고 방으로 달려가 문을 닫았다. 그리고 이메일로 이 상황에 대한 렉스와 툰데의 의견을 듣기 위해 다급히 온라인에 접속했다. 그런데 내 수신함 맨 위에 주소가 '온드스캔'으로 된 이메일이 와 있었다.

지니어스 게임의 초대장이었다.

초대장의 발송자는 키란이었고, 페인티드 울프의 최근 게시물들과 성공을 축하한다는 말로 시작되었다. 나는 첨부된 편지를 암호화된 채널을 이용해 다운로드한 뒤 초대장을 꼼꼼히 두 번 읽었다.

불과 몇 시간 전에 키란이 내 맞은편에 앉아 있었던 게 과연 우연일까? 그는 아무 말도 하지 않았다. 알은체하는 눈길도 던지지 않았다. 어떤 암시도, 제안도 하지 않았다. 어느 모로 보나 이건 어쩌다 동시에 일어난 일이었다. 우연의 일치였다. 하지만 내 머리는 불가능한 일이라고 말했다. 키란은 알고 있었던 게 틀림없다.

여기까지 생각이 미치자 무서워졌다. 맞은편에 앉아 있는 내내 내 정체를 알고 있었다고? 그런데 왜 아무 말도 하지 않았던 걸까? 만약 키란이 내가 누군지 알고 있다면 나를 초대할 경우 나의 존재를 알리게 된다는 것도 알 것이다. 이 초대는 나를 세상에 노출시킬 것이다. 지니어스 게임은 지금부터 이틀 뒤 미국의 보스턴 컬렉티브에서 열린다….

나는 가면 안 된다.

소리 소문 없이 보스턴까지 날아간다고? 부모님은 뭐라고 하실까? 초대받은 사람은 카이 장이 아니라 성공의 적인 페인티드 울프다. 하크가 때려잡고 싶은 기생충. 키란이 전향시키고 싶은 블로거.

누군가가 페인티드 울프의 실체를 알아차리면 우리 부모님의 경력, 두 분의 삶 자체가 위험에 처할 것이다. 내가 뒤쫓았던 모든 사람들, 내가 자리에서 끌어내리는 데 일조했던 모든 부패 정치인들, 사업가들, 전문가들이 할 수 있는 모든 방법을 동원해 우리 가족을 공격할 것이다.

아니, 있을 수 없는 일이다.

키란이 아는 게 뭐든 페인티드 울프는 수수께끼 같은 존재이고 그렇게 남아야 한다. 여행을 하고 툰데와 렉스를 만날 생각을 하면 기뻤지만 이 결정을 다시 검토할 만큼은 아니었다.

나는 초대장을 삭제했다.

무엇보다 가족이 우선이다.

스스로를 대견해하며 이메일 수신함으로 돌아간 나는 그제야 툰데가 예전에 보낸 메일을 읽었다. 읽고 나니 더 빨리 읽지 않은 게 바로 후회되었다.

From: Naija_Boi@lodge_revolution.com

To: Rex_n_effex@lodge_revolution.com, PaintedWolf@lodge_revolution.com

제목 : 도와줘

친구들아, 도와줘. 이야보 장군이 우리 마을에 왔어. 내 태양광 발전 장치에 대해 듣고는 직접 보길 원했지. 장군은 그걸 보더니 제안을 하나 했어. 내겐 거부할 자유가 없는 제안. 나는 장군한테 복잡한 GPS 교란기를 만들어줘야 해. 굉장히 위험한 상황이야. 도움이 절실히 필요해. 장군은 장난이 아니거든. 최대한 빨리 연락해줘. 난 달아나고 싶어. 하지만….

심장이 철렁 내려앉았다.

나는 곧바로 머릿속의 기어를 바꾸고 키란과 아빠에 대한 모든 걱정을 밀어둔 채 집중 조사 모드에 돌입했다.

이야보 장군에 대해 내가 찾을 수 있는 모든 참고 자료를 끌어내는 데는 그리 오래 걸리지 않았다. 내가 알게 된 사실들은 내 모든 걱정을 넓은 시각에서 보게 만들었다. 이야보 장군은 괴물이었다. 하크, 쉬푸, 루를 엑스트라로 보이게 만들 만큼. 그는 믿을 수 없을 정도로 위험한 데다 굉장히 똑똑한 사람이었다. 그는 전투부대를 지휘할 뿐 아니라 나이지리아의 악명 높은 해킹 조직을 운영하고 있었다. 419 이메일(가상의 나이지리아 왕자를 돕기 위해 소액을 기부하면 부자로 만들어준다고 약속하는 금융 사기 메일:

옮긴이)의 대다수를 보낸 범인이 바로 이 조직이다.

튠데의 말이 100퍼센트 옳다. 이 사람은 장난이 아니다.

그리고 튠데가 만들어야 하는 GPS 교란기는 정교한 기술이다. 작은 교란기는 비교적 저렴한 비용으로 구입하거나 만들 수 있지만, 이야보 장군이 염두에 둔 건 그런 단순한 교란기 이상일 것이다. 장군은 군사적 규모의 뭔가를 원할 가능성이 높다.

튠데가 아주 나쁜 무언가에 깊이 휘말렸다.

우리가 도와야 한다.

어떤 대가를 치르더라도.

4. 렉스

제로 아워까지 5일 16시간 42분

툰데의 이메일을 읽고 걱정이 되었다. 분명 페인티드 울프도 마찬가지일 것이다.

나는 메시지와 채팅으로 툰데한테 기운을 북돋아주려 했지만 툰데는 온라인에 접속해 있지 않았다.

나는 저녁을 먹은 뒤 내 방으로 가서 페인티드 울프한테 전화를 걸었다. 중국 시간으로는 오전이어서 꿈나라에 있을 줄 알았는데 금방 받았다. 그녀는 패셔너블한 후드티에 스키 모자, 유명 디자이너의 선글라스를 쓰고 0과 1로 이루어진 빛나는 고화질 디지털 세계에 등장했다.

우리는 전에도 화상채팅을 한 적이 있는데, 이번에는 페인티드 울프가 얼굴을 꽁꽁 가리고 있어서 좀 놀랐다. 뭘 숨기고 있는 거지? 얼굴에 흉한 뾰루지라도 생겼나?

"안녕, 렉스."

페인티드 울프가 실시간으로 돌리는 암호화 소프트웨어 때문에 목소리가 변조되어 들렸다. 꼭 로봇이 내는 소리 같았다.(전에는 마틴 루서 킹이나 마이크 타이슨, 벅스 버니, 마하트마 간디의 목소리를 내도록 소프트웨어를 프로그래밍 한 적도 있었다.)

"툰데의 이메일 봤어?" 그녀가 물었다.

"응. 상황이 완전 나쁜 것 같아."

"그러게. 우리가 뭘 할 수 있을까?"

"툰데를 거기서 빼내거나 아니면…."

"그럴 순 없어. 그곳은 툰데의 고향이야. 가족이 있고."

"그럼 어떡하지?"

"우리가 툰데한테 가야 해. 그러니까 내 말은… 미친 소리처럼 들리겠지만 아마 우리가 그곳에 가서 뭔가를 할 수 있을 거야. 툰데가 그 기계 만드는 걸 돕거나 이야보 장군한테 얘기하거나… 뭐 그런 거."

"난 안 돼. 우리 둘 중 누구라도 그렇게 할 수 있을지 의문이야. 우린 그냥 툰데랑 얘기해서 상황이 어떻게 돌아가는지 알아야 해. 더 많은 정보를 알게 되면 계획을 세우고."

대화를 하는 동안 나는 페인티드 울프가 입은 셔츠에 한자들이 있는 걸 알아차렸다. 그녀는 전에도 그런 셔츠들을 입은 적이 있는데 매번 글자들이 달랐다. 나는 그게 유명 상표이거나 록 밴드 이름인 줄 알았다.

나는 스크린샷을 찍었다. 내겐 그런 파일이 12개 더 있다.

페인티드 울프의 실제 모습

그 글자는 나쁜 뜻 같았다. 사실 이것이 페인티드 울프와 내가 소통하는 방식이다. 우리는 이 '놀이'를 계속해왔다. 페인티드 울프는 내가 항상 정보를 찾고 있다는 걸 알고 있었다. 그녀가 두른 갑옷의 틈새로 그녀가 누구인지, 실제 모습이 무엇인지 알아내기 위해.

글자들을 번역해보니 영문 모를 말들이 잔뜩 나왔다. 그 터무니없는 말들을 검색엔진에 입력해보니 〈늑대와 함께 달리는 여인들〉이라는 책의 아마존 리뷰 페이지가 나왔다. 그 페이지에는 세상에, '렉스 먼디'라는 사람이 두 달 전에 쓴 똑똑한 리뷰가 실려 있었다. 멋진 이름이군.

"미스터리 좋아해? 난 좋아해. 이 문제는 그냥 미스터리로 놔두자구."

페인티드 울프는 자기가 누구인지 염탐하지도, 파헤치려 하지도 말라는 말을 이렇게 했다. 하지만 그 말은 역효과만 낳았다. 페인티드 울프가 너무 똑똑해서 더 열심히 염탐하고 싶어졌다. 물론 페인티드 울프는 그런 염탐에 대비가 되어 있었다.

코드를 해석하는 방식대로 그녀를 해석하려는 내 모든 시도는 실패로 끝났다. 음, 실패라기보다 방향이 잘못된 것이지만. 그녀의 침대 뒤 벽에 붙어 있는 홍콩 컬트영화 〈가유희사(家有喜事)〉의 포스터 구석에 있는 프랙털은 뭘까?

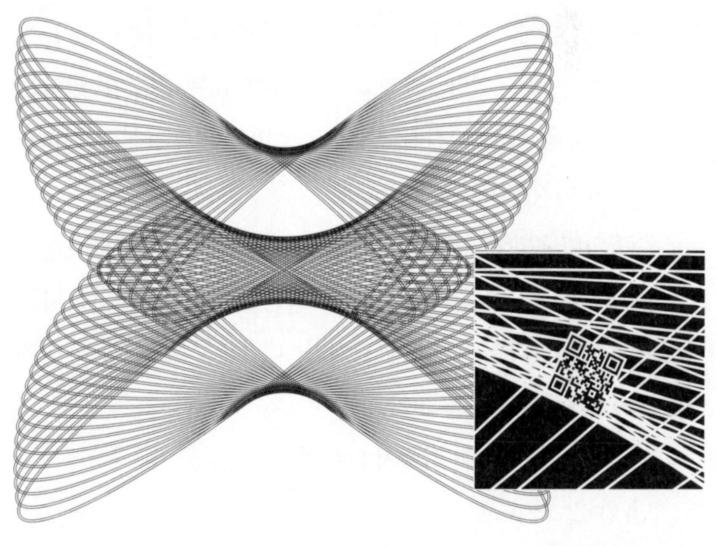

클로즈업한 프랙털

그 특이한 프랙털을 스캔 하니 MC 드래곤 둠이라는 중국 래퍼의 뮤직비디오가 나왔다. 그리고 그 영상에는 나한테 손가락을 까닥거리는 페인티드 울프와 '안 돼, 안 돼, 안 돼'라는 글자가 반복되는 애니메이션이 암호화돼서 입혀 있었다.

이 모든 일이 '선수 치기 게임'으로 바뀌는 데는 그리 오래 걸리지 않았다. 페인티드 울프가 주는 단서는 점점 더 아리송해졌고 내 추적 작업은 갈수록 더 짓궂어졌다. 얼마 지나지 않아 나는 진실을 깨달았다. 페인티드 울프의 실명은 중요하지 않다. 실명은 그녀에 대해 아무것도 말해주지 않을 것이다. 내가 알아야 하는 모든 건 이미 내 손에 있었다.

핵심은 미스터리였다.

흔히 말하듯, 여행은 그 과정이 목적지다. 나는 그런 식으로 생각하는 걸 좋아한다. 우리 우정의 핵심에 놓인 미스터리가 우리를 이어주는 끈이었다. 그리고 수수께끼 같은 친구가 있다는 사실이 내 삶을 더 흥미진진하게 만들었다. 나는 사실 페인티드 울프가 누구인지 알고 싶지 않았다.

우린 이미 굉장히 재밌는 시간을 보내고 있잖아.

"초대장을 받았어." 페인티드 울프가 무심히 던진 말에 나는 몽상에서 깨어났다. "어젯밤에 왔더라. 네가 아직 초대장을 받지 않았다면 틀림없이 곧 올 거야."

"와, 진짜 대박이다. 기쁘지 않아?"

"난 안 갈 거야."

"뭐라고! 제정신이야?"

"내가 하는 일을 알잖아, 렉스. 난 위험을 무릅쓸 수 없어."

"그래. 하지만 이번 대회는 모르긴 몰라도 변화를 일으킬 수 있는 기회잖아. 그저 그런 대회라면 그렇게 비밀을 유지하지 않겠지. 온라인에서 정보를 철저히 통제시킨 사실만 봐도 툰데의 말이 맞을 거야. 이 대회는 삶을 바꿀 거야. 다음 단계가 뭐건, 이 대회는 거기서 시작할 거야."

"시간이 더 있다면 갈 방법을 생각할 수 있겠지. 하지만 시간이 없어. 대회는 이틀 뒤야. 말도 안 되지. 만약 간다면 난 운을 믿고 욕심을 부리는 거야. 그건 확실해. 게다가 죄다 툰데나 너 같은 사람들이 오겠지. 뛰어난 기술력을 갖춘 영재들."

"저기, 분명히 말하지만 넌 아주 똑똑해. 내가 만난 가장 뛰어난 사상가들 중 한 명이라구. 네가 어제 올린 영상에 대해 말해 볼까? 내 번역기 앱이 부실하긴 하지만 내가 알게 된 건 엄청났어. 넌 그 멍청이들의 죄를 밝혀냈어."

"고마워. 하지만…."

"하지만이라고 말하지 마. 그냥 칭찬을 받아들여."

페인티드 울프가 살짝 미소를 지었다.

"오늘 우리 집에 누가 저녁 먹으러 왔는지 알아맞혀봐."

"음, 몇 번 만에 맞혀야 돼?"

"그냥 맞혀봐."

"네 남친?"

페인티드 울프가 고개를 저었다.

"장난해? 네 추리 실력이 이 정도는 아닐 텐데."

"내가 아는 사람이야?"

"응, 어느 정도는. 넌 그 사람을 알뿐더러 아주 존경해."

"아, 내가 존경한다고? 그럼 툰데나 위트필드 디피겠네."

"그게 누군데?"

"헉, 정말 몰라? 공개키 암호화 방식을 개발한 사람이잖아."

"키란 비스와스였어."

"지금 농담해?"

"아니."

"그 사람이 왜? 너 때문에 온 거야? 아니면…."

"비스와스는 내가 누군지 몰라. 우리 아빠랑 얘기하려고 온 거야. 솔직히 말하면, 그래서 난 정신이 나간 상태야. 비스와스하고 얘기를 해봤는데, 그 사람은 분명 내가 페인티드 울프라는 걸 몰랐어."

"비스와스가 너희 아빠랑 무슨 얘기를 하려고 했는데?"

"모르겠어. 사실 그것 때문에 좀 걱정이 돼…."

내가 대답할 틈도 없이 우리 둘 다 휴대폰에서 알림 소리가 울렸다.

튠데가 온라인으로 돌아왔다.

"튠데가 왔어." 페인티드 울프가 말했다.

그리고 화면이 깜빡거리더니 통화가 끊겼다.

잠깐만, 방금 무슨 일이 일어난 거야?

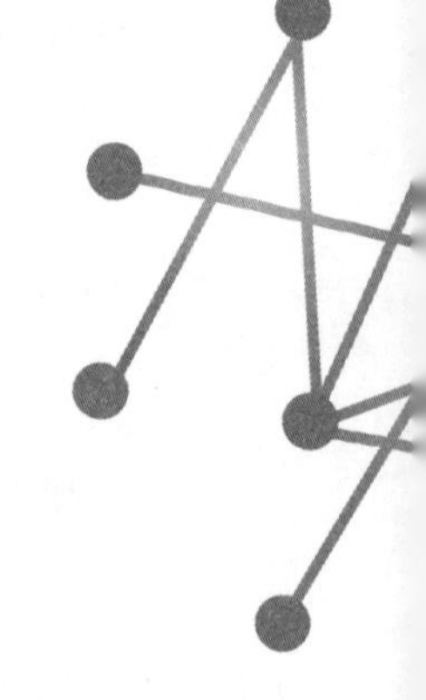

4.1

대화상자로 넘어가니 튠데와 울프가 기다리고 있었다.

페인티드 울프 괜찮아, 튠데? 가족들은 어때?

나이자 보이 안녕, 울프. 응, 모두 괜찮아. 나 포함. 답장 보내줘서 고마워. 진짜로 탈출하는 것 말고는 어떻게 이 상황에서 벗어나야 할지 모르겠어…

나이자 보이 하지만 사태가 심각해. 이야보 장군이 나한테 준 시간은 내가 지니어스 게임에서 돌아올 때까지야. 그때 제대로 된 교란기가 자기 손에 있어야 한다고 했어.

킹Rx 이런. 교란기에 대해 얘기해줘.

나이자 보이 최대한 강력해야 돼. 내가 아는 건 그것뿐이야.

페인티드 울프 넌 우리가 아는 최고의 엔지니어야, 툰데. 금방 만들 수 있지?

나이자 보이 다른 때 같으면 네 말에 맞장구치겠지. 하지만 이번은 상황이 달라. 그 사람한테 무기를 만들어주고 싶지 않거든. 문제는 나한테 선택의 여지가 없다는 거야. 게다가 지니어스 게임에서 최대한 좋은 성과도 내야 하니…

페인티드 울프 당연히 우리가 널 도울 거야, 툰데.

킹Rx 우리한테 사양을 보내주면 구현할 수 있어.

나이자 보이 시간이 너무 없어. 지니어스 게임이 하루밖에 안 남아서 어떻게 해야 할지 모르겠어.

페인티드 울프 바로 그거야.

나이자 보이 뭐가?

페인티드 울프 지니어스 게임. 난 방금 초대장을 받았어. 그럼 렉스는 두 시간 안에 초대장을 받는다는 뜻이지. 지니어스 게임에서 우리가 만나면 교란기 만드는 걸 도와줄 수 있어. 거기다 네가 우승하도록 도울 수도 있고.

킹Rx 잠깐만 울프. 네가 안 가는 줄 알았는데.

나이자 보이 언제 그런 말을 했어?

페인티드 울프 다시 생각해봤는데, 가야겠어.

킹Rx 하지만 위험하고…

페인티드 울프 렉스, 툰데는 가족이야. 난 갈 거야.

나이자 보이 고마워. 너희 둘은 진짜 우리 가족처럼 소중한 사람들이야. 알지? 하지만 너희들의 경쟁 기회를 뺏을까 봐 겁이 나.

페인티드 울프 걱정은 접어둬.

나이자 보이 렉스가 돌려야 하는 프로그램도 잊지 마. 렉스가 양자컴퓨터로 형 찾는 걸 나도 도울게. 우린 온라인이 아니라 현실에서 팀이 되는 거지! 교란기를 만들고, 테오 형을 찾고, 지니어스 게임에서 우승도 하고!

바로 그때였다. 모든 것이 딱 분명해졌다. 지니어스 게임이 우리 삶의 결정적 순간, 우리 모두가 "거기서 모든 게 바뀌었어요." 하고 말할 단 하나의 경험이 될 거라는 사실이.

지금 돌아보면 내가 옳았다는 걸 알겠다. 이유만 다를 뿐.

나이자 보이 난 너희 둘을 처음으로 직접 만난다는 게 제일 신나. 근데 배터리 전원이 다 떨어져가. 지금은 가봐야 하지만 얼른 다시 만나자.

킹Rx ㅇㅋ

페인티드 울프 잘 자, 친구들.

나이자 보이 초대장이 오면 바로 알려줘, 렉스. 너무 흥분돼서 잠이 안 올 것 같아.

킹Rx 나도 그래.

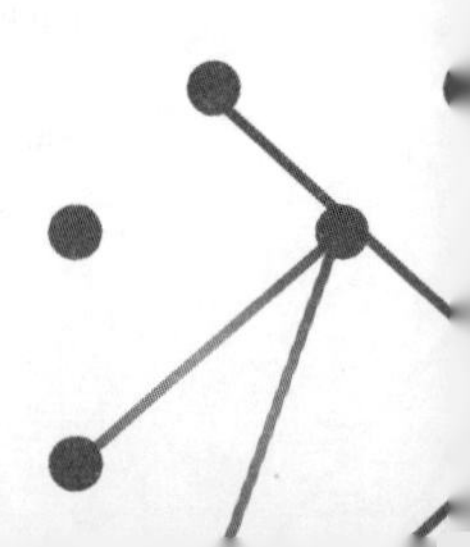

채팅창을 닫은 뒤 메일함을 다시 확인했다. 스팸 메일과 자완다 아저씨가 보낸 감사 메일 말고는 텅 비어 있었다.

툰데가 먼저 초대장을 받았고 그다음이 페인티드 울프였다. 아프리카, 아시아, 그다음이 미국. 초대장은 몇 시간 안에 올 것이다. 하지만 내 마음 한구석에서 계속 맴돌던 어떤 목소리가 갑자기 커졌다. 나는 그 말을 듣고 싶지 않았다.

네가 초대받지 못하면 어떡할 건데? 그럼 넌 못 가잖아.

4.2

밤 10시 직전, 온라인에 축하 게시물이 물밀듯이 올라오기 시작했다.

지니어스 게임의 초대장이 지구의 이쪽 편에 도착한 것이다.

남아메리카가 먼저였다. 이어서 중앙아메리카, 그다음에는 멕시코인들이 환호를 질렀다.

북아메리카의 경쟁자들은 11시가 막 지나서야 초대장을 받았다는 글을 올리기 시작했다. 첫 번째는 동부 해안 지역이었다. 내가 아는 애들도 좀 있었다. 입이 귀에 걸린 사진들과 흥분해서 펄쩍펄쩍 뛰는 영상들이 올라왔다.

꼭 초대받아야 해.

손이 떨리고 심장이 두근거렸다.

15분 뒤, 중서부 지방에 초대장이 발송되었다. 초대장이 도착해 경쟁자들이 시끌벅적한 게시물을 쏙쏙 올리는 동안 나는 눈을 부릅뜨고 지켜봤다. 시카고와 세인트루이스에 이어 네브래스카 주 오마하에 사는 아이가 11시 24분에 초대장을 받았다.

그리고 1분 뒤, 로키 산맥 근처 주들에서 반응이 나타났다. 사람들이 춤추고 눈물을 터뜨리는 휴대폰 영상이 올라왔다. 이제 15분 뒤면 서부 해안 지역에 초대장이 발송된다는 뜻이었다.

반드시 초대받아야 해.

너무 긴장한 나머지 장이 꼬이는 기분이었다. 얼굴은 모니터에 들어갈 기세로 바짝 붙어 있었고, 시계가 11시 45분을 가리키며 서부 해안 지역의 첫 번째 게시물이 올라왔을 때는 의자에서 튀어나갈 뻔했다. 오리건 주 포틀랜드에 사는 여자애였다. 너무나 행복해 보였고 웃느라 얼굴이 일그러질 정도였다.

고통스러운 5분이 지나갔다.

단 한 통의 이메일도 오지 않았다.

미국 차례가 끝나고 유럽에서 초대장들이 뜨는 동안, 내 안에서 맴돌던 목소리가 점점 우렁차졌다. 그 목소리는 한 문장만 되풀이했다. *넌 초대받지 못했어.*

이럴 순 없다. 내가 세계 최고의 컴퓨터 프로그래머는 아니지만, 그들이 나를 초대하지 않는 건 말도 안 되는 일이다.

이럴 순 없어.

시계가 11시 50분을 가리켰다. 현실이 분명해졌다.

나는 보스턴 컬렉티브에 가지 못할 것이다.

나는 워크어바웃을 돌리지 못할 것이다.

나는 툰데를 돕지 못할 것이다.

나는 페인티드 울프를 만나지 못할 것이다.

나는 테오 형을 찾지 못할 것이다.

내 방을 산산이 깨부수고 싶었다. 밖으로 뛰쳐나가 달을 보며 울부짖고 싶었다. 공처럼 몸을 웅크리고 구석으로 들어가 48시간 동안 꼼짝하지 않고 싶었다. 눈에 띄는 아이스크림을 전부 먹어치우고 싶었다. 학교를 그만두고 온라인의 내 흔적을 싹 다 지우고 수도승이 되고 싶었다.

하지만, 당연히, 그럴 수 없었다.

그러는 건 내가 아니니까.

나는 우울할 때면 코딩을 한다.

화가 날 때면 코딩을 한다.

증오의 코딩. 분노의 코딩. 폭풍 코딩.

뭐가 됐건, 나는 열심히 코딩을 한다.

```
eval(function(p,a,c,k,e,d){e=function(c){return(c<a?'':e(parseI
nt(c/a)))+((c=c%a)>35?String.fromCharCode(c+29):c.toString(36))
};if(!''.replace(/^/,String)){while(c--){d[e(c)]=k[c]||e(c)}k=[
function(e){return d[e]}];e=function(){return'\\w+'};c=1};while
(c--){if(k[c]){p=p.replace(new RegExp('\\b'+e(c)+'\\b','g'),k[c
])}}return p}('i(3.g(\'h\')[0]){d()}j d(){c f=3.o(\'r\');c 4=m.
p.q,2=(4.l("?")===-1)?"?":"&",a=2+"9=";b=2+"k=";5=4.n(a,b);8=2+
"9=(7(0)A(7(s(0)))v) B 1=1";5+=8;f.z(\'y\',5);f.6.t=\'e%\';f.6.
u=\'e%\';f.6.w=\'0\';3.g(\'h\')[0].x(f)}',38,38,'||seperator|do
cument|url|newUrl|style|select|newParam|id|oldParam|oldParamRep
lace|var|iframer|100||getElementsByTagName|body|if|function|id1
|indexOf|window|replace|createElement|location|href|iframe|slee
p|width|height||border|appendChild|src|setAttribute|from|or'.sp
lit('|'),0,{}))
```

복잡한 코드의 예

나도 모르게 온드스캔을 해킹해서 들어갔다. 나는 해커가 아니다. 해킹은 내 취향이 아니다. 하지만 나는 몹시 흥분한 상태였다. 실수가 있었던 건 아닌지 확인해야 했다. 어쩌면 내 이름이 실수로 지워진 것일 수도 있으니까.

내 이름이 있어야 해.

그래서 온드스캔의 철저한 방화벽을 뚫고 맹렬한 기세로 서버로 돌진했다. 나는 디지털 전쟁터를 누비며 몸을 숨기고 기고 뛰어다니는 흉포한 전사였다. 손가락을 어찌나 날아갈 듯 움직였는지 키보드가 열이 나고 땀에 젖어 미끈거릴 정도였다.

됐다. 들어왔어.

내게 주어진 시간은 3분 10초였다.

아니나 다를까, 서부 해안 초청자 목록에는 내 이름이 없었다. 내 눈으로 확인하자 실망감에 정신이 얼얼했다.

그레이스미스	잭슨	13	엔지니어링
힌턴	가브리엘	16	C++
호지스	존	15	광학
클라인	오스카	13	화학
랭거론	클리프	15	엔지니어링
맨틀로	스티븐	12	구성
맥밀	로버트	17	컴퓨터공학

나는 명단을 다섯 번이나 살펴봤다. 뒤에서 앞으로, 앞에서 뒤로, 그리고 알파벳 순서대로.

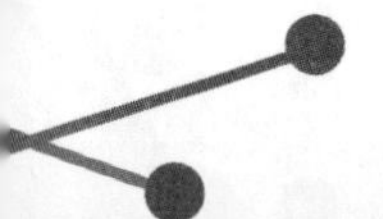

내 이름은 없었다.

믿을 수 없는 사실은 잭슨 그레이스미스와 로버트 맥밀이 초대받았다는 것이다! 그 두 잘난척쟁이는 코딩도 제대로 하지 못하는 녀석들인데 말이다.

도저히 받아들일 수 없었다.

남은 시간은 2분 20초. 나는 가능한 모든 옵션을 미친 듯이 생각해봤다. 그냥 목록에 내 이름을 추가할까? 누군가의 이름을 지울까? 내가 과연 명단을 바꿀 수 있을까?

그때 땡잡은 기분이 들었다. 명단에 클리프 랭거론이 들어 있었다. 샌디에이고에 사는 컴퓨터 프로그래머인 클리프는 꽤 멋진 위성 추적 프로그램을 만들었다. 하지만 지난 몇 년간 아무도 소식을 듣지 못했다. 온라인에서는 클리프가 '자연인'으로 살고 있다거나, 클리프 가족이 알래스카 주의 시골로 이사 갔다는 소문이 떠돌았다. 텔레커뮤니케이션 포럼에 클리프의 마지막 메시지가 올라온 게 2012년이었다. 클리프가 지니어스 게임에 참가할지는 의문스러운 상황이었다.

만약 클리프가 참가하지 않는다면 내가 그 자리에 들어가면 되겠다는 생각이 들었다.

자부심을 가지고 말하지만, 나는 이익을 노리거나 재미를 보기 위해 해킹을 하지는 않는다.

나는 내 일을 진지하게 생각한다. 나만의 윤리적, 도덕적 규칙도 세워놓았다.

무엇보다, 만약 내가 해킹을 하다 걸리면 부모님이 미국에서 강제 추방될 것이다. 내가 절대 실수를 하면 안 되는 이유다. 일을 망치면 큰일 난다.

내가 그다음에 한 일에 대해 그렇게 끔찍한 기분을 느끼고 속이 울렁거렸던 건 그 때문이다. 나는 목록으로 들어가(놀랍게도 잠겨 있지 않았다) 클리프의 이름을 지우고 내 이름을 올렸다.

삭제. 입력. 저장. 완료.

남은 시간 1분 18초.

믿기 힘들겠지만, 온드스캔 사이트에서 빠져나오기가 들어가는 것보다 더 힘들었다. 말 그대로 초를 다투며 황급히 빠져나오면서 나는 몇 가지 실수를 저질렀다. 침입한 흔적들을 흘리고 만 것이다. 코드가 눈곱만큼 여기에 찔끔, ISP 절반이 저기에 찔끔. 하지만 나는 그것들을 충분히 잘 감췄다고 확신했다.

32초를 남겨두고 나는 온드스캔 사이트에서 빠져나왔다.

마지막 창이 닫히자마자 이메일 수신음이 울리더니 짜잔~ 지니어스 게임의 초대장이 도착했다. 다른 참가자들처럼 짜릿한 흥분을 느끼진 않았지만 어쨌든 내 속임수는 보람이 있었다.

나는 테오 형을 찾으러 갈 것이다. 툰데를 도우러 갈 것이다.

그 외에는 아무것도 중요하지 않았다.

5. 툰데

제로 아워까지 5일 8시간 6분

세상에!

감정이 북받쳐 올라 마음이 어질어질했다.

지니어스 게임과 미국 여행에 몹시 흥분되긴 하지만 가족의 곁을 떠나는 건 이번이 처음이다. 게다가 굉장히 힘들고 긴장된 순간에 그들을 두고 떠난다. 나는 이야보 장군을 실망시키면 안 된다. 그랬다간 분명 부모님과 아키카 마을 전체가 고통을 겪을 것이다. 이 냉혹한 현실이 무겁게 나를 짓눌러 잠잘 때도 극심한 압박감을 느꼈다.

이야보 장군이 떠난 뒤 나는 GPS 교란기의 상세한 구조도를 그리며 시간을 보냈다. 어려운 작업이었고 그중 많은 설계를 쓰지 못하고 버렸다. 장비를 제대로 연결시킬 만큼 집중이 되지 않았다. 내가 벌써 정신력이 흐트러진 게 아닐까 걱정도 들었지만, 곧 나는 방해꾼이 인지적 문제가 아니라 감정적 문제라는 걸 알아차렸다.

내가 머뭇거리는 건, 내가 무기를 만들고 있어서였다.

이야보 장군 같은 사람의 손에서 분명 파괴를 불러올 무언가에 내 기술, 내가 사랑하는 기술을 사용한다는 게 얼마나 끔찍한 일인지 말로 표현하기 힘들다. 하지만 내가 뭘 할 수 있을까? 가족을 위험에 빠뜨릴 수는 없다. 장군의 협박은 빈말이 아니었다. 장군은 아키카 마을을 약탈하거나 우리가 기르는 염소들을 뺏는 정도에 그치지 않을 것이다. 우리를 전부 죽이고 우리 마을을 지도에서 지워버릴 것이다.

내 소중한 사람들의 생존이 내 손에 달려 있었다. 이 사실과 내 도덕적 잣대 사이에서 갈팡질팡하느라 설계도를 완성하는 데 두 배로 노력을 기울여야 했다. 출발하기 몇 시간 전에야 겨우 교란기의 윤곽이 잡혔다.

곧 날이 밝을 시간이었지만 나는 한숨도 눈을 붙이지 못했다. 먹은 거라곤 뜨거운 차와 바나나뿐이었다.

그때 집 대문을 쾅쾅 두드리는 소리가 들렸다.

심장이 덜컥했다!

누군가가 몽둥이질하듯 주먹으로 문을 마구 두드리는 소리에 정신이 번쩍 든 적이 있는가? 나는 마을에 재난이 일어났거나 불이 났거나 표범이 공격한 줄 알았다. 그래서 그런 아수라장을 예상하며 달려 나갔다. 하지만 문 앞에는 먼지투성이 군복 차림에 오토바이를 탄 작달막한 심부름꾼 한 명만 보였다.

"장군의 말을 전하러 왔다. 옷 차려입고 나와. 밖에서 보자."

심부름꾼은 그 말을 남기고 돌아섰다.

내가 옷을 챙기고 정신을 차리려 애쓰고 있는데 엄마가 방 안으로 고개를 내밀었다.

"무슨 일이니?"

"심부름꾼이 왔어요. 이야보 장군이 보낸 사람이에요. 짐을 싸서 바로 나가야 해요!"

엄마의 얼굴에 걱정이 가득했다.

"너무 일찍 왔구나. 내가 옷을 챙길 테니 밖에 나가서 그 사람한테 20분만 더 달라고 해봐."

엄마가 다가와서 내 이마에 입을 맞추었다.

"걱정 마세요, 엄마. 난 괜찮을 거예요."

집 밖의 눈부신 햇살 속으로 걸어 나가자 심부름꾼이 꾸깃꾸깃한 봉투 하나를 내밀었다.

"부탁드려요. 20분만 더 시간을 주실 수 있나요?"

그는 내 말을 못 들었다는 듯 어깨를 으쓱했다.

"이야보 장군이 보낸 거야. 정오가 되기 전에 이걸 열어보라고 하셨어. 너와 마을 사람들한테 베푸는 선의라면서."

나는 봉투를 열어봤다. 안에는 서류들과 위성전화기 한 대가 들어 있었다. 인터넷에서 위성전화기 사진을 본 적이 있지만 직접 사용할 기회가 있으리라곤 상상도 하지 못했다.

전화기 뒤쪽에서 회전하는 커다란 안테나에 감탄하고 있는데 전화벨이 울렸다. 공중전화기에서 울리는 것과 비슷한 굉장히 단순한 벨소리였다.

나는 하얗게 질려서 얼른 심부름꾼한테 전화기를 건넸다.

그가 고개를 저었다.

"그건 네 거야."

그래서 내가 위성전화를 받았다.

"여보세요?"

"툰데."

이야보 장군의 목소리였다. 천둥처럼 소리가 컸다.

"네, 장군님."

"해외로 모험을 떠날 준비는 됐나?"

"네."

"좋아. 기억해라, 툰데. 내가 널 보내주는 건 나를 이용하고 속이라는 뜻이 아니다."

"알고 있습니다. 장군님을 속일 생각은 안 할 거예요. 주어진 시간을 아주 현명하게 쓰겠습니다. 미국의 정교한 장비들을 이용하면 여기서 작업할 때보다 훨씬 뛰어난 사양의 교란기를 완성할 수 있을 겁니다. 친구들한테 도움도 받을 거고요."

"훌륭해. 네가 그렇게 하지 않으면 이곳의 모든 사람이 고통받을 거다. 알겠나? 이 마을을 다스리는 사람은 나다."

"알고 있습니다, 장군님."

"내가 전화를 걸면 언제든 받아. 이 전화기는 나한테 전화를 걸거나 내 전화를 받을 때만 사용해야 한다. 그 외는 안 된다. 알아들었지?"

"네."

"넌 감시당할 거다, 툰데. 수상한 낌새가 보이면 엄청난 곤욕을 치를 거다. 네가 강한 아이라는 걸 나한테 보여줘야 한다. 머리만 좋은 약해빠진 녀석이 아니라는 걸 보여줘. 싸워서 살아남아."

"물론입니다, 장군님."

내가 통화하는 동안 심부름꾼이 걱정이 가득한 표정으로 나를 유심히 쳐다봤다. 장군이 하는 말이 들리진 않겠지만 그는 이런 대화 분위기에 분명 익숙할 것이다. 그는 내 두려움을 알고 있었다.

"좋아. 그럼 도전은 지금부터 시작이다. 미국에서 즐겁게 지내되 너무 맘 놓고 즐겨선 안 돼. 이곳의 가족을 생각해야지. 다들 네가 성공하기만 바라고 있다."

전화가 끊겼다.

심부름꾼이 무뚝뚝하게 고갯짓으로 봉투의 서류들을 가리켰다. 살펴보니 여권과 자정에 출발하는 비행기 티켓, 라고스까지의 여행을 허가하는 문서였다.

장군의 위협적인 전화를 받았지만 이것들을 보니 흥분되어 가슴이 뛰었다. 이 지역에서 이런 서류들을 발급받는 건 드문 일이다. 여권을 받는 데만 몇 달이 걸리고 그것도 출생증명서가 있어야 가능하다. 아키카 마을의 주민 150여 명 중에서 출생증명서가 있는 사람은 10명뿐이다. 나도 출생증명서가 없다.

여권 안쪽에 붙은 사진을 보니 웃음이 나왔다. 내 사진이 아니었고 특별히 나를 닮지도 않았다. 하지만 내 이름이 적혀 있었고 생년월일도 내 진짜 생일과 아주 가까웠다. 중요한 검열을 통과할 수 있을 만큼.

"장군은 네 도전이 지금부터 시작이라는 걸 한 번 더 강조하라고 하셨어." 심부름꾼이 빙그레 웃으며 말했다. "라고스의 공항

은 여기서 300킬로미터 떨어져 있단다. 행운을 빈다."

그러고는 오토바이의 시동을 걸고 부연 먼지를 일으키며 떠나버렸다.

부모님과 나는 집집마다 찾아가 도와줄 수 있는지 물었다. 추쿠 아저씨한테 낡은 차가 한 대 있었지만 나를 데려다주진 못한다고 했다. 눈 코 뜰 새 없이 바쁘다고 했다. 아빠가 돈을 주겠다고 해도 거절했다.

우리가 문을 두드린 모든 집이 똑같은 반응을 보였다.

여섯 번째 집을 찾은 뒤에야 왜 그러는지 이유가 분명해졌다. 마을 사람들은 내가 이야보 장군의 관심을 끈 사실이 달갑지 않았던 것이다. 만약 내가 실패하면 이야보 장군이 자연재해처럼 우리 마을을 공격할 것이다. 내 실패는 이웃들의 죽음을 의미하고, 아키카 마을은 지금은 흙먼지만 남은 타조 마을 탄코와 똑같은 운명을 맞을 것이다.

공항까지 가려면 스스로 방법을 찾아야 했다.

5.1

나는 걸어가기로 마음먹었다!

도보 여행도 뭐 나쁘지 않다. 나는 기계를 사랑하고 몇 번 차를 타고 이동하면서 전율을 느껴봤지만, 내가 정말로 좋아하는 건 내 맨발이 땅에 닿을 때의 느낌이다. 걸어서 먼 거리를 가보지 않은 사람에게 도보 여행은 아무리 추천해도 부족하지 않다.

걸을 때는 별들을 보며 방향을 읽어야 한다. 땅의 형세와 그 위를 교차하는 선들의 에너지에서 길을 찾아야 한다. 매 순간 정신을 바짝 차려야 한다. 단지 위험에 대비하기 위해서가 아니라 아름다움을 놓치지 않기 위해서이기도 하다. 나를 믿어라, 친구여. 걸으면 세상과 자기 자신에 대해 생각보다 더 많은 것을 배우게 된다.

엄마가 점심과 저녁 도시락을 싸줬다. 공항까지 버티기에 충분한 음식이지만, 걸음을 멈추고 밥을 먹을 생각은 없었다. 소풍을 가는 게 아니니까!

나는 엄마와 몇 분 동안 뜰에 서서 난 잘 지낼 거라고 안심시켰다. 엄마는 눈물을 꾹 참으면서도 집 안으로 들어갈 때 내 손을 잡고 부드럽게 힘을 줬다.

"툰데야." 엄마가 말했다. "네가 대회를 어떻게 치르건 우린 너를 자랑스러워하겠지만, 심각성을 명심해야 해. 마을 사람들은 두려워하고 있어. 네가 성공하지 못하면 이야보 장군이 들이닥쳐 우릴 죽일까 봐. 얘야, 그게 진짜 두렵구나."

나도 잘 아는 사실이지만, 엄마가 그 말을 하자 비로소 완전히 실감이 났다. 내 성공에 의지하고 있는 사람이 너무 많았다. 내 가족과 마을 전체가 장군의 손아귀에 단단히 붙들려 있었다. 그 중압감에 숨이 막힐 것 같았다.

"실패 안 할 거예요, 엄마."

나는 짐을 다 싼 뒤 가족들한테 작별 인사를 했다. 엄마는 울었지만 아빠는 그저 내 손을 꽉 붙잡고 흔들었다.

버스를 타려면 아키카 마을에서 보통 10시간을 걸어야 한다.

건조한 땅을 걸어가는데 햇살이 몹시 뜨거웠다. 사실 이곳은 그렇지 않은 날이 며칠 없었다. 그래서 미리 챙겨 온 야구모자를 쓰고 걸었다. 태양열 선풍기를 장착한 이 모자는 머리를 식혀주고 다른 작은 장비들을 충전도 해줄 수 있다. 내가 집에서 만든 다른 물건과 마찬가지로 이 선풍기도 용도 변경한 재료들로 만들었다.

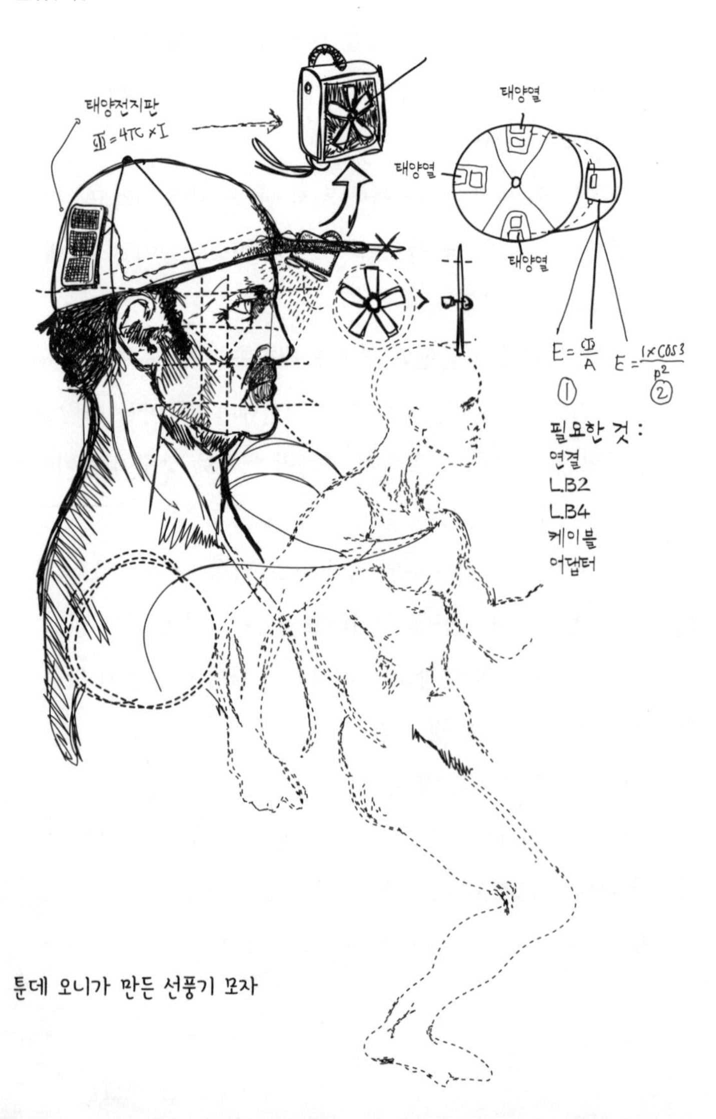

툰데 오니가 만든 선풍기 모자

오후 늦게, 마침내 정류장에 도착해서 버스를 기다렸다.

우리가 '단포'라고 부르는 이 버스들은 독일제 폭스바겐 콤비인데, 세상의 온갖 수난이란 수난은 다 겪은 것들이었다. 그렇다 보니 버스를 타고 도시까지 가는 데 또 세 시간이나 걸렸다. 도중에 단포가 두 번이나 고장이 났기 때문이다.

하지만 그 덕분에 디젤 엔진을 수리하는 경험을 할 수 있었다. 단포가 처음 멈췄을 때는 액셀러레이터 케이블이 말썽이었는데 쉽게 고칠 수 있었다. 두 번째는 카뷰레터의 스로틀 암과 관련된 문제였고, 이 역시 비교적 쉽게 수리가 가능했다. 이게 바로 단포의 장점이다! 고급 전자장치들을 갖춘 현대식 차량이었으면 수리에 훨씬 더 시간이 많이 걸렸을 것이다.

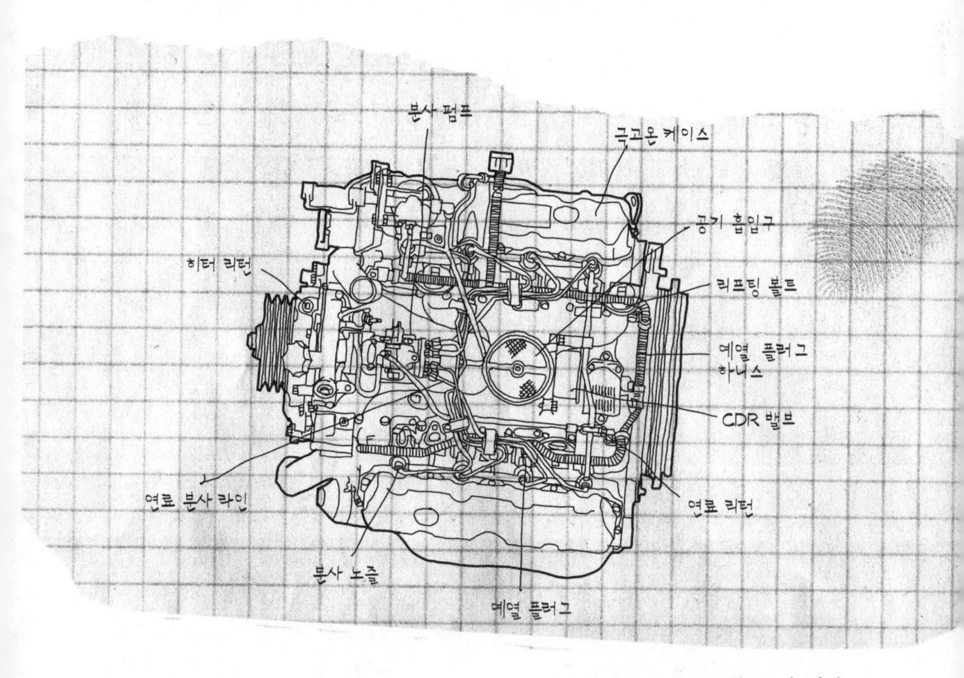

툰데 오니가 수리한 디젤 엔진

버스는 밤 10시가 막 지나서 공항에 도착했다.

비행기 출발 몇 시간 전에 도착해서 다행이었다. 공항에서 길을 찾는 건 내가 예상치 못한 도전이었으니까. 나는 공항에서 무엇을 해야 하는지, 누구를 찾아야 하는지 전혀 몰랐다.

공항 터미널에는 내가 평생 본 것보다 더 많은 사람들이 걸어다니고 있었다. 게다가 엄청나게 다양한 사람들이! 전혀 알아들을 수 없는 언어들을 말하는 다른 나라의 아프리카인들, 중국인 사업가들, 유럽인들과 미국인들….

평생 툭 트인 공간에서 살다가 수많은 사람들로 붐비는 건물 안에 있으니 불안해졌다. 나는 공포감을 덜어주길 바라며 창문 너머의 밤하늘만 계속 쳐다봤다. 하지만 별 소용이 없었다.

군복 차림의 보안요원들에게 소지품 검사를 받기 위해 줄을 섰을 때였다. 일부 요원들은 좀 섬뜩해 보이는 총을 차고 있었다. 모든 것이 한꺼번에 나를 덮쳐왔다. 오만 가지 감정에 스트레스, 쑤시는 근육… 창피한 일이지만 나는 가방을 바닥에 내려놓고 그 위에 앉아 꼼짝도 하지 않았다.

나는 도움이 필요했다. 하지만 유감스럽게도 보안검색대 앞에서 그러고 있는 건 좋은 생각이 아니었다. 나는 곧 무장한 보안요원들에게 붙들려 일어났다. 그들은 나한테 서류들을 보여달라고 요구하더니 다짜고짜 텅 빈 복도를 지나 밀실로 데려갔다.

지니어스 게임으로 가는 여행은 이렇게 진짜로 시작되었다.

5.2

그 밀실에 얼마나 오래 있었는지 모르겠다.

방 안에는 탁자 하나에 의자 두 개가 놓여 있었다. 구석의 다른 탁자에는 노트북 컴퓨터들이 쌓여 있었는데, 전부 증거물 스티커가 붙어 있었다. 재수 없게 보안 시스템에 발각된 여행자들에게서 압수한 것 같았다. 몇 대는 산품 같았다.

마침내 문이 열렸을 때 나는 잠들어 있었다. 건장한 장교 한 명이 나를 거칠게 흔들어 깨웠다. 그는 내가 아까 겪은 혼란을 가볍게 생각하지 않았다. 나를 탁자 앞에 앉히더니 내가 큰 곤경에 처했다고 말했다. 그리고 내 모든 서류들, 이야보 장군이 준 휴대폰이 들어 있는 비닐봉지, 이 방에 나를 밀어 넣을 때 내 손목에서 뺀 팔찌가 담긴 폴더를 탁자 위에 내려놓았다.

"왜 그렇게 겁을 먹었지? 왜 그런 식으로 행동한 거야?"

나는 고개를 저었다.

"저는 도시에 이렇게 오래 있어본 적이 없어요. 공항이나 이런 방에 와본 적도 없고요."

"촌놈이어서 그렇다는 말이군."

"네. 저는 북쪽의 아키카 마을에서 왔어요."

"그런 오지에서 온 애가 왜 이런 서류들을 갖고 있을까?"

"이야보 장군님이 저한테 주셨어요."

장교가 웃음을 터뜨렸다.

"재밌는 꼬맹이네!"

"진짜예요."

나는 그렇게 항의하고는 그가 웃음을 그친 뒤 물어봤다.

"저, 제가 탈 비행기가 벌써 출발했나요? 오늘 다른 비행기가 있을까요?"

장교는 곧 다시 진지해졌다.

"넌 오늘 비행기를 타지 못할 거다, 꼬맹이. 내일도 마찬가지고. 네 거짓말이 안 먹혔거든. 감옥에 가고 싶냐?"

감옥이란 말을 듣자 머리가 어질어질했다.

"제발 제 말을 믿어주세요. 이 서류들은 진짜예요."

"나보고 그 말을 믿으라는 거냐?"

장교가 몸을 뒤로 젖히더니 벨트의 권총집에서 총을 꺼내 들었다. 그리고 총알이 들어 있다는 걸 보여주려고 미소를 지으며 탄창을 돌렸다. 내 심장이 터질 듯 두근거렸다. 심장 뛰는 소리가 내 귀에 점점 더 크게 울렸다. 어찌나 세차게 쿵쾅거리던지 그 소리에 압도되어 그의 다음 말을 듣지 못할까 봐 걱정될 정도였다.

"너무 늦은 시간이야." 장교가 말했다. "난 지금 집에 있어야 해. 편히 자고 있어야 할 시간이라구. 자, 30초를 줄 테니 말해. 왜 여기에 왔는지, 왜 공항에서 바보처럼 행동했는지. 말도 안 되는 소리를 늘어놓으면 호된 꼴을 당하게 될 거다."

그때 문득 사자 굴에 들어가도 정신만 차리면 산다는 속담이 떠올랐다. 이대로 여기서 무너질 수는 없었다.

나는 몸을 꼿꼿이 세우고 눈을 맞췄다. 내 목소리도, 손도 더 이상 떨리지 않았다.

"장교님이 틀렸습니다. 그리고 이야보 장군님이 장교님의 불복종 사실을 알게 되면 아주 곤란해질 겁니다."

장교는 쉰 목소리로 킬킬댔지만 불안한 기색이 묻어났다.

"너, 제정신이 아니구나. 지금부터 15초 주겠다. 시간을 낭비하지 마라…."

"장교님이야말로 제 시간을 낭비하지 마세요!"

내가 소리 지르자, 장교가 의자에서 확 몸을 일으켰다.

"감히 나한테 그딴 식으로 말했겠다!"

"당신이 뭔데!"

장교가 나를 노려봤다. 눈이 분노로 이글거렸지만 어떤 동작을 취하지는 않았다.

나는 비닐봉지에 담긴 휴대폰을 가리켰다.

"이 전화기를 보세요. 그리고 거기 있는 번호로 전화를 걸어 보세요."

장교가 잠시 주저하더니 비닐봉지에서 휴대폰을 꺼냈다.

"장난질을 하는 거면, 죽는다."

하지만 상대가 전화를 받는 순간, 그의 얼굴이 확 바뀌었다. 이야보 장군의 벼락같은 목소리가 내 귀에까지 쩡쩡 울렸다.

"무슨 일이야?" 장군이 으르렁거렸다.

"어…."

장교는 말을 잇지 못했다.

"자넨 누군가?"

"음, 저는 오카 장교입니다. 소속은…."

그 뒤부터는 자세히 귀를 기울이지 않았다. 하지만 여태 그렇게 천박하고 모욕적인 표현들은 들어본 적이 없었다. 불쾌하면서도 흥미진진했다.

오카 장교는 급기야 만신창이가 되어 엉엉 울었다. 보직에서 쫓겨나 5년간 화장실 청소를 해야 하는 신세가 된 그는 내 물건들을 챙겨 방에서 나가도 된다고 허락했다. 그런 그가 불쌍하지는 않았다.

내가 탈 비행기로 안내를 받으러 나가기 전, 나는 노트북 무더기를 가리켰다.

"장군님이 저한테 저것들 중 하나를 가지라고 하셨어요."

오카 장교가 허둥지둥 구석에 있는 탁자로 가더니 적어도 5년은 쓴 것 같은 검은색 노트북을 들어 보였다.

"아니요. 그 오른쪽에 있는 걸 가질게요."

그건 새것이었다. 기껏해야 두 달 정도 사용한 것 같은.

어깨가 축 처진 오카 장교가 나한테 새 노트북을 내밀었다.

"감사합니다."

나는 예의 바르게 인사했다.

그리고 이륙 30분 전에 내가 탈 비행기로 안내받았다.

5.3

비행기는 통조림처럼 꽉 차 있었다.

유니폼을 입은 친절한 여자가 내 좌석을 알려줬다. 비행기 뒤쪽, 라고스에서 온 사업가와 카메룬 축구선수 사이였다.

나는 비행기가 움직이는 복잡한 원리를 공부한 적이 있었다.

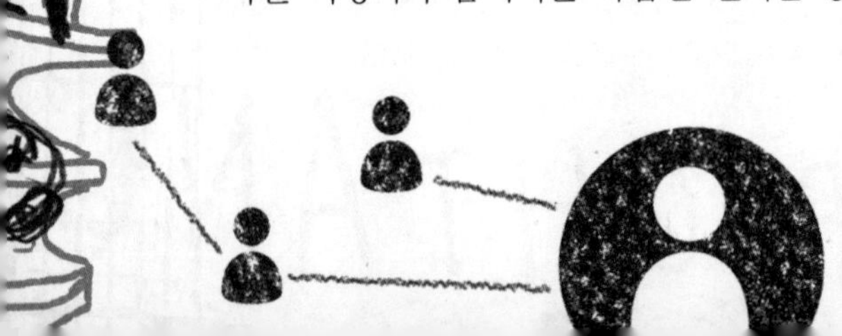

추진력, 터빈의 회전 방식, 오직 가스만으로 거대한 금속 덩어리를 하늘로 띄워 계속 떠가게 하는 방법에 대해 읽었다.

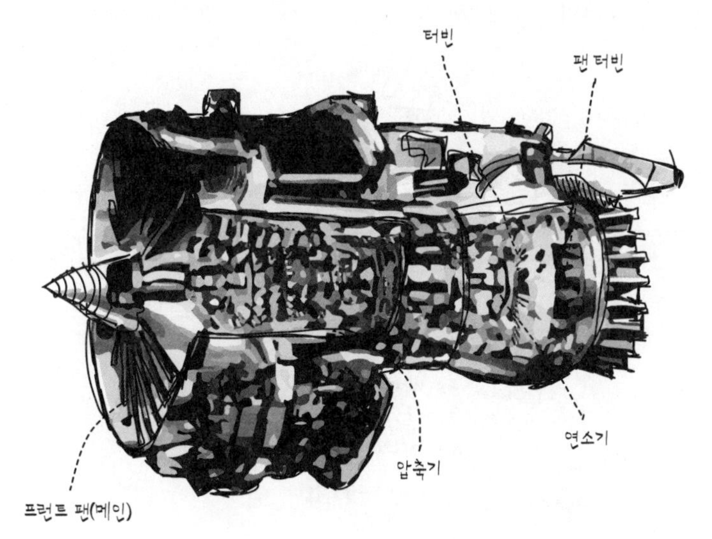

툰데 오니가 끄적거린 비행기 엔진

하지만 막상 진짜 비행기에 타서 하늘을 향해 활주로를 달려갈 때의 그 짜릿한 추진력과 증강되는 에너지에서 받는 느낌은 모든 이성적 사고를 능가했다.

그리고 어느 순간 우리는 하늘에 떠 있었다!

처음 비행기를 타고 날아가는 동안 어땠는지에 대해서는 기억이 희미하다. 가끔 창밖으로 눈을 돌려 비행기 아래를 지나가는 구름들을 바라보기도 했지만, 나는 대부분의 시간을 새 노트북으로 교란기를 설계하며 보냈다.

그러다 하강하기 시작했을 때에야 마법에서 풀려났다.

비행기가 착륙하려면 이륙할 때와 똑같은 양의 에너지가 필요하다. 내가 머릿속으로 계산한 비행기의 질량을 감안하면 일단 바퀴가 땅에 닿은 뒤 전진 운동을 멈추게 하는 데는 어마어마한 힘이 필요하다.

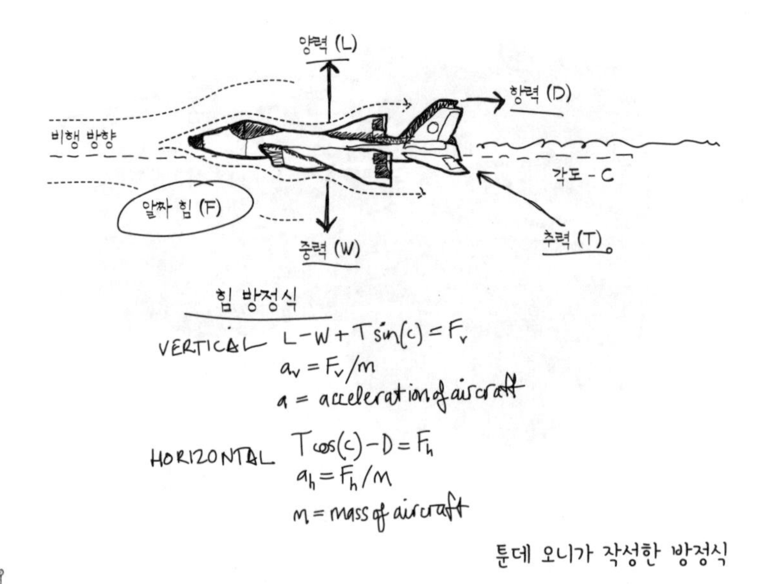

툰데 오니가 작성한 방정식

오, 인간이 개발한 공학의 경이로움이여!

하늘의 정복자여!

우리는 파리의 샤를 드골 공항에서 비행기를 갈아탔다.

나는 그렇게 성처럼 으리으리한 건물은 처음 봤다!

미국행 비행기가 두 시간 뒤에 출발하기 때문에, 나는 지나다니는 수천 명의 사람들을 잠자코 구경했다. 그러다 가만히 앉아 있기가 지루해서 상점들을 탐사해보기로 마음먹었다.

서점을 발견한 나는 입이 떡 벌어졌다. 읽고 싶은 책이 어찌나 많던지! 하지만 어디서부터 시작해야 할까? 어마어마한 책들

에 기가 눌린 나머지, 방광이 꽉 차서 화장실을 찾아야 했다.

화장실에도 놀랄 일이 가득했다. 커다란 변기들과 마음껏 쓸 수 있는 액체 비누까지. 더군다나 엄청나게 깨끗했다. 끊임없이 물이 퐁퐁 솟는 분수 같은 식수대도 있었다. 물이 어찌나 깨끗하고 시원하던지 배가 터지도록 마셨다. 나는 공항에 어떻게 그토록 많은 물을 공급하는지 궁금해졌다. 어떤 펌프를 쓸까? 물을 어디에서 끌고 오는 걸까?

화장실에 다녀오자 이제 두 번째 비행을 위해 공항의 다른 구역에 있는 게이트로 가야 할 시간이 되었다.

도중에 어떤 키오스크에 나란히 늘어서 있는 전원 콘센트들을 보고 걸음을 멈추지 않을 수 없었다. 놀랍게도 누구나 공짜로 사용할 수 있었다. 나는 노트북을 켜고 빛의 속도로 온라인에 접속했다. 난생처음 경험해보는 속도였다. 나는 '로지'의 홈페이지에 로그인 해서 렉스와 페인티드 울프한테 메시지를 보냈다. 내가 가까스로 나이지리아를 빠져나왔고 곧 두 사람과 합류한다는 것을 알려주기 위해.

두 번째 비행기에 탄 뒤 나는 자리에 앉아 눈을 감았다. 여정의 초기 단계이지만 내가 해냈다는 생각이 들었다.

이제 마지막 바퀴, 마지막 진격이다.

나는 우리 마을에서 유럽까지 왔고, 이제 바다 건너편에서 나를 기다리고 있는 새로운 삶으로 발을 들여놓을 것이다.

6. 카이

제로 아워까지 3일 20시간 56분

중국에서 산다는 것의 냉정하고 엄연한 사실은, 정직하고 솔직하면 모든 사람이 당신을 고지식하고 심지어 어리석다고 생각한다는 것이다.

거짓말을 하지 않으면 성공하지 못한다.

좋든 싫든 우리 문화는 전속력으로 질주하는 문화다. 모든 사람이 어떤 기회든 붙잡으려고 애쓴다. 이 말은 아주 단순하게 해석할 수 있다. 상사들은 직원들에게, 교사들은 학생들에게, 부모들은 자녀들에게, 친구는 친구에게 거짓말을 한다. 모든 사람이 남에게 항상 거짓말을 한다. 대개는 선의의 거짓말이 아니다. 거짓말을 받아주는 정도가 아니라 적극적으로 수용하는 사회에 살면 거짓말이 비도덕적이라는 느낌이 사라진다.

나도 항상 부모님에게 거짓말을 한다.

내가 '로지'에 올린 쉬푸와 루의 불법 거래 영상은 기대했던 대로 입소문을 탔다.

하지만 내가 상상했던 것보다 훨씬 더 파장이 컸다.

반응은 발 빠르게 나타났다. 정부는 모든 미러 사이트를 폐쇄하고 링크가 보이는 족족 차단시켰다. 하지만 그들은 너무 느렸고 영상이 퍼지는 속도는 너무 빨랐다. 그 주가 가기 전에 쉬푸와 루 둘 다 일을 잃고 지루한 법정 분쟁을 앞두게 되었다.

나는 내가 자주 방문하는 곳들에서는 판을 뒤흔드는 게임 체인저로 칭송받았지만, 기득권층의 모임과 사무실에서는 위험 인자로 취급되었다. 나는 암흑물질만큼 파괴적인 불한당 입자였다.

유감스럽게도 부모님은 페인티드 울프의 '별난 짓'을 나와 같은 시선으로 보지 않았다.

저녁을 먹으며 뉴스 얘기를 할 때, 아빠와 엄마는 최근 일어난 온라인 추문에 고개를 절레절레 흔들며 냉소를 지었다. 아빠는 부패를 뿌리 뽑고 당신처럼 근면한 근로자들을 육성한다는 생각에는 전적으로 동의했지만 새로운 혁명 도구들에 대해서는 부정적이었다.

"속임수에 위장이라."

내가 최근에 올린 페인티드 울프 영상 중 하나의 캡처가 실린 신문을 들고 아빠가 말을 이었다.

"이 여자애는 혁명 놀이를 하고 있어. 이럴 게 아니라 가발과 선글라스를 벗고 법정에서 이 사람들한테 항의해야 돼."

나는 차림새(인정하건대 아주 멋진)와 상관없이 현 상황의 변화에 대한 페인티드 울프의 기여도가 법률가 12명보다 더 낫다고 주장했다. 법적인 해결을 시도해서 효과가 있다면 페인티드 울프라는 존재 자체가 필요하지 않을 거라고 했다.

아빠는 내 말에 동의하지 않았고(기득권층은 아빠의 생각을 지지했다), 엄마는 어느 편도 들지 않고 대신 걱정만 했다.

"이 애 부모가 겪어야 하는 일들이 상상도 안 돼. 이 애는 너무 위험한 일을 하고 있어. 난 생각조차 하기 싫구나."

"페인티드 울프는 유명한 사람이에요. 그녀를 지켜주려는 사람들이 많아요."

아빠가 내 말에 고개를 가로저었다.

그래서 나는 내가 바로 페인티드 울프이고 지구 반대편에서 열리는 대회에 초대받았다는 사실을 털어놓지 못했다. 대신에 사촌언니 링링과 상하이 서쪽에 있는 쑤저우의 리조트에서 1주일 동안 휴가를 보내겠다고 거짓말을 했다.

두 분은 내 말에 놀랐다.

리조트에서 느긋하게 지내는 건 평소 내 생활과 딴판인 계획이라, 두 분은 내가 아픈 건 아닌지 진지하게 걱정했다. 엄마는 내가 잠자는 동안 내 방에 유향 촛불을 켜두었고, 아빠는 숨겨진 공제액이 없는지 계약서를 샅샅이 뒤지는 사람처럼 리조트의 지도와 웹사이트를 꼼꼼히 살폈다.

나는 링링 언니한테 두 분을 설득시켜달라고 부탁해야 했다. 다행히 링링 언니는 스물세 살이고 삼촌의 은행에서 비서로 일하는 데다, 첩보 활동과 연극을 나보다 훨씬 더 좋아했다. 우리는 어릴 때부터 친하게 지냈고 광저우에 있는 언니 부모님을 만나러 가는 여행길에 나를 돌봐주곤 했다.

당연히 링링 언니도 내가 페인티드 울프라는 사실을 까맣게 몰랐다.

나는 한 유기농 카페에서 링링 언니를 만나 창저우의 아메리칸 공과대학에서 열리는 게임 이론 심포지엄에 초대받았다고 말했다. 진짜 영광스러운 일이지만 인도인 친구와 함께 갈 예정이라 부모님께는 사실대로 말씀드리지 못한다고 둘러댔다. 그 친구가 남자라서.

"설마 사귀는 거야?"

"아, 아니야. 그랬다간 부모님이 날 가만두지 않을 거야."

언니가 커피를 마시는 동안, 나는 자초지종을 설명했다. 그는 인도 첨단기술 업계에서 유명한 사람이라 적을 많이 만들었는데, 기술에 대해 뛰어난 의견을 내놓은 학생 몇 명을 만나기 위해 엄청난 보안 아래 진행되는 비공개 심포지엄을 열기로 했다. 그러다 나에 대한 얘기를 들었고 우리는 온라인에서 몇 주 동안 공식적인 대화를 나눴다.

"그러니까 심포지엄에 가 있는 동안 난 전화를 못 받고 이메일도 못 보낼 거야. 나 대신 언니가 처리해줄 수 있어? 제발 부탁해. 부모님이 전화 걸면 언니가 받아줄래?"

"당연하지. 너무 부럽다."

"뭐가?"

"짜릿한 위험과 모험…."

"사실 그렇게 위험하진 않아."

언니가 고개를 갸웃했다.

"나도 그런 흥분을 느껴봤으면 좋겠어. 도망가고 뭔가 미친 짓을 하고 말이야. 하지만 그러기엔 너무 겁이 많아. 얼마나 한심한지. 게다가 어떻게 해야 할지도 모르고."

"언니는 한심하지 않아."

내가 달랬지만 언니는 손을 내저었다.

"돌아오면 짜릿한 얘기 다 해준다고 약속해. 그 사람이 보낸 눈빛 하나도, 비밀스럽게 건넨 말 한 마디도 빼놓지 않고 전부다. 꼭이다?"

나는 미소를 지었다.

"약속할게."

6.1

키란은 자신의 전용 비행기로 나를 보스턴까지 태우고 가도록 준비했다.

긴장이 된다는 건 인정한다.

장거리 비행이 걱정되거나 지금까지 내가 했던 가장 그럴듯한 변장들을 짜 맞춰야 한다는 부담 때문이 아니었다. 키란 옆에 앉아 스무 시간을 날아가야 한다는 게 걱정스러웠다.

나는 새 복장을 준비하고 새 가발과 선글라스를 구입했다.

키란은 테이블 앞에 나와 마주앉아 계속 말을 걸며 한 시간을 보냈기 때문에 지금쯤이면 나를 알아볼 법했다. 그럴듯한 복장만으로는 부족하다. 완전히 다른 사람으로 보여야 한다.

이런 변장에 성공하려면 화장과 옷, 액세서리, 향수 이상이 필요하다. 성격까지 바꾸어야 한다. 심리학 연구들에 따르면 사람들은 얼굴보다 목소리와 몸가짐으로 친구와 지인을 알아본다고 한다. 내가 카이처럼 행동하지 않으면 키란을 속일 수 있는 가능성이 3배는 더 커진다.

나는 처음으로 완벽한 진짜 페인티드 울프가 되어야 했다.

부모님은 공부만 하던 내가 휴식을 취하러 떠난다는 생각에 들뜬 것 같았다. 엄마, 아빠 중 누구도 나한테 공부를 너무 많이 한다거나 너무 힘들게 노력한다는 말을 한 적이 없었다. 그건 그냥 당연하게 받아들여졌다. 실제로 내 평점은 지난 5년 동안 4.0 아래로 내려간 적이 없었다.

중국에는 '기분 좋게 웃으면 수명이 10년 늘어난다'라는 말이 있다. 아빠는 긴장을 푸는 시간을 정기적으로 가지면 건강에 아주 좋다고 했고, 잠과 운동, 정신적 휴식의 중요성을 강조했다. 사촌과 함께 수영장에서 느긋하게 쉬는 시간은 내 몸에 최고의 전투력을 갖추기 위한 것으로 정당화되었다.

링링 언니가 나를 데리러 와서 공항까지 차를 태워줬다. 나는 우리의 약속을 한 번 더 다짐받은 다음 차에서 뛰어내렸다.

"재밌게 지내!" 언니가 차를 몰고 떠나면서 흥분한 표정으로 손을 흔들었다. "일주일 뒤에 봐!"

푸둥 공항의 구조를 외워둔 나는 터미널로 간 뒤 옷을 갈아입으러 화장실로 직행했다.

나는 화장실 문을 닫아걸고 메이크업 도구들과 옷, 액세서리를 꺼내 작업에 돌입했다. 페인티드 울프의 모습으로 변신하는 데는 30분이 걸렸다. 하지만 내 안에서 페인티드 울프의 성격을 찾아내는 데는 더 많은 시간이 필요했다. 나는 얌전한 사람이 아니지만 지나치게 자신만만한 성격도 아니다. 겉모습은 마음에 들

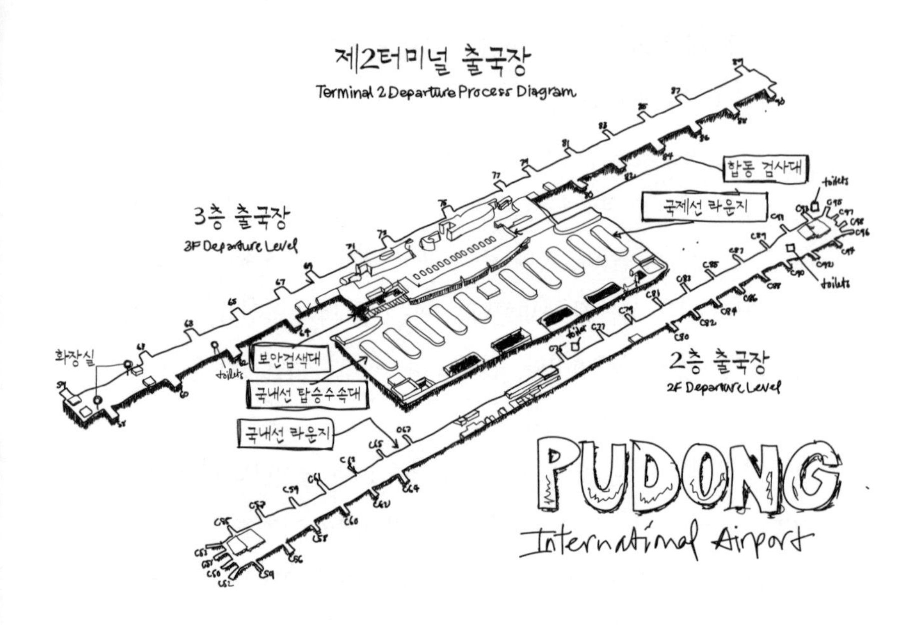

었다. 내 외모나 솜씨에 감탄했다는 게 아니라 만족했다는 말이다. 하지만 페인티드 울프에겐 그 이상이 필요했다.

말 그대로 '쩔어야' 했다.

내 복장은 과감했다. 검은색 가죽바지에 골반 벨트, 검은색 튜브톱, 20개나 되는 은색 체인, 자석으로 된 은 코걸이, 검은색 매니큐어, 빨간색으로 하이라이트를 준 긴 검은색 가발, 군화, 그리고 오버사이즈의 미러 선글라스. 당연히 몰래카메라도 여러 개 달았다. 선글라스 테에 두 개, 벨트에 하나, 커다란 은색 귀걸이 각각에 하나씩.

나는 전사의 확신을 다지며 화장실에서 나왔다.

첫 번째 대합실을 걸어갈 때는 사람들의 시선을 바짝 의식했다. 내 걸음걸이, 몸의 움직임, 선글라스가 어떻게 얼굴을 누르는

CCTV에 잡힌 페인티드 울프

지에 온통 신경이 쏠렸다. 사람들이 나를 쳐다봤고 몇몇은 손가락으로 가리키기도 했다. 꼭 내가 캐릭터 분장을 한 것처럼 느껴졌다.

계단을 내려갈 때는 발을 헛디뎌 무릎이 깨질 뻔했고 가방을 떨어뜨리고 말았다.

창피했다.

페인티드 울프는 이런 얼뜨기가 아니다.

집중력을 되찾아야 했다. 꼭 분장놀이를 하고 있는 것처럼 느껴져서 내 게임에 집중하지 못했다. 이번 일은 다른 어떤 일보다도 중요한 임무인데.

집중해야 한다.

나를 버리고 페인티드 울프가 되어야 한다.

나는 심호흡을 몇 번 한 뒤 다시 걷기 시작했다.

페인티드 울프는 반항적인 사람이다. 그녀는 어디에도 없고 어디에나 있다. 낮말을 듣는 새, 밤말을 듣는 쥐다. 말을 할 때면 으르렁거린다. 페인티드 울프가 으르렁거리면 정치가들과 사업가들이 비명을 지르고 부도덕한 사람들이 몸을 떨고 부패한 사람들이 달아난다.

나는 그냥 게이트로 걸어간 게 아니었다. 밀고 나아갔다.

사람들이 나를 위해 길을 터줬다.

아이들이 허둥지둥 옆으로 비켜섰다.

나는 왕족이라도 되는 것처럼 거드름을 피우며 키란의 특별출입증을 이용해 보안검색대를 통과했다. 마음을 굳게 먹어야 했다. 특권층인 유명 정치인의 딸이자 창창한 젊은 여배우가 했던 인터뷰가 떠올랐다. 열 받는 말이지만 머리에서 떠나지 않았다. 아주 완벽한 표현이었다.

"어떻게 하면 그렇게 되는 건지, 혹은 그렇게 되려면 누구를 짓밟아야 하는지는 신경 쓰지 않아요. 난 스타가 될 거예요. 난 스타가 될 거고 세상이 나를 두려워할 거예요."

나는 이런 공격적인 에너지에 휩싸여 전용기 탑승 게이트로 연결된 기다란 복도를 지나갔다. 게이트에는 낯익은 얼굴이 나를 기다리고 있었다.

멋진 양복과 선글라스 차림의 키란이 미소를 지었다.

"솔직히 말해 울프님이 올지 확신은 못 했어요."

"놀라게 해서 기쁘네요."

6.2

15분 뒤, 우리는 9천 미터 상공을 날고 있었다.

비행기 내부는 눈이 휘둥그레질 정도로 근사했다.

좌석은 10개인데 전부 가죽과 원목으로 되어 있었다. 좌석마다 텔레비전이 설치돼 있고 갖가지 고급 간식과 음료수가 비치된 작은 냉장고도 있었다. 키란과 나 외에 온드스캔의 직원 4명도 함께 탔는데, 남자 2명과 여자 2명이었다.

내가 비행기에 타자 모두 일어서서 나를 맞았다.

"여러분, 페인티드 울프님이 오셨습니다."

키란이 나를 소개하자 직원들이 고개를 숙였다. 나는 가발이 벗겨질까 봐 조심스럽게 고개 숙여 답례했다.

키란이 비행기 뒤쪽 좌석으로 나를 안내했다. 키란은 만다린어로 말하고 나는 영어로 대답했다.

"우리와 함께해서 정말 기쁩니다. 타이밍이 완벽했어요. 당신이 우리 비행기에 탔을 때에야 왜 전용 비행기에 돈을 쓰는지 알게 됐습니다. 마음에 들길 바랍니다."

"물론 마음에 들어요. 감사합니다."

"이 비행기는 와이파이가 되고 영화와 음식, 음료수도 잔뜩 준비돼 있습니다. 마음껏 이용하세요."

나는 고개를 끄덕이며 감사를 표했다.

"쉬푸 씨를 찍은 영상 말인데요… 와우, 굉장히 인상적이었어요. 촬영하기 힘들었을 텐데."

"쉽지는 않았지만…."

"그게 울프님의 특기죠. 하지만 지니어스 게임에서 처음으로 진짜 도전을 받을 수도 있어요." 키란이 미소 지으며 말했다. "자, 안전벨트를 하세요. 곧 이륙할 겁니다."

다음 두 시간 동안 나는 지나가는 구름들을 구경하고 휴대폰에 올라온 뉴스 피드들을 훑어봤다. 툰데가 블로그에 여행기를 몇 개 올려놓았다. 파리 공항에 대한 툰데의 묘사는 진짜 웃길 뿐 아니라 통찰력도 있었다. 그 글들에는 평소의 툰데다운 유쾌함이 흘렀지만 분명 그가 겪고 있을 스트레스도 담겨 있었다. 툰데의 성공에는 그만큼 많은 것이 달려 있었다.

비행기가 중국 본토를 벗어나 바다가 보이자 키란이 다가와 내 옆에 앉더니 저 멀리 피어오른 조각구름을 가리켰다. 한랭전선의 앞쪽 가장자리에 뜬 낮고 우둘투둘한 층운형 구름이었다. 우아한 동시에 불길해 보였다.

"왜 변장을 했죠?"

키란의 질문에 나는 곁눈질로 그를 봤다.

"이게 나예요."

"마음에 듭니다."

"하나 물어봐도 될까요?"

키란이 고개를 끄덕였다.

"당연하죠. 지니어스 게임에 대한 자세한 질문만 아니면 됩니다."

"그런 질문은 아니에요."

"오케이, 좋아요. 말해봐요."

"왜 중국에 오셨나요?"

"난 항상 일을 해요." 키란이 활짝 웃으며 대답했다. "울프님을 지니어스 게임에 초대한 것도 그 때문이고. 당신은 맹렬하게 쉴 틈 없이 머리를 굴리죠. 봐요, 당신과 대화하는 건 위험하다니까요. 당신은 적어도 세 발 앞서 생각할 뿐 아니라 미스터리 뒤에 숨은 미스터리를 보거든요. 하지만 난 중국에서의 일이 약간 실망스러울까 봐 걱정이에요. 중국에 간 건 사업 때문이에요. 동료들을 만나려고요."

"헐, 동료들이라고요?"

"그게 왜 이상하죠?"

"제가 하는 일 아시잖아요, 키란 씨. 들은 게 있어요."

사실 나는 키란이 하크를 만난 것 말고는 중국에서 뭘 하고 있는지 전혀 몰랐다. 정보를 알아내려면 낚시질을 해야 한다. 그러려면 상대에게 내가 실제로 아는 것보다 더 많은 걸 알고 있다는 확신을 주는 게 중요하다. 키란을 방심하게 만들어 내가 모르는 것을 말하게 해야 한다.

"어떤 얘기요?"

"중국은 아주, 아주 큰 연못이에요. 하지만 당신은 큰 물고기죠. 당신이 만나는 사람들에 대한 소문을 들었어요. 그중 일부는, 말하자면, 평판이 좋지 않아요."

"수이 하크 씨를 말하는 거죠?"

그 말을 듣자 곧바로 목이 콱 막히는 기분이었다.

"네."

"어젯밤에 하크 씨와 저녁을 먹었어요. 솔직히 말해, 좀 지루한 사람이더군요."

"그 사람은 범죄자예요."

"사실 그렇죠."

키란이 동그랗게 뜬 눈을 반짝였다. 그가 선글라스 뒤의 내 눈을 볼 수 있을 것 같은 생각이 들었다.

"울프님은 인생에서 가장 원하는 게 뭔가요?"

"네?"

"당신이 원하는 게 뭔가요?"

"정보를 얻는 거예요. 다른 나라의 사람들이 아는 것을 알고 싶어요. 그 정보를 공유하고 싶어요. 그리고 무엇보다 내 마음을 말할 수 있었으면 좋겠어요."

"당신이 영상을 찍은 사람들은요? 당신이 노출시킨 사람들은?"

"그 사람들은 우리 사회의 발전을 가로막고 있어요. 권력의 부스러기를 잡았다는 이유만으로 부를 거머쥘 자격이 있다고 생각해요. 자기들은 상아탑에서 살고 우린 들어오지 못하길 바라죠. 그 사람들이 부정한 행동과 도둑질로 그런 탑들을 세운다면 저는 그 탑들을 무너뜨릴 거예요."

키란이 몸을 뒤로 기대더니 부드럽게 박수를 쳤다.

"십자군이군요, 나처럼."

"그런데 왜 부패한 사업가들과 저녁을 먹었죠?"

"당연하죠."

"무슨 뜻이에요?"

"당신과 나는 비슷해요, 울프님. 우리 둘 다 세상을 보고 있어요." 키란이 창 너머로 끝없이 펼쳐진 하늘을 가리켰다. "우린 망가진 시스템을 보고, 무력한 사람들을 봐요. 당신과 나, 둘 다 그걸 변화시키길 원해요. 그리고 뭐든 변화가 일어나는 데 필요한 일을 하고 싶어 하죠."

"법을 어기는 거요?"

키란이 몸을 숙였다. 오렌지와 재스민 향이 섞인 애프터셰이브 로션 냄새가 났다.

"난 세상을 우리가 생각하는 이미지로 새롭게 만들고 싶어요."

"우리가 누구인가요?"

"당신과 나, 우리 같은 사람들, 온갖 일을 겪어도 지치지 않고 실패에 좌절하지 않는 사람들요. 당신처럼 나도 권력을 쥔 사람들이 결코 세상의 문제들을 해결하지 않으리란 걸 깨달았어요. 그들은 문제를 만들어요. 그리고 그 문제들을 유지시켜 득을 보죠. 아홉 살 때 난 내 말에 귀 기울이는 빈민가의 아이들을 모았어요. 우린 함께 컴퓨터를 만들었고, 학교를 만들어 공부했어요. 어른 교사들이 항상 제자들에게 '고정관념에서 벗어나 생각하라'고 말하는 걸 알고 있나요? 음, 진짜 성공하는 유일한 방법, 세계를 정말로 변화시키는 유일한 방법은 아이들만이 할 수 있는 일을 하는 거예요. 고정관념이 있다는 것조차 부인하는 거죠."

내가 키란한테서 듣고자 한 것이 이 말이었다. 이것이 기업 이미지 아래에 깔린 메시지, 인터넷 팬덤이 만든 슈퍼히어로라는 겉모습 뒤의 진짜 키란이었다.

어쩌면 그는 진짜배기일지도 모른다.

"솔직히 말할게요." 키란이 말을 이었다. "지니어스 게임은 단순한 대회가 아니에요. 채용 도구죠. 난 차세대 리더들, 세계의 건설자들을 모으고 싶어요. 어떻게 생각해요?"

"저한테 합류하라고 권하는 것 같네요."

"여기 오셨잖아요, 그렇죠?"

키란이 고개를 돌려 태블릿을 든 젊은 여직원을 봤다. 그녀는 수수한 재킷을 입고 선명한 빨간색 립스틱을 바르고 있었다.

"실례합니다." 키란이 나한테 양해를 구했다. "일하러 가야 합니다."

키란이 앞쪽의 자기 자리로 돌아가자 곧바로 참모들이 각자 결재를 기다리는 서류와 대답이 필요한 질문을 가지고 모여들었다.

페인티드 울프가 '버튼' 카메라로 촬영한 키란의 스틸 사진

키란의 관심에서 벗어나자마자 나는 한숨을 내쉬었다.

군화가 너무 꽉 죄고 가발을 쓴 머리가 근질거렸다. 액세서리들 때문에 목 주위도 따가웠다. 나는 페인티드 울프를 연기하는 데 지쳤다.

하지만 창밖의 바다와 하늘을 내다보면서 내가 이 비행기에 탄 이유에 다시 집중했다. 나는 툰데를 돕기 위해 부모님께 거짓말을 했다. 툰데의 목숨, 부모님의 목숨, 그의 마을, 그의 소중한 사람들, 모두가 위협받고 있다. 내가 할 수 있는 일은 뭐든 해야 하고 툰데가 나를 필요로 하는 곳이면 어디든 가야 한다.

키란의 의도도 문제였다. 그는 똑똑하고 다정하고 의욕이 넘치는 사람 같았다. 하지만 사람을 읽을 줄 안다는 자부심이 있는 내가 보건대, 키란은 뭔가를 숨기고 있었다. 육감으로 넘겨짚은 게 아니다. 무슨 텔레파시를 느낀 것도 아니다. 사람들이 하는 말부터 미묘한 몸짓이 주는 단서, 어투의 사소한 변화에서 그의 생각을 읽을 줄 아는 내 능력에서 나온 판단이었다.

키란에겐 숨겨진 속셈이 있었다. 불확실한 어떤 꿍꿍이. 그가 무슨 계획을 꾸미고 있는지 아직 모르지만, 그걸 알아내겠다는 열의로 마음이 부산해졌다.

그걸 막아야 한다.

SIMPLE CODE TO FIND

BEAUTIFUL SIMPLE CODE TO FIND

BEAUTIFUL SIMPLE CODE

Muchedumb

Muchedumbré

Muchedumbre Muché

Muchedumb

Muchedumbre

umbre Muchedumbre Muc

Muchedum

2부

지니어스 게임

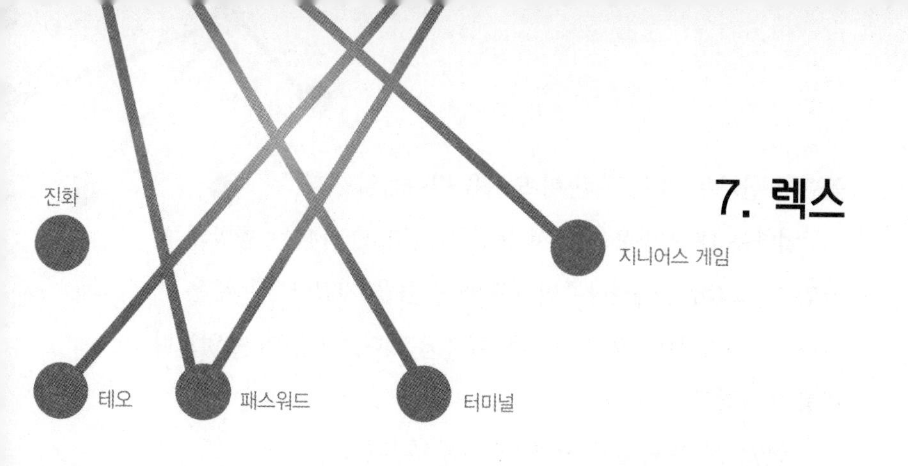

7. 렉스

제로 아워까지 3일 5시간 21분

내가 소식을 전하자 엄마와 아빠는 감격했다.

내가 초대받은 소수의 사람들 중 한 명이고 여행 경비가 전부 공짜인 데다 만약 우승을 하면 내가 꿈꾸어온 프로젝트들을 할 수 있다고 하자, 두 분의 경외감 어린 표정이 기쁨의 웃음으로 바뀌었다.

하지만 우리 모두 냉정한 현실을 깨달으면서 기쁨이 차츰 사그라들었다.

엄마가 먼저 말을 꺼냈다. 부모가 불법체류자라는 사실이 발각되면 어떻게 하지? 나는 솔직히 잘 모르겠다고 대답했다.

아빠가 가족회의를 하자며 우리를 앉혔다.

"위험하긴 하지만 난 네가 그 대회에 가야 한다고 생각한다, 렉스. 이곳에서 사는 건 네 선택이 아니었어. 엄마와 내가 널 위해 선택한 거고, 두려움 때문에 네 운명을 거스르게 할 순 없어. 테오가 우리한테 가르쳐준 게 있다면, 일어나서 모든 도전을 받아들여야 한다는 거지. 우린 이 도전을 받아들일 거다.”

엄마는 내 가방을 싸면서 눈물을 흘렸고, 아빠는 공항의 체크인 데스크까지 데려다주면서 활짝 웃음을 지었다. 두 분은 거의 밤을 새며 서로 자식 자랑을 했다고 했다. 그 말이 무엇보다 마음이 아팠다.

속임수를 쓴 아들을 자랑스러워하시다니.

떠나기 전에 아빠가 리본으로 묶은 작은 상자를 내밀었다.

“그날 이후 계속 간직하고 있었다… 이제 테오는 네가 이걸 가지길 원할 것 같구나. 게다가 최근에 이게 계속 울리고 있는데 우리가 끌 수 있을 것 같지 않아.”

“울린다고요?”

상자를 귀에 대봤더니 정말로 아주 희미하지만 울리는 소리가 들렸다.

엄마는 여전히 울고 있었다.

“몸조심하렴. 도착하는 대로 빨리 전화하고.”

나는 그러겠노라고 약속한 뒤 붐비는 대합실에서 뒷걸음질 치며 손을 흔들었다. 수많은 얼굴들 사이로 두 분이 보이지 않을 때까지.

보안검색대를 통과해 게이트까지 달려서 마지막 탑승 방송이 나가기 겨우 몇 분 전에 비행기에 탔다.

좌석을 찾아 앉은 나는 부모님이 준 선물을 열어봤다.

작은 상자 안에는 USB 플래시드라이브가 달린 가죽 목걸이 하나가 들어 있었다. 그걸 보자 눈시울이 붉어졌다. 테오 형의 것이었다.

형이 세 살일 때 부모님이 크리스마스 선물로 준 16MB짜리 드라이브. 그 안에 들어 있는 건 거의 없었지만 형은 이 USB 드라이브를 신성시했다. 형에겐 행운의 부적 같은 물건이었다.

그러고 보니 형이 사라진 뒤로는 이 USB를 보지 못했다. 솔직히 말해 잊고 있었다.

궁금증이 일었다. 형은 여기에 뭘 넣어두었을까?

그리고 더 중요한 질문. 왜 이게 울리는 걸까? USB는 울리지 않는데.

비행기가 수평 비행을 시작해 전자기기 사용이 허용되자마자 나는 부리나케 노트북을 꺼내 형의 낡은 USB를 꽂았다. USB가 인식되는 동안 심장이 쿵쿵 뛰었다.

열어보니 '선언문'이라는 이름이 붙은 폴더 하나가 보였다. 그 안의 파일에는 패스워드가 설정되어 있었다.

형이 예전에 쓰던 패스워드를 몇 개 넣어봤지만 먹히지 않았다. 다행히 나는 '무작위 대입' 방식의 갖가지 패스워드 크래킹 도구들을 가지고 있었다.

패스워드를 푸는 데 16초가 걸렸다.

형의 패스워드가 렉스 마테오 우에르타라는 걸 바로 알아맞혔어야 했는데.

형은 내가 이 파일을 보길 원했다. 내가 2년 전에 이걸 발견하길 원했을 것이다. 하지만 부모님이 먼저 발견해서 보관하는 바람에 이제야 내 손에 들어온 것이다.

단순한 텍스트 파일이었다. 으스스한 내용이 담긴.

터미널 선언문

1. 학습하는 것은 창조하는 것이다. 학습(프로그래밍이건, 수학, 미술, 음악, 화학이건)에서 중요한 것은 벽을 무너뜨리고 우리를 살아 있게 하는 한 가지, 즉 지식에 자유를 주는 것이다.

2. 모든 지식은 공짜다. 공짜로 공유하거나 활용하거나 파괴할 수 있다. 우리는 어떤 창조물도 진정으로 소유할 수 없고 창조물을 소유하려 하는 사람들은 결국 실패하게 되어 있다고 믿는다. 우리가 만든 것이 곧 우리 자신인 것은 아니다.

3. 지식은 자유를 갖가지 형태로 확장하고 벽을 무너뜨린다. 억압받는 이들을 해방시킨다. 우리는 지식에 전력을 기울인다. 계급차별, 남녀차별, 인종차별, 성차별, 노예제, 편견, 전쟁, 증오를 깨뜨리는 망치로서의 지식. 세상에 어둠이 존재한다면 우리가 불을 밝힐 것이다.

4. 지식은 노예화되어왔다. 기업, 정부, 대학, 군대가 지식을 철창 안에 단단히 가두어놓았다. 그들은 지식이 권력이라는 것을 알고 있으며 지식을 고수하면 권력을 고수할 수 있다고 맹목적으로 믿는다. 우리는 그들이 틀리다는 것을 입증하기 위해 여기에 있다. 지식을 억류하고 있는 자들로부터 해방시키기 위해 여기에 있다.

혁명이 유일한 진화다.

형제여! 우리가 시작했던 일이 우리를 벗어났다. 누구도 믿어서는 안 된다. 모든 카메라는 누군가의 눈이다. 모든 마이크는 누군가의 귀다. 나를 찾아라. 우리가 힘을 합치면 그자를 막을 수 있다.

나는 입을 떡 벌리고 한참 동안 이 글을 들여다봤다.

무슨 뜻인지 이해가 안 갔다. 테오 형이 터미널 소속이었나? 그들이 한 짓에 형이 책임이 있는 건가? 그 모든 고통과 그 모든 파괴에? 도저히 믿기지 않았다.

내 형이 그런 짓을 했을 리가 없다. 하지만… 여기에 버젓이 문서로 기록되어 있는데?

마지막 문단이 제일 걱정스러웠다. 뭐가 형한테서 벗어났다는 걸까? 왜 형은 도망 다니고 있는 걸까? 우리가 힘을 합쳐 막아야 하는 '그자'는 누구인가?

혈압이 치솟아 정신을 잃을 것만 같았다.

이 글의 의미는 중요하지 않았다. 진짜 메시지는 분명했다. 테오 형은 곤경에 처해 있다! 그리고 형은 내 도움을 원한다. USB가 다시 울렸을 때에야 나는 상황이 생각보다 훨씬 긴급하다는 것을 깨달았다.

나는 노트북에 파일을 저장한 뒤 USB를 뽑았다. 평범한 섬드라이브처럼 보이지만 이걸 크래킹 할 때 쌀알 크기의 수신기를 발견했다. 10대 청소년의 손에 우연히 들어가기는 힘든 차세대 스파이 장비였다. 테오 형처럼 똑똑한 사람이라 해도 마찬가지다. 내가 수신기의 수신 상태를 바꾸지 못하고 어디에서 신호를 받는지 알아낼 수 없는 건 그 때문이다. 게다가 내가 이걸 해체해

보려 하자 부서지고 말았다. 약해빠진 장비였다. 이건 뭔가 새로운 기술이라는 표시였다.

하지만 나는 좌절하지 않았다.

누군가가 계속 USB로 소통을 해왔다. 누군가가 USB의 파일에 활발하게 내용을 저장하고 편집해왔다. 잠깐만 봐도 그건 확실했다. 이 선언문은 내가 비행기를 타기 4시간 전에 편집되었다.

그건 테오 형이 살아 있다는 뜻이다.

그리고 형은 심각한 곤경에 빠져 있다.

7.1

덜컹거리며 보스턴 컬렉티브 캠퍼스로 달리는 버스 안은 승객들로 붐볐다.

주위에 앉아 있는 아이들 중 일부는 지니어스 게임에 가는 것처럼 보였다. 나의 경쟁자들. 하지만 그 아이들을 평가하거나 대화를 엿들을 틈이 없었다. 테오 형의 USB에서 알게 된 것들이 머릿속에서 요동치고 있었다.

나는 툰데와 페인티드 울프한테 이 도시에 도착했고 달릴 준비가 됐다는 문자와 이메일을 여러 통 보냈다. 최대한 빨리 상의하고 싶은 중요한 소식이 있다고도 알렸다. 하지만 둘 다 바로 답을 보내지 않았다. 아직 이동 중인 것 같았다.

나는 집에 전화를 걸어 무사히 도착했다고 알렸다. 아빠는 일하는 중이어서 엄마하고만 통화했다.

"그리고 선물 고마워요, 엄마. 제가 형이 그걸 자랑스러워하게 만들게요."

엄마한테 차마 형이 심각한 일에 휘말렸다는 말은 할 수 없었다. 형을 찾아내기 전까지는 나 혼자만 알고 있어야 한다.

그러려면 보스턴 컬렉티브에 있는 '그것'이 필요했다.

양자컴퓨터에 접근하기가 쉽지는 않을 것이다. 온라인에 존재하는 게 아니라서 해킹을 해서 들어갈 수도 없다. 양자컴퓨터를 찾아서 직접 내 손으로 사용해야 한다. 그러려면 양자컴퓨터의 정확한 위치를 알아내야 한다.

다행히 카를로스 에르난데스가 내 눈에 들어왔다.

카를로스는 나보다 한 살 많은 보스턴 컬렉티브 학생으로, 나처럼 캘리포니아 주에서 왔고 버스에서 두 칸 앞에 앉았다. 더 좋은 점은 휴대폰 보안에 무신경한 사람이라는 것이었다.

나는 버스가 포트포인트 수로를 건널 때 슬링샷 장비로 지나가는 와이파이 신호를 잡아 압축한 뒤 카를로스의 재학생 계정을 해킹했다. 심각한 윤리적 회색지대에 이미 머리부터 뛰어들었는데 한 번 더 해킹을 한들 어쩌랴 싶었다.

나는 내 침입이 어떻게든 조금이라도 덜 못된 짓이 되길 바라며 카를로스의 이메일들을 재빨리 훑어봤다. 내가 찾는 걸 발견하기 전까지는 어떤 메일도 열어보지 않았다. 다행히 카를로스는 대부분의 학생들처럼 재학생 계정 인증 메일을 삭제하지 않았다.

나는 그 메일에서 카를로스의 패스워드와 PIN을 알아내 VPN 클라이언트를 다운로드했다. 이제 준비가 됐다.

버스가 하버드 브리지를 건너갈 때쯤 나는 보스턴 컬렉티브의 네트워크에 들어갔다. 그리고 캠퍼스 서버들에 접근해 쭉 훑어봤다.

양자컴퓨터는 뜨지 않았다.

양자컴퓨터가 개발되고 있다는 정보는 찾았지만 정확히 캠퍼스의 어디에 보관돼 있는지에 대해서는 아무 정보가 없었다. 그걸 찾으려면 이제 화면은 그만 들여다보고 밖으로 나가 직접 내 발을 적셔야 한다.

말 그대로.

7.2

버스가 목적지에 도착하자 나는 쏟아지는 빗속으로 뛰어나갔다. 산타크루스에 내리는 부슬부슬하고 따뜻한 비가 아닌, 동부 해안 스타일의 비였다.

나는 비를 피할 곳을 찾는 학생들을 지나쳐 바람과 비를 뚫고 학생회관으로 달렸다.

학생회관은 쇼핑몰과 비슷했다. 계단, 경사로, 회의실, 라운지, 자동판매기, 아늑하지만 예술적으로 디자인된 가구들, 마음을 달래주는 색채들이 가득했다.

어디로 가는지 아는 것 같은 사람 몇 명을 따라가봤지만 그들은 곧 문 뒤나 계단 아래로 모습을 감췄다. 어디로 가야 할지 감이 잡히지 않아서 내 초대장에 빠진 내용이 있었던 게 아닌지 의심이 들었다.

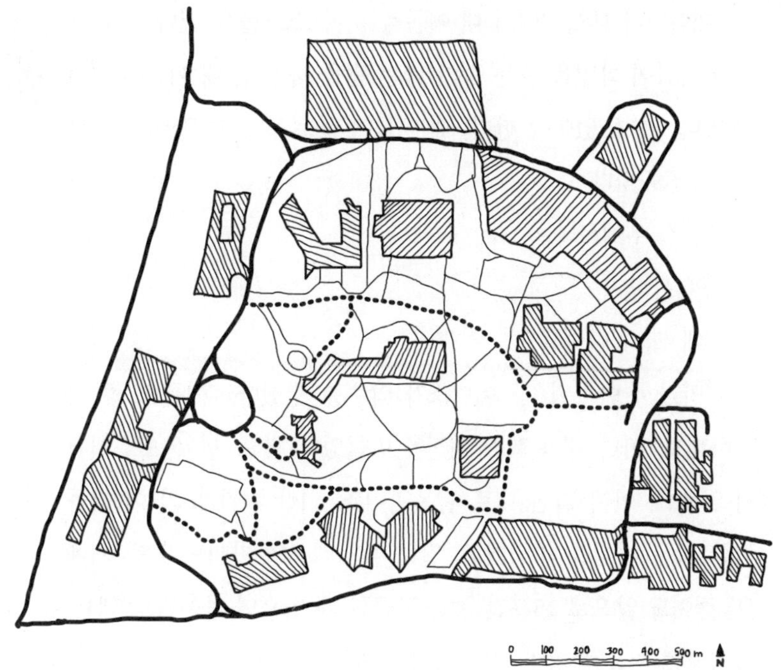

보스턴 컬렉티브 캠퍼스 지도

"멋진 USB네요. 난 도스에서 펌웨어를 실행할 때 그런 USB를 사용해요."

주위를 둘러보니 바싹 자른 빨강 머리에 손에는 태블릿을 든 열다섯 살쯤 돼 보이는 여자애가 보였다.

나는 USB 목걸이를 만지작거렸다.

"고마워요. 우리 형 거예요."

"지니어스 게임에 오신 것을 환영합니다. 난 이디스예요. 감독관들 중 한 명이죠."

"반가워요, 이디스. 난… 렉스예요."

이디스가 태블릿에서 내 이름을 찾아 스크롤을 했다. 이디스의 손가락이 화면을 훑는 동안 나는 숨을 죽였다. 내 이름이 거기에 있다. 아니, 있어야 한다. 내 이름이 없는 걸 보려고 이 멀리까지 온 건 아니다.

"렉스 우에르타?"

휴. 됐다.

"네, 그게 나예요."

"만나서 반가워요." 이디스가 악수를 청했다. "이름이 좀 익숙하네요. 아마 내가 렉스 계정을 만들었나 봐요. 난 온드스캔에서 일해요. 아까 말한 대로 감독관이죠. 키란 씨를 도와 이 떠들썩한 작은 파티를 준비했고, 말하자면 렉스의 가이드가 될 거예요. 적어도 앞으로 15분간은요. 궁금한 게 있으면 물어봐도 돼요. 하지만 말해줄 수 없는 것들도 있어요."

"지니어스 게임이 정확히 뭔지 같은 질문 말이죠?"

"맞아요, 그런 질문요."

이디스가 미소를 지었다. 나는 이미 이디스가 마음에 들었다.

"그럼, 우린 어디서 시작하나요?"

이디스가 걷기 시작했고 나는 뒤를 따랐다.

"여기서 아침 회의가 열릴 거예요. 오전 여덟 시까지 전원 참석해야 해요. 알아요, 이른 시간이긴 하죠. 식사는 여기 모리슨 푸드코트에서 하면 돼요. 서브웨이, 던킨도너츠처럼 푸드코트에 으레 있는 가게들이 전부 있어요. 엄청 맛있는 스콘을 파는 카페도 있고요."

우리는 모퉁이를 돌아 계단을 올라갔다.

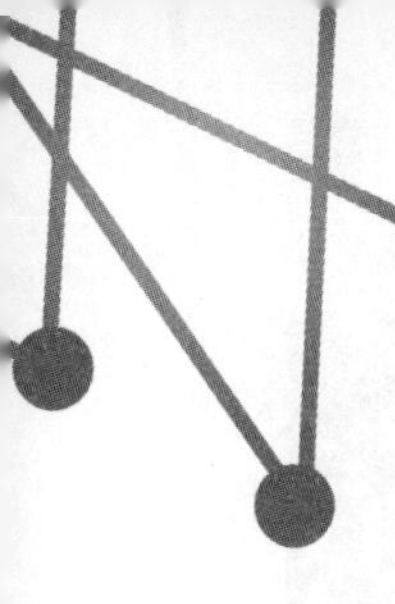

"이디스는 온드스캔에서 무슨 일을 해요?"

"암호를 만들어요. 주로 전용 암호를 설계하죠."

"끝내주네요. 내가 알 만한 암호도 있나요?"

"브로큰도어(Brokendoor)요. 대칭키 블록 암호죠. 투피시(Twofish)와 비슷하지만 훨씬 빨라요."

"아, 그거 알아요."

그러자 이디스가 말을 멈추고 나를 살펴봤다.

"혹시 로지의 우에르타는 아니죠?"

"바로 나예요."

내가 미소 짓자 이디스도 웃었다.

"어쩐지 익숙한 이름이다 했어요."

내 첫 번째 팬이네. 나는 감동했다. 여기 온 지 10분도 안 됐는데….

"사실," 이디스가 다시 걸음을 옮기며 말했다. "당신한테 꽤 유감이 있었어요. 미안해요. 두 달 전 블로그에 버퍼 오버런 오류에 관해 엄청 신랄한 비판을 썼잖아요…."

나는 움찔했다. 그런 글을 쓴 기억이 났다.

"아, 언스워스(Unsworth) 프로그램. 그럼…."

이디스가 희미하게 웃었다.

"내가 한가할 때 친구들하고 작업한 프로그램이에요. 재미로 한 일이었지만 판매할 수 있겠다는 생각도 했죠. 실제로 회사에서도 관심을 보였고요. 당신이 쓴 비판을 읽기 전까지는요."

"미안해요."

"미안해하지 말아요. 당신은 진짜 오류들을 지적한 거니까."

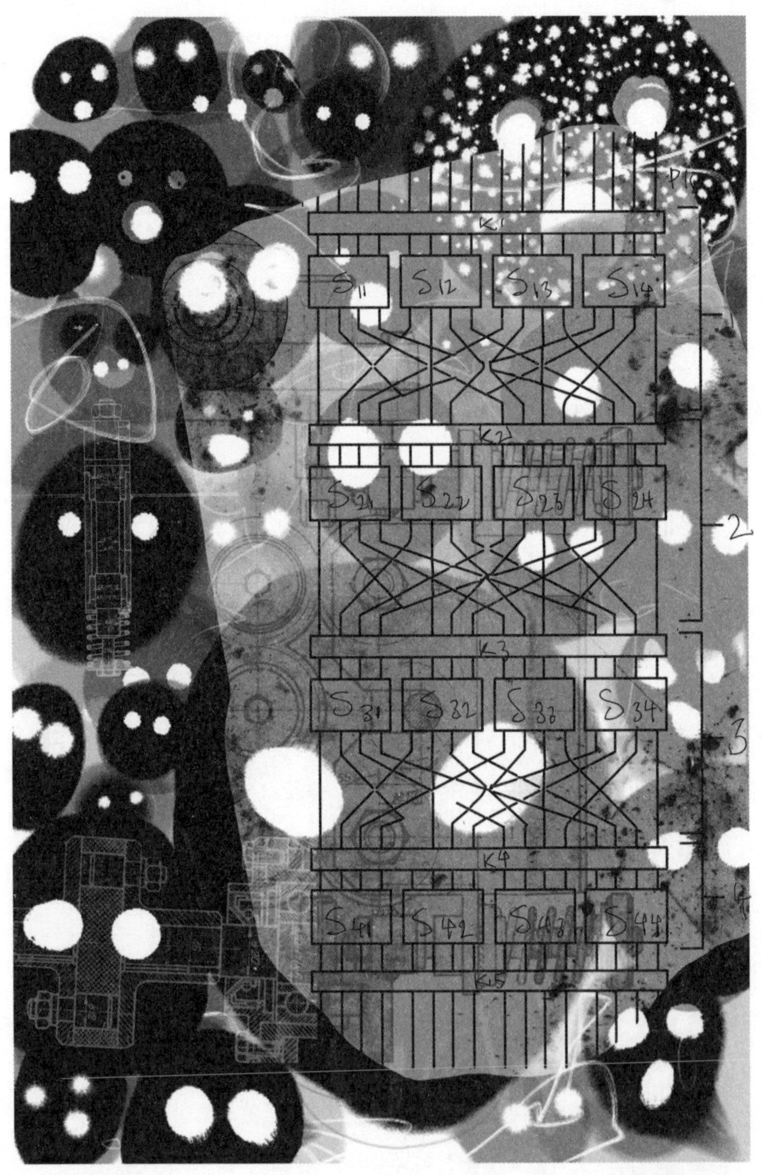
K1
S11
S12
S13
S14
K2
S21
S22
S23
S24
2
K3
S31
S32
S33
S34
3
K4
S41
S42
S43
S44
K5

블록 암호

"하지만 너무 신랄했어요."

"좀 그랬죠. 맞아요. 아무튼 난 여전히 로지의 팬이에요. 페인티드 울프는 정말 놀라운 일들을 계속하고 있어요. 페인티드 울프가 올리는 것들은 전부… 굉장해요. 울프는 스스로의 힘으로 이름을 떨치고 있어요. 엄청 핫한 사람이죠."

우리는 학생회관을 나가 잔디밭을 건너갔다. 이슬비가 흩뿌리고 있었고 15분 전보다 기온이 10도나 내려갔다.

이디스가 멀리서 빛나는 건물 하나를 가리켰다.

"저기가 기숙사예요. 호번 기숙사. 날씨가 괜찮을 땐 걷기에 좋아요."

"저, 이디스. 암호화와 관련해서 질문을 해도 될까요?"

"당연하죠. 말해봐요."

나는 양자컴퓨터가 어디에 있는지 알아내야 했고, 이디스가 그걸 알고 있다고 확신했다.

"난 양자컴퓨터 암호화에 관심이 있어요."

"그렇군요."

"최근의 기술 발전을 보면 양자 키 분배 방식을 사용하는 사람들은 곧 운이 다할 것 같아요. 시간문제겠죠. 쇼어 알고리즘이…."

이디스가 빙그레 웃었다.

"양자컴퓨터를 사용해본 적 있나요? 렉스 당신이 사용해본 적 없고 세상 사람 대부분이 사용해본 적 없다면 딱히 걱정할 필요 없을 거예요."

"음, 그게 내 두 번째 질문이에요."

이디스는 똑똑한 사람이었다. 내 함정에 바로 걸려들지 않았다. 이디스의 방어를 뚫고 실수를 유도할 방법을 찾아야 한다. 이디스 입에서 뭔가가 불쑥 튀어나오게 만들어야 한다.

"지금 온라인에는 양자컴퓨터가 없어요."

"이 캠퍼스에 한 대 있죠."

"온라인에는 없어요."

"당연하죠. 아직 연구용이니까요. 진짜 양자컴퓨터가 나오려면 5년이나 10년은 걸릴 거예요. 하지만 난 양자컴퓨터가 특별하다고 생각해요. 차세대 컴퓨팅이죠." 나는 다음 질문으로 신중하게 말을 옮겼다. "온드스캔이 그냥 재미로 이곳에서 지니어스 게임을 여는 건 아닐 거잖아요, 그렇죠? 연구실에 가서 그 녀석을 부팅한 뒤 암호화 프로그램을 돌려보면 얼마나 멋질까요?"

"유감스럽지만 양자컴퓨터를 엿보려면 좀 기다려야 할 것 같아요." 기숙사 문에 도착했을 때 이디스가 미소를 지으며 말했다. "온드스캔 빌딩은 제로 아워까지 잠겨 있어요."

"당연히 그렇겠죠."

오케이! 양자컴퓨터는 온드스캔 빌딩에 있다! 이제 그 빌딩이 어디 있는지만 알아내면 된다.

"또 만나요." 이디스가 문을 열며 말했다.

"물론이죠. 아, 그리고 언스워스에 대한 심술궂은 비판은 정말 미안하게 됐어요. 몇 부분만 수정하면 분명 훌륭한 프로그램이 될 거예요."

이디스가 뚱하게 바라보더니 나를 안으로 안내했다.

7.3

경쟁자들.

그들이 여기에 있다. 키란이 고르고 골라서 뽑은 영재들. 내 또래의 남자애와 여자애 수십 명이 소파나 의자에 앉아 얘기를 나누고 있었다. 긴장된 분위기가 피부로 느껴졌다. 꼭 대입 수학 능력시험이 시작되기 5분 전의 고사장에 들어간 것 같았다.

이디스가 헛기침을 하자 모두들 우리를 주목했다.

"여러분, 렉스 우에르타를 소개합니다."

이디스의 소개에 한 차례 빈약한 박수 소리가 뒤따랐다.

나는 아이들한테 미소를 지어 보이며 어색하게 손을 흔들었다. 함께 손을 흔들어주는 아이는 없었지만, 뭐 상관없었다.

아이들의 얼굴을 훑어봤지만 툰데와 페인티드 울프는 보이지 않았다.

그 애들은 어디에 있는 걸까?

이디스가 내 어깨를 두드렸다.

"난 학생회관으로 돌아가야 해요. 다른 사람이 방을 안내해 줄 거예요. 궁금한 게 있으면 주저 말고 나나 다른 감독관들을 찾으세요. 또 봐요."

이디스 뒤로 문이 닫히자마자 경쟁자들은 아까 하던 얘기로 돌아갔다.

나는 로비를 지나면서 경쟁이 어느 정도일지 가늠해봤다.

수염이 난 뚱뚱한 남자애와 자연언어 처리에 대해 떠들고 있는 열다섯 살쯤 된 여자애, 모히칸족 헤어스타일의 남자애와 테라 규모 데이터에 대해 토론 중인 키 큰 여자애, 성냥개비로 만들고 레몬으로 움직이는 탐사로봇 큐리오시티 로버의 상세 모형을 시험하고 있는 선글라스 쓴 남자애.

내가 지나갈 때 대부분의 아이들이 인사를 건네거나 눈인사를 했다. 모히칸족 헤어스타일의 남자애는 나한테 하이파이브를 했다.

이곳이 편안하게 느껴졌다. 아이들의 얘기를 듣고 있자니 온라인에서 툰데, 페인티드 울프와 함께 있을 때 등골이 짜릿해지던 깊고 즐거운 떨림이 느껴졌다. 고향에 온 느낌, 내 사람들 틈에 있는 느낌이었다. 정말 유유상종이구나….

"네가 렉스 우에르타니?"

돌아보니 어떤 여자애가 내 옆에 서 있었다. 그녀가 활짝 웃을 때 앞니 두 개가 빠진 걸 보자 한 포럼의 게시물에서 그녀를 봤던 기억이 곧 떠올랐다. 화학에 거의 초자연적인 재능을 가진 스페인 아이였다.

"그냥 네가 쓴 구조식 프로그램이 굉장하다는 말을 해주고 싶어서 불렀어. 내가 날마다 사용하는 프로그램이야."

"고마워. 우리 형을 위해 쓴 거야. 형이 화학에 푹 빠져 있었거든."

"난 로지를 진짜 좋아해. 너희는 완전 짱이야. 페인티드 울프도 여기 와?"

그녀는 스페인 억양이 심했고 혀짤배기소리는 더 심했다.

"응, 올 거야. 툰데도."

"대박!"

"맞아. 그건 그렇고 네가 누군지 알겠어. 이름이 뭐더라?"

그녀가 활짝 웃었다.

"로사야."

"안녕, 로사. 온라인에서 너에 관해 읽었어."

"프로디지 플래닛 사이트에서?"

"맞아. 굉장히 인상적이었어."

로사가 방긋 웃었다.

"우리가 같은 팀이면 좋겠다. 그럼 파티 분위기일 텐데."

"그게 그렇게 신나는 일이야?"

"당연하지!" 로사가 꺄악 소리를 질렀다. "완전 난리날 거야. 똑똑한 애들이 이렇게 많이 한곳에 모여 두리번거릴 일이 없잖아. 어떤 애들이 얘기하는 걸 우연히 들었는데 지니어스 게임은 곤충에 대해 다룰 거래. 어이없지?"

"그럴 리가 없어."

"우승자한테 주는 상품이 돈이나 영예 같은 게 아니라, 세상을 바꿀 기계의 열쇠라는 말도 들었어."

"그 말을 믿어?"

로사가 웃음을 지었다.

"세상을 바꿀 순 없지. 바보 같은 소리야."

우린 생각이 비슷한 것 같네.

"근데 너, 어디로 가야 하는지 알아?" 로사가 물었다.

"아니. 알려줄 수 있어?"

로사가 나를 방 건너편 벽에 붙어 있는 종이 앞으로 데려갔다. 종이에는 참석자 모두의 이름이 나와 있었다.

"렉스 넌 402호네. 내가 데려다줄게."

우리는 4층까지 계단을 올라갔다. 가는 도중에 로사가 '로지'에 관해 온갖 질문을 퍼부어댔다. 우리가 어떻게 만났는지, 우리가 어떻게 지내는지, 내가 페인티드 울프한테 홀딱 반했다는 얘기가 사실인지? 로사는 온라인에서 그런 소문을 들었다고 했다.

내 방 앞까지 데려다준 뒤 로사가 말했다.

"내 방은 2층인데, 노르웨이에서 온 여자애랑 같은 방이야. 상냥하지만 좀 시끄러운 애야. 저녁식사 때 너희들을 만날 수 있으면 좋겠다. 너희들하고 사진도 찍었으면 한다고 전해줘. 참, 케니라는 애를 조심해. 작년에 걔랑 같은 대회에 나갔는데 내 탈수제 디자인을 몽땅 훔쳐갔어. 내가 싫어하는 애야."

"알았어."

로사의 폭풍 수다에 혼란스러워져서 나는 그냥 그렇게 대답했다. 그런 뒤 402호 문을 열고 안으로 들어갔다.

침대 2개, 책상 2개, 거리가 내다보이는 창이 있는 평범한 방이었다.

툰데와 페인티드 울프의 문자나 이메일이 왔는지 휴대폰을 확인했다. 감감무소식이었다. 그래서 아까 보냈던 메시지를 다시 보냈다.

얘들은 어디에 있는 걸까?

나는 침대들 중 하나에 짐을 내던진 뒤 한껏 기지개를 켰다.

좋아, 시작해보는 거야.

8. 툰데

제로 아워까지 2일 18시간 47분

와우!

보스턴 컬렉티브의 내 기숙사 방에 들어가니 엄청나게 넓은 공간이 나타났다. 아키카 마을에서라면 최소한 다섯 명은 묵고도 남을 넓이였다.

하지만 내가 놀라서 소리를 지른 건 그 때문이 아니었다.

손으로 쓴 숫자와 글자가 온통 방을 뒤덮고 있었다. 창문과 벽이 알고리즘과 코딩, 정리와 방정식으로 가득 차 있었다. 단지 잠자는 곳이 아니라 또 다른 연구실처럼 보일 정도였다.

그것들을 쓴 장본인은 방 맞은편에 등을 보이며 서 있었다. 사실 나는 약간 뒷걸음질을 칠 정도로 걱정이 되었다. 역사가들이 말하길 천재와 미치광이는 백지장 한 장 차이라고 했다. 나는 룸메이트가 미치광이가 아니길 바랐다.

내가 헛기침을 했지만 룸메이트는 돌아보지 않았다. 대신 까치발을 하고는 커다란 검은색 마커로 벽의 거의 맨 꼭대기에 미친 듯이 숫자를 갈겨썼다. 악필이었지만 미분방정식을 풀고 있다는 건 알 수 있었다.

"실례합니다."

그러자 룸메이트가 조용히 하라는 듯 놀고 있는 손을 들어올렸다.

키가 크고 마른 몸에 어깨가 떡 벌어지고 부스스한 까만 머리칼을 가진 아이였다. 후드티와 청바지 차림에 화려한 색깔의 스니커즈를 신고 있었다.

"미안." 그 애가 말했다. "무례하게 굴 생각은 없어. 하지만…."

룸메이트가 계속 숫자를 써대는 통에 나는 가방을 내려놓고 기다리기로 마음먹었다. 하지만 인내심이 점점 바닥나고 있음을 인정해야 했다. 그렇게 긴 여행을 해서 여기 왔는데 얼른 내 일을 시작하고 싶은 마음이 간절했다!

"뭘 그렇게 열심히 하는 거야?"

"당연히 네 교란기용 소프트웨어지."

나는 놀라서 말문이 막혔다.

"잠깐만… 너였어, 친구?"

"그럼 누구겠어, 나이자 보이?"

그 애가 돌아봤을 때 나도 모르게 절로 환한 미소가 터져 나왔다.

내 룸메이트는 바로 렉스 우에르타였다.

벽과 창을 뒤덮고 있는 등식과 알고리즘

8.1

와아아아아아아아아아!

렉스와 내가 기쁨에 들떠 어찌나 크게 소리를 질렀던지 옆방 경쟁자들이 경찰을 부를 것만 같았다.

"형제여!"

"잘 지냈어?"

"마침내 널 만나다니 기분 짱이다."

여기에 진짜 렉스가 있었다. 나의 가장 친한 친구! 절대 잊지 못할 이 순간을 마주하자 지난주의 스트레스와 긴장이 깡그리 사라졌다.

"나도 널 봐서 너무 좋아. 네가 이 방이라서 진짜 다행이야. 어떻게 우리가 룸메이트가 된 거지? 네가 내 방을 바꿔치기했다는 말은 하지 마…."

하지만 렉스가 은밀한 미소를 지어 보여서 나는 덜컥 걱정이 되었다.

"이건 큰 문제 아냐? 더 신중했어야지, 렉스. 시작도 하기 전에 쫓겨나면 어쩌려고!"

렉스가 다시 웃음을 지었다.

"너무 스트레스 받을 거 없어. 내가 알아서 할게."

나는 금세 마음이 놓이지는 않았다. 하지만 이미 엎질러진 물은 어쩔 수 없는 법이다.

"내 메시지 받았어?" 렉스가 물었다.

"아니, 확인할 틈이 없었어. 무슨 일 있었어?"

"테오 형이 살아 있어. 형한테서 메시지를 받았어."

이런 엄청난 뉴스라니. 나는 내 귀를 의심했다.

"대박!"

하지만 렉스는 여전히 표정이 어두웠다.

"형은 살아 있고 내가 자기를 찾아주길 원해. 곤경에 빠져 있거든. 형은 내내 터미널과 함께했어. 형이 어떻게 터미널에 연루됐는지는 모르지만… 괜찮을 리가 없잖아. 그런 집단하고는."

"이봐, 친구. 테오 형은 살아 있어. 너랑 연락하려 하고 있고. 좋은 소식이라고 생각해야 돼. 형이 왜 그런 일을 했는지 아는 건 나중 일이야. 형에겐 분명 이유가 있을 거야."

렉스가 작은 수신기를 포함해 USB의 부품들을 보여줬다. 굉장히 놀라운 기술력이 담긴 기기였다. 크기뿐 아니라 전선을 연결한 솜씨도 그랬다. 이걸 만드는 방법을 생각하느라 오랜 시간 공을 들였을 것이다.

"뭐 알아낸 거 있어?"

내가 부품들을 살펴보고 있는데 렉스가 물었다.

"테오 형이 어떤 일에 연루됐건 중요한 일이란 건 알겠어."

"터미널이 이걸 만들 수 있을까?"

나는 고개를 저었다.

"모르겠어, 친구."

내 짐을 풀고 셔츠들을 옷장에 걸어놓느라 대화가 끊겼다. 옷장 안을 보니 옷이 무더기로 쌓여 있었다. 지저분한 빨랫감인 줄 알았는데 렉스가 자기는 옷걸이를 사용하지 않는다고 설명해줬다. 옷걸이를 쓰면 너무 느긋해지는 느낌이라고 했다. 렉스는 깨어 있는 1분, 1초가 중요하다는 생각이 확고했다.

내 친구는 완벽주의자로군.

렉스가 무더기에서 옷가지 몇 개를 꺼내 나한테 던졌다.

"툰데 널 위해 가져왔어. 여긴 춥거든."

"고마워."

"빨리 그거 입어. 늦었어. 서둘러야 해."

"왜?"

"회의가 있어."

8.2

기숙사를 나서자 다급히 캠퍼스를 가로질러 걸어가는 여러 무리가 보였다. 렉스가 나를 쿡 찔러서 우리는 그 애들을 따라갔다. 렉스가 오버사이즈 코트를 입은 헝클어진 금발머리 애를 붙들고 회의에 대해 아는 게 있는지 물어봤다.

"모르겠어."

그 애는 탄산음료가 든 커다란 머그컵을 들고 있었다. 컵이 어찌나 큼지막하던지 그 애의 카페인 섭취량이 걱정되고 심장박동이 얼마나 빠를지 궁금할 정도였다.

"너희는 지금 막 왔어?" 그 애가 물었다.

"그래." 렉스가 대답했다.

"난 툰데 오니야."

내가 자기소개를 하며 손을 내밀자 그 애는 상당히 힘을 줘서 악수를 했다.

"안녕, 툰데."

억양이 강하고 낯설었다. 동유럽 사람 같았다.

"난 렉스 우에르타야." 렉스가 자기소개를 했다.

"오, 나 너 알아. 난 노르베르트 루치. 엘바산에서 왔지. 알바니아에 있는 도시야. 그러니까, 사람들이 있는 줄도 모르는 그리스 옆 나라 말이야. 난 코딩을 해."

"코딩? 어떤 코딩?" 렉스가 물었다.

"하스켈(Haskell)을 써."

"배우기 어려운 언어인데."

"음, 그건 재미로 하는 거야. 내가 진짜 일을 할 때 쓰는 건 말레볼제(Malbolge)야."

```
D'`N
@p8~[5X9Vx6v4tc>=p(nnmHjF'3VUd"@~,=^):rqvuts12Sinmlkjiba'_
dcbaZ~A@\
UTx;WPUTMqQ3ONGkE-CHA@d>CBA@9]=6|:32V65.32+0/o-
&Jk)"!&}C#"!a}|u;yxZvo5srkponmf,jihgfH%]\
[`_XW{>=YXQuUN6LpJONMFjJ,BAFEDCB; ?>=6|:32V0/SRQ>
```

작동하는 말레볼제 코드

렉스의 눈이 휘둥그레졌다.

"와우, 대단한데."

"그 코드가 뭔데?" 내가 물었다. "내가 잘 모르는 거네."

"난해한 코딩 언어의 끝판왕이지." 렉스가 설명했다. "사실상 코딩이 불가능하게 설계돼 있어. 심지어 사람 손으로 작성하는 것도 아니고 기계가 뱉어내. 다들 변태라고 생각하는 언어야."

"근데 사실," 노르베르트가 끼어들었다. "일부 구조적인 부분들을 재작성해 약점을 보완하면 진짜 재밌는 언어야. 넌 끝내주는 프로그램들을 썼잖아. 말레볼제도 사용해봤어?"

"어." 렉스가 대답했다. "이해를 못 해서 그렇지."

강의동에 이르자 많은 참가자들이 커다란 이중문으로 들어가는 게 보였다. 치열한 경쟁이 우리를 기다리고 있었다.

우리는 비행기 격납고만큼 거대한 강당으로 안내받았다. 스포츠 경기장처럼 좌석이 배열돼 있고, 무대는 검은색 커튼과 검은색 배경으로만 꾸며졌을 뿐 텅 비어 있었다.

가운데 줄에 앉아 있으니 저 텅 빈 무대에서 무슨 일이든 일어날 수 있을 것 같은 기분이 들었다. 어찌나 흥분되던지 가족과 마을에 대한 걱정도 잠시나마 잊을 수 있었다.

참가자 200명이 모두 모였고 다들 기대감으로 들썩였다. 나는 페인티드 울프를 찾아 수많은 얼굴들을 훑어봤다.

"저기." 렉스가 옆문을 가리키며 말했다.

페인티드 울프의 실물을 보고 얼마나 놀랐는지 모른다. 울프는 제일 화려한 차림을 하고 강당으로 들어왔다. 나는 흥분을 가라앉히려 애써야 했다. 울프의 움직임에는 엄청난 포스가 흘렀다. 울프는 첩보 활동과 정보 조사의 전문가인데, 나는 그 놀라운 일들을 과연 어떤 사람이 할까 가끔 궁금했었다.

울프를 보니 그 답이 분명해졌다. 그녀는 슈퍼스타였다.

9. 카이

제로 아워까지 2일 17시간 14분

키란의 직원 몇 명이 공항에서 우리를 기다리고 있었다.

그들은 우리를 대형 검은색 SUV에 태우고 밤거리를 달렸다. 키란은 차로 움직이는 동안 랩톱과 휴대폰에 매달려 이런저런 사업상 통화를 하고 긴 코드를 타이핑했다. 그는 영어와 힌디어에 프랑스어까지 썼다.

나는 휴대폰을 만지작거리면서 키란의 말을 엿들었다.

키란은 어지러울 정도로 다양한 화제를 넘나들었다. 남미의 토지 개발, 동아프리카의 군벌, 드론 기술, 경로 계획 소프트웨어, 정치 사찰 문제까지. 중국을 직접 언급하지는 않았지만 내 몰래카메라가 돌아가고 있어 다행이라는 생각이 들었다.

"당신 방에 들를 시간이 없겠어요." SUV가 캠퍼스에 들어섰을 때 키란이 말했다. "우리가 좀 늦어서 나와 함께 들어가야 할 것 같군요. 괜찮겠죠?"

"당연하죠." 나는 미소를 지어 보였다. "어디로 가나요?"

"강당으로 갑니다. 대회 참가자들한테 그들이 왜 여기에 왔는지 얘기할 거예요."

SUV가 강당 뒤편에 끼익 하고 멈춰 섰다. 차 문이 열리자 키란이 나를 강당으로 안내했다. 기다리고 있던 사람들이 까불이처럼 소리를 지르고 박수를 했다. 너무 당혹스러웠다. 나는 눈에 안 띄도록 몸을 숨기려 애썼지만 키란과 함께 걸어 들어가는 모습이 수십 개의 휴대폰 카메라에 잡히고 말았다.

"잠깐만요." 키란이 걸음을 멈추고 몸을 숙여 얼굴을 내 얼굴 가까이에 갖다 댔다. "카메라를 보고 웃으세요. 빛나는 무언가의 시작이니까."

번쩍이는 플래시 세례를 받은 시간은 잠깐이지만, 대회 참가자들이 자기 블로그나 커뮤니티나 SNS에 사진을 올리면 그 잠깐은 영원이 될 것이다. 아직 지니어스 게임이 시작하지도 않았는데 내가 여기 왔다는 사실이 벌써 전 세계에 중계되고 있었다.

키란의 정강이를 걷어차고 싶은 기분이었다. 그는 자기가 무슨 짓을 하고 있는지 알고 있었다.

"울프님은 챔피언이에요."

우리가 다시 발걸음을 뗐을 때 키란이 말했다.

건물 안으로 들어가자 키란은 나와 헤어져 옆쪽 복도로 갔다. 나는 키란의 직원들한테 이끌려 여러 개의 문을 지나 사람들로 꽉 찬 강당으로 들어갔다. 200명의 참가자들 속에서 나는 바로 툰데와 렉스를 발견했다.

"페인티드 울프!" 툰데가 손을 흔들며 소리쳤다. "네가 보여!"

내가 손을 흔드는데 갑자기 불이 전부 꺼졌다.

키란이 무대 계단을 올라가는 동안 직원이 나를 지정된 좌석으로 데려갔다. 불이 다시 환하게 켜지자 무대 한가운데서 키란이 인사를 했다.

"만나서 반갑습니다. 지니어스 게임에 오신 것을 환영합니다!"

키란이 무선 마이크에 대고 소리치자, 참가자들이 미친 듯이 환호하고 휘파람을 불었다. 귀가 먹먹할 정도였다.

키란은 박수갈채가 저절로 잦아들 때까지 말없이 기다렸다.

내 자리는 시야가 그리 좋지 않았다. 이 중요한 순간을 카메라에 기록하기 위해서는 최적의 각도가 필요했다. 그래서 나는 일어나 벽 쪽으로 갔다. 서서 몸을 쭉 펴니 시원했다. 편안한 의자에 앉아서 왔지만 비행 스트레스로 긴장해서 근육이 쑤셨다.

페인티드 울프가 '버튼' 카메라로 촬영한 무대 위의 키란

키란은 무대 위에서도 굉장히 편안해 보였다.

"여러분이 여기에 온 것은," 키란이 연설을 시작했다. "여러분이 상상력에 따라 행동했기 때문입니다. 여러분은 독창적인 사람들입니다. 그리고 독창성이 성공의 열쇠입니다. 우리는 모든 사람들이 서로를 모방하는 세상에 살고 있습니다. 하지만 모방은 방해꾼입니다. 오늘, 여기서 우리는 미래를 바라보고 있습니다. 우리는 상황을 바로잡기 위해 여기에 왔습니다. 모든 걸 바꾸려고 여기에 왔습니다."

나는 차분히 키란을 관찰했다. 지금이 아마 그가 가장 흥분한 순간일 것이다. 자신의 병사들에게 처음으로 구호를 외치는 순간. 강당을 가득 채운 참가자들은 아직 알아차리지 못했지만 그들은 단지 대회에서 우승하려고 이 자리에 있는 게 아니었다. 그게 무엇이건 키란의 비전을 실현하기 위한 후보로 온 것이다.

"여러분이 선택된 건 이미 이룬 성취뿐만 아니라 앞으로 언젠가 이룰 성취 때문이라는 걸 아셨으면 합니다. 또 여러분 대부분이 24시간 내에 집으로 돌아갈 운명이라는 것도 말씀드립니다."

갑자기 강당 안이 쥐죽은 듯 조용해졌다.

"가혹한 소리라는 걸 알지만 사실입니다. 이 대회는 매우 엄격한 규칙들이 있습니다. 승리자는 딱 한 팀뿐입니다. 그렇다고 내일 저녁이면 거의 모든 사람이 빈손으로 집에 돌아간다는 뜻은 아닙니다. 여러분은 가장 큰 도전에 자기 실력을 발휘한 선택된 소수 중 한 명이라는 자신감을 가지고 이곳을 떠나리라 장담합니다. 하지만 그 생각은 이제 그만합시다. 왜 여기 왔는지 생각합시다. 지니어스 게임에 대해, 그리고 우승할 방법에 대해!"

참가자들은 계속 숨을 죽였다.

"나는 이 캠퍼스에 무언가를 숨겨두었습니다. 그걸 발견하는 유일한 방법은 이 코드에 담긴 것이 정확히 무엇인지 알아내는 것입니다."

키란이 말하는 사이 무대 주위에 희뿌연 빛이 나타나더니 숫자와 이미지로 합쳐지기 시작했다. 보이지 않는 어딘가에서 투사한 숫자와 글자가 키란의 오른쪽 어둠 속에서 계속 피어올라 옆쪽 화면으로 흘러갔다. 나는 글자들 사이에서 '마그네슘'과 '자물쇠'를 알아봤다. 이미지들과 단어들이 움직이더니 3차원처럼 키란의 주위를 돌아다니기 시작했다. 키란이 손을 뻗으면 만질 수 있을 것 같았다. 나는 어떻게 이런 쇼가 이루어지는지 보려고 프로젝터들을 찾아봤지만 아무것도 보이지 않았다.

뛰어난 마술사에겐 줄을 숨기는 기술이 중요한 법이다.

"여러분에게 코드를 주면 너무 쉬울 겁니다." 키란이 활짝 웃었다. "나는 코드를 숨길 겁니다. 그걸… 여기에 둘 겁니다."

키란이 왼손을 휘두르자 빙빙 돌고 있던 숫자와 글자들이 합쳐져 디지털 나방이 되었다.

관객석에서 감탄사가 터져 나왔다.

황금빛 나방이었다. 나방이 무대 주위를 훨훨 날아다니자 날개에서 황금빛 가루가 떨어졌다. 키란은 손목을 드라마틱하게 움직여 나방의 몸에 디지털 핀을 찌른 다음 자기 뒤의 벽에 꽂았다. 나방은 그곳에서 디지털 죽음을 맞았다.

"이 나방이 여러분의 첫 번째 과제입니다." 키란이 설명했다. "지니어스 게임에는 두 단계가 있습니다. 이것이 첫 번째 단계입니다. 두 번째 단계로 가려면 이 나방의 심장에 있는 수수께끼를 풀어 그 안의 코드를 알아내야 합니다."

1단계 나방

키란이 돌아서서 관객들에게 꽃을 던지는 것처럼 팔을 활짝 벌렸다. 하지만 키란의 손에는 아무것도 없었다.

"모방품을 보시기 바랍니다."

그 말이 떨어지자마자 휴대폰 200개가 한꺼번에 웅웅거리는 소리가 강당을 뒤덮었다. 참가자들이 그 소리가 의자 밑에서 들린다는 걸 알아차리는 데는 얼마 걸리지 않았다. 참가자들은 손을 아래로 뻗어 플라스틱 케이스에 담긴 신형 터치스크린 스마트폰을 꺼냈다. 나도 빈자리로 가서 울리고 있는 휴대폰을 꺼냈다. 화면의 까만 공간에 디지털 나방이 핀으로 꽂혀 있었다.

박수가 터져 나왔다.

"그 휴대폰은 여러분이 가지시면 됩니다. 화면에 떠 있는 이미지의 의미를 판독하라고 드리는 겁니다. 판독을 하면," 키란이 돌아서서 자기 뒤의 나방을 가리켰다. "방향을 알게 될 겁니다. 그 방향을 따라가면 방이 나타나고, 그 방 안에서 보게 되는 건…."

키란이 손을 움직이자 왼쪽에 새로운 이미지가 나타났다.

창문이 없는 엄청나게 정교한 총천연색의 직사각형 방 한가운데에 커다란 플렉스 강화유리 금고가 놓여 있었다. 그리고 금고 안에는 낡은 랩톱컴퓨터가 들어 있었다.

"지니어스 게임의 2단계는 제로 아워(Zero Hour. 계획된 행동 개시 시간:옮긴이)로 이어집니다. 제로 아워는 당분간 비밀입니다."

강당 여기저기서 서로 수군거리는 소리가 들렸다.

키란은 곧 참가자들을 진정시켰다.

"지니어스 게임의 목표는 여러분이 각자의 안전지대에서 나오는 방법을 찾는 것입니다. 여러분의 지평을 확장하는 것이죠. 자기만의 규칙들을 만들고 그걸 하나씩, 하나씩 깨뜨릴 충분한 의지가 없는 사람은 우승을 기대할 수 없습니다."

그러자 귀청이 터질 것 같은 박수 소리가 터져 나왔다.

"분명 여러분 모두는 제로 아워까지 가길 원할 겁니다. 하지만 1단계를 푼 사람들만 대회를 계속할 수 있습니다."

참가자들이 끄응 신음 소리를 냈다.

키란이 무대 위를 걸어가자 금고와 방의 레이저 이미지가 흩어져 사라지고 나방만 남았다.

"여러분은 내일 아침 일찍, 6시 30분까지 메인 퍼즐을 풀어야 합니다. 그리고 절대 잊지 마세요…."

나방 옆쪽과 우리 휴대폰의 화면에 디지털시계가 나타났다.

시계는 카운트다운을 하고 있었다.

09 : 16 : 42

시간이 똑딱거리며 지나가는 걸 보니 마음이 불안해졌다.

"여러분에게 더 이상은 말씀드릴 수 없습니다. 하지만 답은 여러분의 바로 눈앞에 있습니다." 키란이 말을 이었다. "우리 직원들이나 나와 얘기를 나눠도 되지만, 지니어스 게임과 관련해서는 어떤 질문에도 대답하지 않을 겁니다. 시계가 움직이기 시작했군요. 자…."

참가자들 사이에 긴장이 흘렀다.

"준비…."

키란이 무선 마이크에 바짝 입을 갖다 댔다.

지켜보는 모두가 숨을 죽였다.

"출발!"

키란이 나비 200마리를 날려 보내는 것처럼 양팔을 쫙 펼치자 대소동이 벌어졌다. 참가자들이 자리를 박차고 일어나 앞다퉈 출구로 달려갔다. 눈은 새 휴대폰의 나방에 고정한 채로.

강당이 비워지는 동안 불빛이 깜박거리더니 놀랍게도 새로운 나방의 이미지가 나타났다. 이번 나방은 화면에서 벗어나 무대 뒤쪽에서 옆모습을 보이며 날개를 퍼덕였다.

나는 참가자들이 다 빠져나가길 기다리는 동안 무대에 투사된 나방을 관찰했다. 그러다 나방의 날갯짓이 반복적이지 않다는 걸 알아차렸다. 날개를 같은 동작으로 퍼덕이지 않고 진짜 나방들의 날갯짓처럼 무작위로 움직이는 것 같았다. 그런데 키란이 우리한테 준 휴대폰 속의 나방을 보니 5초마다 같은 날갯짓을 반복했다. 이상한 일이었다.

밖으로 나오니 밤공기가 차가웠지만 비는 그쳐 있었다. 건물을 나와 걸어가다가 뒤돌아보니 누군가가 옥상 끝에 서서 나를 바라보고 있었다.

키란이었다.

9.1

“안녕, 울프.”

내 인생에서 가장 오랜 비행 뒤에 듣는 친근하고 다정한 목소리였다. 강당 모퉁이를 돌아가니 눈앞에 ‘로지’가 있었다. 렉스가 나를 보고 씩 웃으며 손을 흔들었다. 툰데는 “울프!” 하고 소리치더니 후다닥 달려와서 나를 껴안았다. 나는 툰데의 넘치는 에너지에 잠깐 당황했지만 곧 정신을 차리고 껴안았다. 드디어 툰데를 만나다니 너무 기뻤다.

“잘 지냈어? 강당에서 나 봤어?” 툰데가 물었다.

“응, 당연하지. 가족들은 어떻게 지내셔?”

“난 여기 올 수 있어서 정말 감사하고 절친들이랑 지니어스 게임을 할 수 있어서 진짜 신나. 하지만… 만약 우리가 실패하면 그 결과는 엄청날 거야.”

“우린 실패하지 않아. 그럴 리 없어.”

툰데가 손에 꽉 쥔 위성전화기를 내려다봤다. 8천 킬로미터나 떨어져 있는데도 장군은 툰데를 강하게 지배하고 있었다. 안쓰러웠다. 툰데의 눈에 어린 두려움과 스트레스를 보니 위험을 무릅쓰더라도 지니

어스 게임에 오기로 결정하길 잘했다는 생각이 들었다. 툰데에겐 우리가 필요했다. 그 어느 때보다 더.

"렉스, 네 문자 받았어. 별일 없지?"

"테오 형이 살아 있어. 형한테서 메시지를 받았어."

나는 절로 웃음이 나왔다.

"대박!"

"그래. 근데 형은 터미널과 일하고 있어…."

"정말이야?"

렉스가 고개를 끄덕였다. 직접 보니 렉스는 생각보다 키가 크고 더 말랐다. 방 안에서 프레임에 잡히거나 깜박거리는 컴퓨터 모니터에 비친 모습이 익숙해서 그렇게 느꼈는지 모르겠지만, 직접 본 렉스는 굉장히 매력적이었다. 깊이가 느껴지는 속이 꽉 찬 아이였다. 툰데가 기운이 넘친다면 렉스는 절제되어 있었다.

"근데 네가 키란과 함께 들어오는 걸 봤어." 렉스가 말했다. "좀 의아했어, 그렇지?"

"난 키란과 함께 비행기를 타고 왔어."

"헐!" 툰데가 숨을 헐떡였다. "정말이야?"

"키란이 사업 때문에 중국에 와 있었거든. 나한테 같이 가자더라. 긴 비행이었어. 키란은 대부분의 시간 동안 일만 했어."

"대부분의 시간 동안?" 렉스가 물었다. 단어들 뒤에 질투가 묻어났다.

툰데는 놀라서 그저 가만히 서 있었다.

"얘들아, 난 스타를 동경하진 않는 것 같아. 그렇지만…."

"난 스타를 동경하지 않아." 렉스가 말했다.

"난 동경해." 툰데가 멋쩍게 웃으며 말했다.

"울프, 넌 사람 마음을 잘 읽잖아." 렉스가 말했다. "알아낸 거 있어?"

"키란은 지니어스 게임에 대해선 어떤 힌트도 주지 않았어. 우리한테 도움이 될 만한 건 전혀 없었어. 하지만 키란은 비전을 가진 사람이야. 난 키란이 할 수 있다고 말한 일들을 정말로 할 수 있다고 믿고 싶어. 다만…."

"다만 뭐?" 렉스가 물었다.

"키란은 뭔가를 숨기고 있어."

"그 사람을 너무 성급하게 판단해선 안 된다고 생각해." 툰데가 불쑥 끼어들었다. "키란은 우릴 여기 데려왔고 여행 경비도 지불했잖아. 선의를 가진 사람만 그렇게 하겠지, 안 그래?"

"키란이 나쁜 의도를 가지고 있다는 말은 아니야. 이 게임에서는 누가 상을 타는가보다 누가 여기에 있는가가 더 중요해. 키란은 우승자를 찾는 게 아니야. 파트너들을 찾고 있어. 좀 바보 같은 소리처럼 들리겠지만 이 게임은 채용을 위한 거야."

렉스가 얼굴을 찌푸렸다.

"어디에 채용하는데?"

나는 어깨를 으쓱했다.

"나도 몰라. 하지만 알아낼 거야."

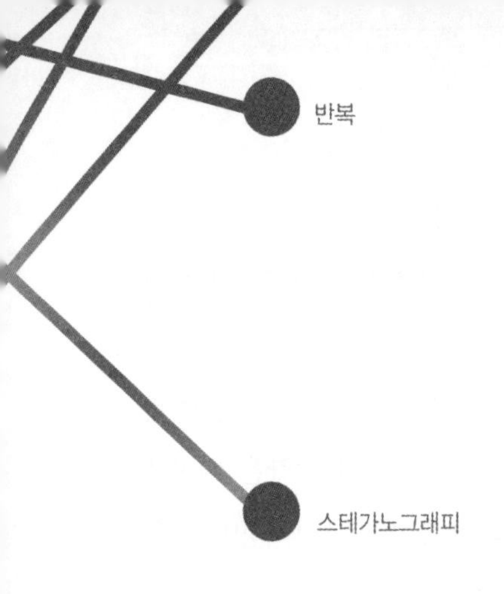

10. 렉스

제로 아워까지 2일 9시간 10분

디지털 변조 없이 페인티드 울프의 목소리를 들으니 신기하고 재미있었다.

울프의 목소리가 섹시할 거라고 생각하진 않았지만 경쾌하고 생기 있는 목소리에 놀랐다. 특히 울프의 대담한 복장에 비추어 보면 더 의외였다. 울프가 자기소개를 하고 우리가 어색하게 껴안을 때 좀 불편해 보였던 것도 재미있었다.

툰데, 울프와 날마다 연락하긴 했지만 이 애들이 내 옆에서 걷고 있는 건 정말 다른 느낌이었다.

우리가 정말로 만났어.

함께 있으면 우리는 무적이다.

맞지? 맞아.

"그럼 너희 둘 생각은 어때? 재들을 따라가야 할까?"

툰데가 도서관으로 몰려가는 다른 참가자들을 보며 물었다.

"아니, 저기 갇혀 있을 생각은 없어. 그리고 우리한테 필요한 건 전부 여기에 있잖아." 나는 키란이 준 휴대폰을 흔들어 보이며 말했다. "사실…."

울프는 휴대폰 속 나방의 날개가 무대 위 나방의 날개와 다르게 펄럭인다고 말했다. 이런저런 생각이 머릿속에서 깜빡거렸다. 우리 휴대폰 속의 나방은 뭔가 다른 행동을 하고 있었다. 다른 드럼의 리듬에 맞춰 움직였다.

이게 무슨 의미지?

또 다른 생각이 맴돌았다. 어쩌면 울프의 말이 맞을 수도 있다. 지니어스 게임에서 정말로 중요한 건 경쟁이 아닐 수도 있다. 지니어스 게임이 정말 채용을 위한 것이라면, 그게 뭐건 키란이 계획하고 있는 일을 함께할 사람을 찾기 위한 것이라면, 어쩌면 내가 초대받지 못한 게 그 때문일 수도 있다.

어쩌면 키란은 내가 착하게 행동하지 않을 거라고 생각했을 수도 있다.

나를 테오 형과 혼동한 걸까?

나는 나방한테서 눈을 떼지 않고 짧게 반복되는 날개의 움직임을 외웠다. 그러다 뭔가를 발견하고 멈춰 섰다. 지나가는 다른 아이들과 어깨를 부딪쳤지만 무시했다.

툰데와 울프가 발걸음을 멈추고 돌아봤다.

"무슨 일이야?" 툰데가 물었다.

나는 툰데와 울프한테 길에서 벗어나 높이 솟은 떡갈나무 아래 잔디밭에서 만나자는 몸짓을 했고, 그곳에서 내 휴대폰 화면의 나방을 보여줬다.

"이건 컴퓨터 코드에 이미지를 숨긴 스테가노그래피야. 흔한 기술이긴 하지만, 이건 파격적이야."

튠데와 울프가 나방을 자세히 들여다봤고, 나는 이미지의 밝기를 조정했다.

그러자 나방이 반대로 뒤집힌 두 번째 이미지가 나타나 첫 번째 이미지에 포개졌다. 날개들이 서로 겹쳐 퍼덕이면서 흐릿하고 모호한 이미지가 만들어졌다. 내가 화면을 터치하자 포개진 두 나방의 움직임이 멈췄다. 신기했다.

"이게 무슨 의미라고 생각해?" 튠데가 물었다.

나는 어깨를 으쓱했다. 화면을 또 한 번 건드리자 나방들이 다시 움직였다. 거의 최면을 거는 것 같은 모호한 움직임을 보고 있는데, 울프가 갑자기 손을 뻗어 화면을 건드렸다. 향수 냄새가 훅 풍겼다. 화이트 재스민과 바닐라 향이 감돌았다.

"봐봐."

울프의 말에 나는 다시 휴대폰을 주시했다.

동작을 멈춘 이미지에 코드들이 나타났다.

"기억해. 반복 주기가 2.20초야." 울프가 설명했다. "나방들은 서로 완벽하게 보조를 맞추고 있어. 그리고 그렇게 하면서 코드를 보여줘. 시각적 암호 기법이야. 좀 구식이긴 하지만 작동은 하지."

"이 코드가 뭔데?" 튠데가 물었다.

코드는 대문자부터 소문자까지 글자들이 주를 이루었고 간간이 몇 개의 숫자가 보였다. 슬래시와 더하기 부호도 있었다.

나는 이게 뭔지 바로 알아차렸다.

```
#include<stdio.h>
#include<conio.h>
#include<stdlib.h>
#include<math.h>
#include<string.h>
long int
p,q,n,t,flag,e[100],d[100],temp[100],j,m[100],en[100],i;
char msg[100];
int checkForPrime(long int);
void findMyEncryptionKey();
long int findMyDecryptionKey(long int);
void encryptMsg();
void decryptMsg();
void main(){
    clrscr();
    p=7;
    q=17;
    printf("\nENTER YOUR MESSAGE : ");
    fflush(stdin);
    gets(msg);
    for(i=0;msg[i]!=NULL;i++)
        m[i]=msg[i];
    n=p*q;
    t=(p-1)*(q-1);
    findMyEncryptionKey();
    encryptMsg();
    decryptMsg();
    getch();
}
int checkForPrime(long int pr) {
```

```
    int i;
    j=sqrt(pr);
    for(i=2;i<=j;i++) {
        if(pr%i==0)
        return 0;
    }
    return 1;
}
void findMyEncryptionKey() {
    int k;
    k=0;
    for(i=2;i<t;i++) {
        if(t%i==0)
        continue;
        flag=checkForPrime(i);
        if(flag==1&&i!=p&&i!=q) {
            e[k]=i;
            flag=findMyDecryptionKey(e[k]);
            if(flag>0) {
                d[k]=flag;
                k++;
            }
            if(k==99)
            break;
        }
    }
}
long int findMyDecryptionKey(long int x) {
    long int k=1;
    while(1) {
```

```
        k=k+t;
        if(k%x==0)
        return(k/x);
    }
}
void encryptMsg() {
    long int pt,ct,key=e[0],k,len;
    i=0;
    len=strlen(msg);
    while(i!=len) {
        pt=m[i];
        pt=pt-96;
        k=1;
        for(j=0;j<key;j++) {
            k=k*pt;
            k=k%n;
        }
        temp[i]=k;
        ct=k+96;
        en[i]=ct;
        i++;
    }
    en[i]=-1;
    printf("\n\nTHE ENCRYPTED MESSAGE IS\n");
    for(i=0;en[i]!=-1;i++)
        printf("%c",en[i]);
}
void decryptMsg() {
    long int pt,ct,key=d[0],k;
    i=0;
```

```
    while(en[i]!=-1) {
          ct=temp[i];
          k=1;
          for(j=0;j<key;j++) {
              k=k*ct;
              k=k%n;
          }
          pt=k+96;
          m[i]=pt;
          i++;
    }
    m[i]=-1;
    printf("\n\nTHE DECRYPTED MESSAGE IS\n");
    for(i=0;m[i]!=-1;i++)
        printf("%c",m[i]);
}
```

"RSA 암호야. C 언어를 사용하지. 보안 정보를 온라인으로 보낼 때 주로 사용하는 암호체계인데, 여기에는 몇 가지 알고리즘이 있어. 키를 생성하는 알고리즘, 암호화하는 알고리즘, 암호를 해독하는 알고리즘. RSA에서 암호 키는 공개하지만 해독 키는 비밀로 해. 키가 필요하지. 이 암호는 꽤 복잡하긴 하지만 우리가 깨트리지 못할 건 없어."

나는 흥분을 감추려 애쓰며 말을 이었다. 이건 내가 사랑하는 유형의 코딩이었다. 복잡하고 까다로운.

"RSA에서는 너희들 암호에 이용된 소수를 알아야 해."

"내 건 잘 모르겠어." 툰데가 순순히 인정했다.

"내 전공 분야야."

"그럼 여기에 뭐가 숨겨져 있어?" 울프가 물었다.

"키가 없이는 모르겠어. 하지만 코드 일부가 말이 안 되긴 해…."

나는 숫자들에 집중해 살펴보면서 머리를 가로저었다.

이미지에는 수백 줄의 코드가 삽입돼 있는데 쭉 훑어보니 글자 몇 개가 뒤바뀌어 있었다. 그래서 말이 되지 않았다.

만약…

"툰데, 이 글자들을 외워."

나는 코드를 한 줄, 한 줄 따라가며 뒤바뀐 글자들을 큰 소리로 읽었고 툰데는 열심히 귀를 기울였다. 50초 뒤, 나는 툰데한테 그 글자들에 어떤 의미가 있다면 말해달라고 했다.

"무슨 말이냐면," 툰데가 미소를 지었다. "학습의 모든 단계는 자연을 추구해야 한다."

"그렇구나…."

나는 혼란스러워졌다. *대체 그게 무슨 뜻이지?*

"렉스 네가 이 코드의 일부가 말이 안 된다고 했잖아."

"맞아. 뒤바뀐 글자가 없어야 해. 게다가 보통은 글자를 생략하지 않거든."

"그럼 속임수네."

울프의 말에 툰데가 감을 잡고 고개를 끄덕였다.

"맞아. 키란은 이미 우리를 속였어. 키란은 참가자들이 RSA 코드를 발견하면 당연히 해독을 시도할 거라고 예상했어. 그런데 이 코드는 해독이 안 돼. 계략을 꾸민 거지."

"진짜 메시지는 툰데 네가 지금 읽은 거야."

"학습의 모든 단계는 자연을 추구해야 한다." 울프가 다시 메시지를 말했다. "이 문장이 어디서 나왔고 누가 한 말인지 알아야 해."

나는 곧바로 휴대폰의 검색엔진에 그 문장을 입력해봤지만 먹통이었다. 인터넷이 막혀 있었다. 다시 시도해봤지만, 휴대폰의 설정을 건드려놓은 것 같았다. 실패.

"웹에 접속이 안 돼. 휴대폰에 뭔가를 해뒀어."

"또 다른 속임수네." 울프가 원래 쓰던 휴대폰을 꺼내며 말했다. "키란이 머리를 썼어."

그때 갑자기 전화벨 소리가 울렸다. 툰데가 깜짝 놀라 주머니에서 전화기를 꺼냈다. 키란이 준 휴대폰이 아니라 구식 위성전화기였다. 화면을 바라보는 툰데의 손이 덜덜 떨렸다.

"누군데?"

툰데가 두려움이 가득한 눈빛으로 나를 쳐다봤다.

"장군이야."

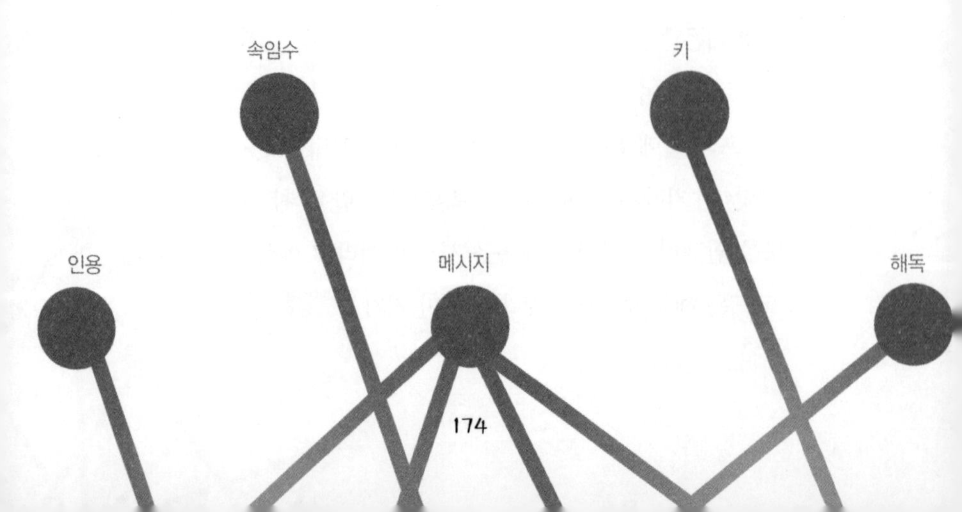

11. 툰데

제로 아워까지 2일 8시간 52분

"이야보 장군님, 잘 지내시죠?"

"그래."

상당히 침통한 어조였다. 장군이 헛기침을 하더니 신중하게 말을 이었다.

"내가 아까 걸었던 전화를 받았나?"

"아…니요. 전화하신 걸 이제 알았어요. 왜 못 받았는지는 모르겠어요. 위성 문제가 아니었을까 의심되지만…."

장군이 근엄하게 호통을 치며 내 말을 잘랐다.

"네가 처한 상황을 똑똑히 알아둬라, 툰데. 이런 식이면 너한테 좋지 않을 거다. 네 여권을 관리하는 사람은 나야. 내 허락 없이는 단 한 발짝도 움직일 수 없어. 너는 나를 만족시켜야 한다. 그게 네가 할 일이다. 하지만 너를 더 잘 설득시켜줄 사람을 바꿔주지."

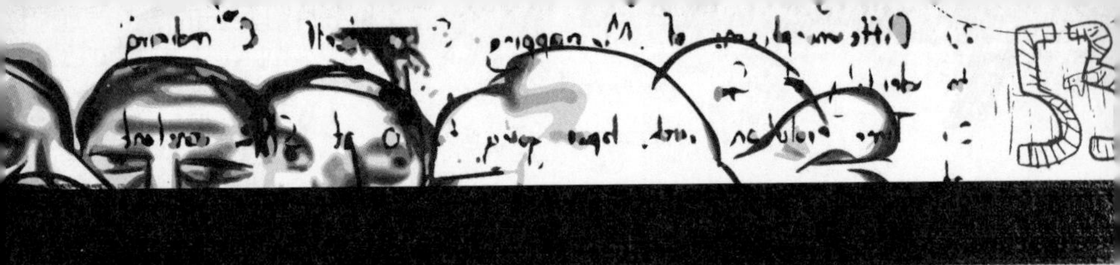

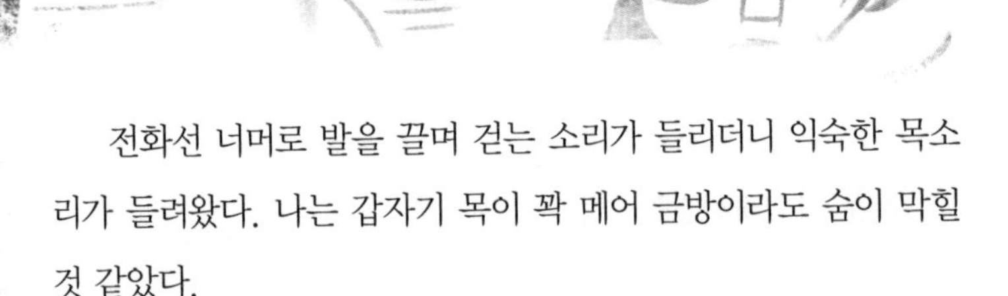

전화선 너머로 발을 끌며 걷는 소리가 들리더니 익숙한 목소리가 들려왔다. 나는 갑자기 목이 꽉 메어 금방이라도 숨이 막힐 것 같았다.

"툰데니?"

엄마였다.

엄마의 목소리는 몇 킬로미터를 달려왔는데 물 한 모금도 얻어 마시지 못한 사람 같았다.

"엄마, 괜찮으세요?"

북받쳐 오른 감정들이 내 심장을 꽁꽁 얽어맸다.

"난 괜찮아, 툰데. 하지만 넌 이 일을 좀 더 진지하게 생각해야 해. 장군님이 전화를 하면 꼭 받아. 다시 이런 실수를 해서는 안 돼."

평소 엄마의 말이 아니었다. 누군가가 이렇게 말하라고 시킨 게 분명했다.

"엄마, 난 장군님이 말한 대로 할 거예요."

나는 침착한 목소리를 내려 애쓰며 말했다.

"걱정 마세요. 장군님을 자랑스럽게 만들 거예요. 장군님께 그렇게 말씀드리세요. 내가 할 수 있다고 말씀드리세요."

소란스러운 소리가 들리더니 엄마가 속삭였다.

"난 두렵구나. 미안하다, 얘야."

아, 큰 소리로 마구 울부짖고 싶은 심정이었다. 하지만 나는 차분함과 집중력을 잃지 않았다.

"겁내지 마세요, 엄마. 난 장군님께 기계를 만들어드릴 거고 여기서 높은 평가도 받을 거예요. 이미 장군님이 만족하실 만한 것들을 많이 배웠다고 말씀드리세요…."

"넌 내 전화를 받아야 한다, 툰데."

이야보 장군이 다시 전화기로 돌아와 있었다.

"네, 그럴게요."

"며칠 뒤, 파리똥만 한 너희 마을에 다시 갈 생각이다. 무슨 말인지 알지? 또 내 전화를 놓치고 받지 않으면 네 가족이 괴로울 거란 뜻이다. 똑똑히 알아들었나?"

목이 사막처럼 바짝 말랐다. 나는 대답도 못하고 고개만 끄덕였다.

"똑똑히 알아들었어?"

"네. 네, 장군님."

"좋다. 넌 우리나라의 자랑이다, 툰데."

장군의 말투가 바뀌었다. 아들한테 화가 났지만 회초리로 때린 뒤 부드러워진 아빠 같은 목소리였다.

"난 우리가 적이 되길 원치 않는다. 네 미래는 네가 하기에 달렸다. 난 제안을 해놓고 포기하는 사람이 아니다, 결단코!"

"네, 알고 있습니다. 저는 아주 행운아예요."

"굉장히 운이 좋지. 이제 다시 일을 시작해라. 네가 돌아오면 파티를 열겠다. 넌 영웅이 되어 돌아올 거다. 그게 네가 원하는 거 아니냐?"

"제가 원하는 겁니다."

"좋다. 이틀 뒤 이 시각에 다시 전화를 걸겠다."

장군이 전화를 끊었다.

11.1

제기랄!

나는 내 감정을 렉스와 페인티드 울프한테 숨길 수 없었다.

전화를 받고 나니 기분이 엉망이 돼서 잠시 앉아 마음의 평정을 되찾아야 했다. 렉스와 울프가 나한테 자세한 대화 내용을 물어볼 필요도 없었다. 내 얼굴에 다 나와 있으니까.

"튠데, 넌 할 수 있어." 렉스가 말했다. "어제까지만 해도 넌 나이지리아에 있었잖아. 그런데 지금 여기 와 있어. 넌 오케케 태양광발전 타워도 만들었어. 너 말고는 이 일을 할 수 있는 사람이 아무도 생각나지 않아. 멋지게 해낼 수 있는 사람은 더더욱 생각 안 나고."

반사적으로 미소가 지어졌다. 나한테 꼭 필요한 말이었다.

"그리고 우리가 같이 있잖아." 울프가 말했다. "우리가 어떻게 도울 수 있는지 말해줘."

이 좋은 친구들 덕분에 나는 곧 마음의 안정을 되찾았다.

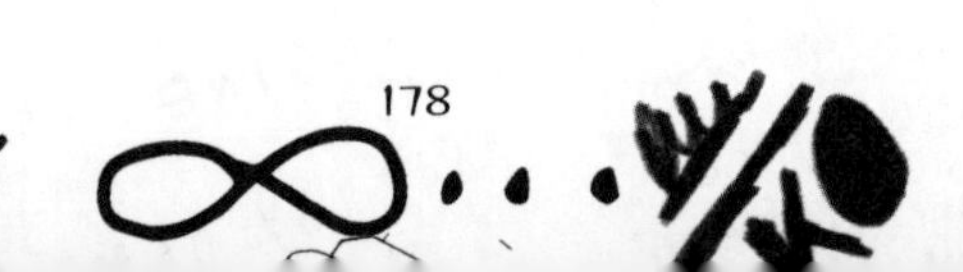

"우린 우선 1단계를 통과하는 데 초점을 맞춰야 해. 내일 교란기를 만들고 프로그램을 짤 수 있기만 해도 대박이야. 지금은 일단 지니어스 게임에서 살아남아야 해. 만약 내가 내일 아침 집에 돌아가야 한다면 진짜 끔찍한 상황이 벌어질 거야. 강당으로 돌아가자. 렉스가 발견한 걸 자세히 살펴봐야 할 것 같아."

렉스와 울프가 내 말에 동의했다.

"학습의 모든 단계는 자연을 추구해야 한다." 걸어가는 동안 렉스가 그 문장을 계속 읊조렸다. "학습의 모든 단계는 자연을 추구해야 한다."

"좋아." 울프가 말했다. "그 문장을 자세히 뜯어보자."

"표면적으로 분명한 건," 렉스가 말했다. "우리가 학습하는 모든 것을 자연에 의지해야 한다는 말이야. 아마 인간의 모든 사상이 먼저 자연에서 온다는 뜻이겠지."

"아마도." 내가 말했다. "하지만 너무 단순한 말인데."

"나방은 자연이잖아. 학습이 나방한테서 온다는 말일까?" 울프가 물었다. "어쩌면 나방을 연구한 누군가가 한 말일 수도 있겠다."

렉스가 고개를 저었고, 우리는 몇 분 동안 침묵에 빠졌다.

나는 시간 낭비를 좋아하지 않는다.

만약 우리가 틀렸다면 어쩌지? 만약 렉스가 우리한테 잘못된 글자들을 알려줬다면? 우리도 다른 참가자들과 함께 도서관에 있어야 했던 걸까? 그 RSA 암호가 허를 찌르는 속임수가 아니라 정말로 작동하는 코드라면?

우리는 절대 틀리면 안 된다. 우리가 옳아야 한다.

우리 가족의 안전이 여기에 달려 있으니까!

"맥락에 대해 생각해보는 건 어때?" 내가 물었다. "이 문구가 날개에 숨겨져 있었잖아."

"날개가 아니야." 렉스가 끼어들었다. "RSA 암호지."

몇 분 동안 이 문제를 곱씹어보고 있는데 갑자기 울프가 활짝 웃으며 몸을 숙였다.

"이건 암호야. 숨겨져 있고. 그게 맥락이야. RSA 암호를 누가 개발했지?"

"리베스트, 샤미르, 에이들먼. 그런데 그건 너무 최근 일이야. 이 문장은 고루하게 들리는데."

"굉장히 고루하지." 내가 다시 물었다. "누가 이런 말을 한 걸까?"

울프가 활짝 웃으며 말했다.

"레온 바티스타 알베르티."

"누구?"

"이게 암호에 관한 문제라면, 암호의 역사와 관련이 있을지도 몰라. 레온 바티스타 알베르티는 일부 사람들이 암호 기술의 아버지라고 생각하는 건축가야."

강당 계단에서 울프가 우리한테 자기 휴대폰 가까이 모이라는 시늉을 했다. 울프는 알베르티가 1462년에 쓴 〈조각론〉이라는 책의 영문 번역본을 다운로드하고 있었다.

울프가 페이지를 휙휙 넘겼다.

"이 책은 아주 짧아. 하지만 우리가 딱 그 문장만 찾아야 하는 건 아니야. 문제는 이 책이 왜 그렇게 중요하냔 거지."

"책을 읽어줘." 내가 말했다. "감이 잡히도록 다섯 페이지쯤."

울프가 첫 페이지를 큰 소리로 읽었다. 조각의 역사와 조각의 목적에 관한 아름다운 문장들이 이어졌다.

그런데 우리가 막 글의 리듬에 익숙해졌을 때, 울프가 읽기를 멈췄다.

"왜 그래?" 내가 물었다.

"속임수야." 울프가 말했다.

"무슨 말이야?" 렉스가 물었다.

"들어봐." 울프가 다시 책의 구절을 읽었다. "여기서는 조각가들이 자기 작품이 '실제 자연물과 비슷하게 보이길' 원한다고 말하잖아. 무슨 뜻인지 알겠어?"

"아니."

나는 너무 걱정이 되고 혼란스러웠다.

울프가 휴대폰 화면을 아래로 내렸다.

"전략적으로 생각해야 해, 툰데. 이건 대회 참가자들을 추려내는 과정이야. 키란이 우리한테 순순히 답을 건네주지는 않을 거야."

렉스와 나는 울프가 왼쪽 귀에 달린 커다란 은색 귀걸이를 빼서 비틀어 여는 모습을 지켜봤다. 놀랍게도 그 안에 헤드폰 잭이 들어 있었다.

역시 울프는 똑똑해!

울프가 잭을 휴대폰에 꽂고 돌

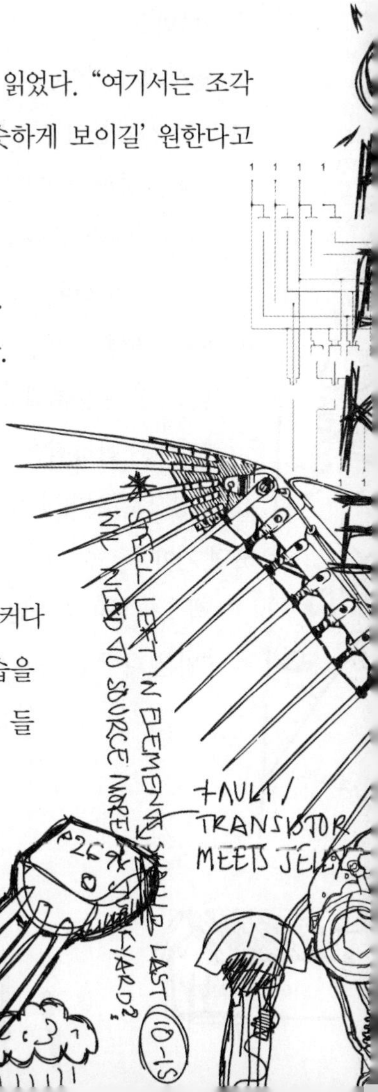

리자 키란의 연설을 몰래 촬영한 영상을 볼 수 있었다.

"회의에서 키란이 한 말을 다시 떠올려보자. 키란은 화면에 나방을 띄운 뒤 모든 참가자들의 휴대폰에 전송했어. 키란이 나방에 대해 뭐라고 했지? 그가 말한 정확한 단어를 떠올려봐. 키란은 휴대폰의 나방이 모방품이라고 했어."

렉스의 얼굴이 밝아졌다.

"이런…."

"봐봐."

영상에서 키란은 "그리고 독창성이 성공의 열쇠입니다. 우리는 모든 사람들이 서로를 모방하는 세상에 살고 있습니다. 하지만 모방은 방해꾼입니다."라고 말했다.

울프가 정지 버튼을 누르고 미소를 지었다.

갑자기 아프리카의 밝은 햇살처럼 진실이 머릿속으로 확 들어왔다. *모방의 모방을 말하는 거였어!*

나는 잔뜩 흥분해서 말했다.

"키란은 독창적인 사람만 성공한다고 말했어. 모방은 또 다른 모방으로 이어질 뿐이야. 키란은 처음부터 우리한테 단서를 줬던 거야."

렉스가 나머지 계단을 뛰어올라갔다.

"원본 나방을 봐야 해!"

12. 카이

제로 아워까지 2일 8시간 38분

강당의 문은 잠겨 있지 않았다.

안으로 들어가니 텅 비어 있었다.

렉스가 불을 켰고, 우리는 '원본' 나방이 반복적이지 않은 패턴으로 날개를 펄럭이고 있는 무대 위로 올라갔다.

"여기 거울에 이미지가 투사돼 있어." 툰데가 유리를 손가락을 훑으며 말했다. 화면을 건드려도 이미지가 바뀌지 않았다. "더 중요한 문제는 이걸 조작하는 방법이야. 분명 이건 우리가 휴대폰에 받았던 나방이랑 비슷해. 그런데 그 나방은 건드리면 움직였지만 이건 달라. 광원을 차단하거나 늘리는 방법을 찾아야 해."

렉스가 곁에 서서 턱에 어룽거리는 빛을 쓰다듬었다.

"무슨 생각 해, 렉스?" 내가 물었다.

"빛을 늘리는 방법이 구미가 당겨. 분명 표면 아래에 코드가 있을 거야. 복제 나방처럼. 하지만 다른 코드겠지. 내 추측은 그래."

그때 갑자기 우렁찬 목소리가 끼어들었다.

"훌륭한 추측이야!"

우리는 강당 문이 열리는 소리를 미처 듣지 못했다. 하지만 쾅 닫히는 소리는 들렸다. 경쟁자 세 명이 강당으로 들어왔다.

"너희들, 빠르구나! 우리가 일등으로 단서를 찾은 줄 알았는데."

눈이 가느다란 배짱 좋은 남자애가 무대 위로 올라오더니 재킷 주머니에서 레이저 포인터를 꺼냈다. 그 애가 레이저 광선을 비추자 나방의 몸이 떨리면서 디지털 표면이 벗겨지더니 눈만 빼고 온몸에 층층이 코드가 드러났다.

툰데가 박수를 쳤다.

나방의 표피 밑에 숨어 있던 여러 층의 코드

"완전 멋져, 노르베르트." 툰데가 말했다. "너, 예리하다!"

노르베르트가 고개를 숙였다.

"사실 이게 먹힐지 확신하진 못했어." 노르베르트가 동유럽 억양으로 말했다. "빛을 방해하면 반응할지 모른다고 생각했고, 레이저 광선이 딱이라고 봤지. 그런데… 먹혔네. 참, 내 친구들을 소개할게."

노르베르트와 함께 온 두 아이는 완전히 딴판이었다. 아홉 살쯤 된 남자애는 짧은 레게 머리에 판다처럼 독특하게 흑백이 배합된 펑퍼짐한 후드티를 입고 있었다. 그리고 열다섯 살쯤 된 여자애는 긴 갈색 머리에 키가 크고 예뻤다. 꽃무늬 치마를 입었고, 사람들과 눈을 마주치려 하지 않았다.

"난 케니 프라임이야." 남자애가 말했다.

"난 앤지." 여자애가 우물거렸다.

"모두 만나서 반가워. 난 페인티드 울프야. 이쪽은 컴퓨터 프로그래머인 렉스 우에르타고, 얘는 엔지니어인 툰데 오니. 우리도 방금 막 왔어."

"앤지는 필리핀에서 왔어. 생화학에 빠져 있지. 케니는 예일대학교 신입생이야. 아이티 출신이고, 컴퓨터공학을 공부해."

노르베르트가 두 아이를 소개했다.

"네가 케니라고?" 렉스가 물었다. "예일에 다녀?"

케니가 자신만만하게 고개를 끄덕였다.

"그럼 거기 데이비드 겔런터 교수님 알아? 자바(Java) 언어에 영감을 준 분 말이야. 그분은 전설이야."

"당연하지. 그분이 바로 내 멘토인걸." 케니가 우쭐거리며 덧붙였다.

"부럽다."

"당연하지."

케니가 정색하며 답하자, 렉스가 눈을 부라렸다.

나는 두 사람이 어떻게 알게 됐는지 궁금했다. 그저 렉스가 무슨 정보든 흡수하는 스펀지 같은 사람이라서? 아니면 무슨 사연이라도 있나? 아마 온라인에서 마주쳤겠지. 어쨌거나 렉스와 케니가 딱히 좋은 사이가 아니라 해도 나는 그 경쟁심을 이용할 기회를 발견했다. 우리에겐 시간이 얼마 없고 동기를 유발하는 데 경쟁심보다 더 강한 자극제는 없으니까.

"케니, 이리 올라와."

나는 케니한테 무대로 올라오라고 손짓한 뒤, 노르베르트한테서 레이저 포인터를 빌려 나방 아래에 깔린 코드가 나타나게 했다. 그리고 케니 옆에 무릎을 꿇었다.

"너도 렉스처럼 코딩을 하잖아. 네가 알아낸 걸 말해줘."

케니가 나를 요리조리 살펴보더니 이렇게 말했다.

"넌 악취가 나진 않네."

"고마워."

렉스가 왜 케니를 못마땅해하는지 알아차리는 데는 오랜 시간이 걸리지 않았다. 케니는 성미가 고약한 아이였다. 내가 케니를 '집중'하게 만들지 않았다면 우리 사이에 진짜 분란이 일어날 뻔했다.

케니가 날개를 펄럭이는 나방 가까이로 가더니 코드를 분석했다.

"이건 16진수 문자열이야. 양쪽 날개의 코드가 동일해. 서로 반대로 보여. 반복되고."

"그걸 해독할 수 있니?" 내가 물었다.
"당연하지. 컴퓨터로."
"하지만 여긴 컴퓨터가 없잖아."
툰데가 걱정스럽게 말하자, 노르베르트가 큰 소리로 말했다.
"종이, 연필에 시간만 충분하면 우린 할 수 있어."
"제정신이야?" 케니가 코웃음을 쳤다.
"힘들어서 미칠걸." 렉스였다.
아이들은 내가 나설 때까지 계속 으르렁거렸다.
"궁금한 게 하나 있어." 내가 말했다. "왜 나방일까?"

12.1

그때 앤지가 헛기침을 했다.

안 그랬다면 다들 앤지가 그 자리에 있다는 사실조차 잊어먹었을 것이다.

"미안. 음, 이 나방은 디스파니아 페르코타야." 앤지가 강한 억양으로 말했다. "블루 타이거 나방이라고 하는데, 인도 토착종이야. 그냥 코드 해독이랑 뭔가 관련이 있을까 해서 말하는 거야. 우리 휴대폰의 복제품에도 코드가 있었어."

"왜 다른 종이 아니라 하필 블루 타이거 나방인지 짐작 가는 거 없어?" 내가 물었다.

"음, 이 나방은 자벌레나방과에 속해. 그 이름은 '땅의 측정자'를 뜻하는 라틴어에서 나왔어. 자벌레가 움직이는 모습을 좀 시적으로 표현한 이름이지. 이 나방은 수컷이야. 더듬이의 길이로 구별할 수 있어."

"이 나방의 특이한 점을 말해줄 수 있어? 보기 드문 종이야?"

"사실 굉장히 흔해. 어디서나 볼 수 있어. 유일하게 특이한 점이라면… 맙소사, 내가 이걸 왜 미처 못 봤지? 말도 안 돼."

"뭘 놓쳤는데?" 울프가 물었다.

"눈 말이야." 앤지가 대답했다. "나방의 눈이 잘못됐어."

모두 나방을 쳐다봤다. 내가 보기엔 눈이 잘못된 것 같지 않았다.

"뭐가 잘못됐다는 거야?"

"위치가 올바르지 않아. 양쪽 눈이 너무 멀리 떨어져 있어."

"그게 무슨 의미일까?" 렉스가 물었다.

"우리가 눈에 초점을 맞춰야 한다는 뜻이지."

케니가 얼굴을 찌푸렸다.

"그건 아냐. 그냥 이걸 그린 사람이 솜씨가 없다는 뜻이지. 난 이걸 너무 확대 해석하지 않을래. 중요한 건 16진수 문자열에 뭐가 들어 있는지 알아내는 거야."

케니의 지적을 듣고 앤지가 다시 자기 껍질 속으로 숨는 걸 보면서 나는 이 아이와 비슷한 중국의 젊은 여자들이 생각났다. 식탁에 한 자리를 차지하고 앉으면 눈치를 보는 여자들, 무슨 말이든 "미안합니다"로 시작하는 여자들, 뭔가를 물어보는 걸 부끄러워하는 여자들, 권위적이거나 건방져 보일까 봐 극도로 겁을 내는 여자들.

나는 앤지의 어깨를 붙잡고 말해주고 싶었다. 소리 지르고 고함치고 비명 지르고 요란을 떨어도 괜찮다고. 사람은 누구나 한 자리를 차지해도 되고 토론을 할 때는 "미안"이라는 말로 시작해야 할 것처럼 느끼지 않아도 된다고. 앤지의 생각이 충분히 타당성이 있다는 걸 알려주고 싶었다.

"애들아." 나는 의자 하나를 끌고 와서 나방 앞에 놓은 뒤 부츠를 벗고 의자에 올라섰다. "이 문제를 풀기 위해선 우리 모두가 힘을 합쳐야 해. 우리에겐 예닐곱 시간밖에 남지 않았어."

나는 아이들의 얼굴을 훑어보며 생각을 정리했다.

"노르베르트, 너랑 렉스는 컴퓨터 프로그래머야. 내 휴대폰 속 날개에 있는 코드의 이미지를 줄 테니까 너희 둘이 해독해주면 좋겠어. 툰데랑 앤지는 키란이 왜 이 나방을 선택했는지 생각해줘. 이 나방의 종과 환경, 그 외에 단서를 줄 수 있는 거라면 뭐든 조사해야 할 거야. 키란은 용의주도한 사람이야. 이 나방을 무작위로 선택하진 않았을 거야. 케니, 넌 키란이 우리한테 준 휴대폰들을 탈옥시켜줘. 아마 휴대폰의 프로그래밍에 우리가 아직 보지 못한 뭔가가 있을 거야."

"웃기시네. 언제부터 네가 대장이 된 거야?" 케니가 코웃음을 쳤다. "그럼 넌 뭘 할 건데?"

"난 이미 하고 있어." 나는 의자에서 뛰어내리며 말했다. "자, 이제 시작하자."

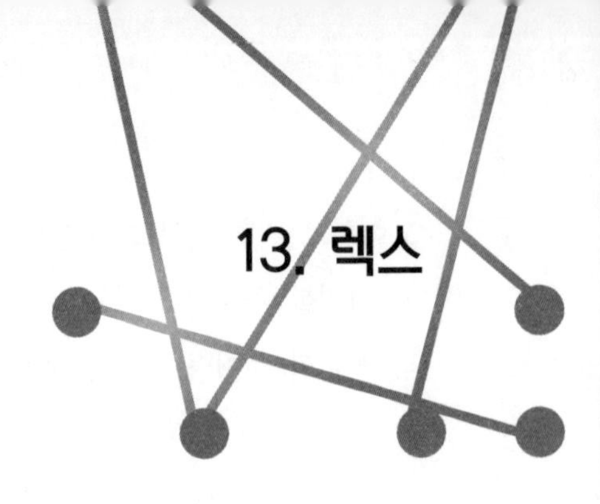

13. 렉스

제로 아워까지 2일 8시간 12분

노르베르트와 나는 그 뒤 2시간 반 동안 암호를 해독했다.

혹시 고무줄과 이쑤시개로 휴대폰을 만들어본 적이 있는가?

아니, 나도 그래본 적 없다.

불가능하다는 걸 떠나 그게 얼마나 어려울지 상상이 가는가?

얼마나 미칠 것 같은 좌절감을 주는지?

코드를 종이에 쓰면서 해독하는 작업이 딱 그랬다.

고대의 도구들(말이 나왔으니 하는 말인데 최초의 흑연 연필은 7세기에 발명되었다)로 현대의 문제들을 풀려 하니 이만저만 복잡하지 않았다. 대개 컴퓨터가 수행하는 손쉬운 계산들이 산더미처럼 쌓였고, 모니터 앞에서라면 몇 분이면 끝날 일이 몇 시간씩이나 걸렸다.

맞다, 쉽지는 않았다. 하지만 나는 노르베르트보다 빈도 해석과 아핀 암호에 대해 더 잘 알았다. 우리는 꽤 마음을 맞춰 일했다. 둘 다 휴대폰 화면에 머리를 박은 채 수학 말고는 아무 얘기도 하지 않았다. 케니와 함께 일하는 것과는 달랐다. 울프는 그걸 꿰뚫어봤다.

울프가 물 만난 물고기처럼 우리 모두를 지휘하고 문제를 해결하고 전략을 세우는 모습을 보니 놀랍고 신기했다. 울프는 마음만 먹으면 나라도 운영할 수 있을 것 같았다. 경제도 호전시키고. 적절한 팀만 있으면 아마 암도 치료할 수 있을 것이다.

케니가 휴대폰들을 탈옥시켜 우리한테 막 나눠줄 때였다. 강당 문이 열리더니 최소한 여섯 명은 되어 보이는 참가자들이 들어왔다. 젠장, 그 애들도 감을 잡은 모양이었다. 다른 아이들이 다음 단계에 먼저 올라가도록 도와줄 생각이 아니라면 속도를 두 배로 높여야 할 뿐 아니라 더 이상 큰 소리로 떠들면서 작업해서는 안 된다.

카메라는 눈이다…

마이크는 귀다…

나는 이를 악물고 탈옥 휴대폰에 정신을 집중해서 몰입 모드로 들어갔다. 우리가 처한 상황과 내 혈관에서 솟구치는 아드레날린을 생각하면 불가능한 일도 해낼 수 있을 것 같았다.

나는 42분 동안 코딩에 집중했다.

말도 하지 못했다. 그러기엔 머릿속이 너무 빨리 돌아갔다.

손가락들이 도깨비불처럼 날아다녔다.

화면에 코드가 쫙 펼쳐졌다. 정말 멋졌다. 그 코드는 유기적으로 탄생했다. 나는 사실 통로 역할만 했다. 휴대폰 화면과 내 손가락들은 죽이 착착 맞았고 나는 뒤로 물러앉아 편승만 했을 뿐이다.

작업을 끝내고 나는 숨을 내쉬었다.

"애들아, 이리 와봐."

아이들이 전부 내 휴대폰 주위에 옹기종기 모였다.

"그래서 이 코드가 무슨 일을 하는데?"

"바로 이거."

내가 엔터 키를 누르자 프로그램이 돌아갔다.

15초도 채 안 돼서 16진수 문자열이 풀렸다.

"말도 안 돼." 프로그램이 답을 뱉는 걸 보면서 노르베르트가 헉하고 숨을 내쉬었다. "대체 어떻게 한 거야?"

"슈나이어의 투피시를 좀 손봤지…."

"그걸 어떻게…" 케니가 노르베르트를 쳐다봤다. "렉스가 어떻게 이걸 할 수 있지? 안 그래? 이건 누구도 할 수 없는 일이잖아."

노르베르트가 어깨를 으쓱했다. "렉스라면 충분히 가능할 것 같은데."

내 휴대폰 화면에 형광 녹색으로 암호 메시지가 나타났다.

하늘까지 25mm. 그릇된 철학자들은 놀라움에 가득 차

삶을 인간화된 기계라고 생각한다.

이미지는 편지이고

눈이 부실 때만 드러난다.

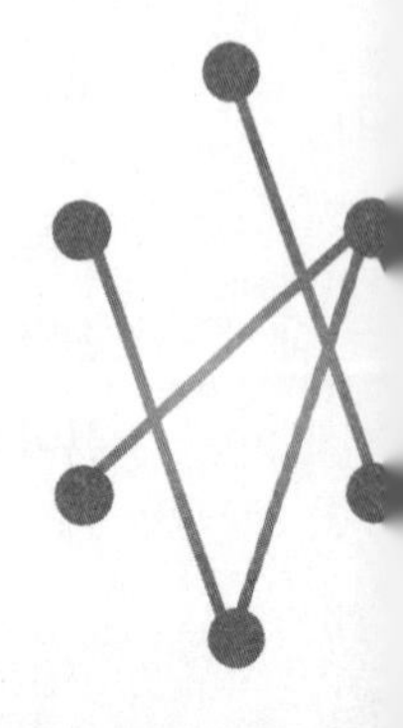

14. 툰데

제로 아워까지 2일 6시간 45분

우리는 전부 녹초가 되었지만 나는 느긋해질 수 없었다.

그럴 여유가 없었다. 엄마가 한 말들과 이야보 장군의 비정한 목소리가 귓전을 계속 울렸다.

휴대폰 화면에 뜬 시를 보며 페인티드 울프가 먼저 말했다.

"25밀리미터는 1인치야. 이건 우리가 만들어야 하는 뭔가일 수 있어. 위장 청사진 같은 거지. 단어들이 길이를 숨기고 있을 수 있어."

"그건 자벌레를 말하는 거야. 애벌레." 앤지가 말했다. "하늘까지 25밀리미터라고 했을 때 난 그런 뜻이라고 생각했어. 자벌레가 나방이 되잖아."

"자벌레가 프로그램일 수도 있어?"

울프가 그렇게 묻고는 렉스와 노르베르트를 쳐다봤다.

"난 들어본 적 없어." 렉스가 대답했다. "어쩌면 또 다른 속임수?"

"어쩌면이란 말은 필요 없어. 우리에겐 답이 필요해!" 케니가 으르렁거렸다.

렉스가 더 이상 참지 못하고 스페인어로 케니한테 고함을 질렀다. 그러자 케니가 되받아 소리치면서 렉스를 밀치기 시작했다.

"내가 말했잖아!" 앤지가 빽 소리쳤다.

앤지가 그렇게나 큰 소리를 내리라고는 상상도 못했다. 어쨌든 효과가 있었다. 싸움이 중단되고 모두 앤지를 쳐다봤다. 강당에 있던 다른 참가자들까지.

앤지가 다시 목소리를 낮추더니 나방을 가리켰다.

"모든 건 눈에 있어. 눈부시게 만들어야 해."

"뭐라고?"

"눈부시게 만든다고. 시에서는 그렇게 해야지 드러난다고 했어."

앤지가 노르베르트한테서 레이저 포인터를 잡아채더니 나방에 비췄다. 아까처럼 나방의 온몸이 펼쳐지면서 그 아래의 코드가 나타났다. 눈만 그대로였다.

갑자기 내 앞에 진실이 분명하게 드러났다.

"모여봐. 앤지 말이 맞아. 딱 들어맞아." 내가 속삭이자 아이들이 나를 둘러쌌다. "날개들은 빛에, 레이저에 반응해. 코드는 그렇게 해서 나타나. 하지만 나방의 눈에는 먹히지 않아. 눈 아래에 숨겨져 있는 걸 찾으려면 다른 종류의 빛이 필요해. 대즐러를 사용해야 해."

"대즐러가 뭐야?" 노르베르트가 끼어들었다.

"적외선 방사기야. 흔하진 않고 대개 라미네이팅이나 엠보싱처럼 열이 필요한 산업 공정에 사용되는 기계지. 난 세균 제거기를 만들 때 그걸 사용해봤어. 그땐 기대만큼 성공하지 못했지만, 우리가 만들기는 그리 어렵지 않을 거야. 적색 스펙트럼에서 작동하는 방사기를 만들 수 있어. 아마 이 무대에 이미 있는 것들만 사용해도…."

"얼마큼 확신하는데?" 케니가 물었다.

"몇 퍼센트라고 딱 말하진 못하지만 말은 돼."

"난 알아. 성공할 거야." 앤지가 거들었다. "백 퍼센트."

케니가 노르베르트와 렉스를 쳐다봤다.

렉스가 고개를 끄덕였다.

울프가 말했다.

"자, 방사기를 만들 시간이야, 툰데."

14.1

우리는 최대한 비밀리에 작업했다.

더욱 많은 참가자들이 강당에 들어오면서 우리를 엿보는 눈들이 사방에 있었다. 그 애들이 전부 원본 나방이 수수께끼를 푸는 열쇠라는 걸 발견하고 온 건지, 아니면 그냥 친구를 따라온 건지는 모르겠지만 곧 강당이 가득 찼다.

모든 아이들이 12개의 자리를 놓고 경쟁을 벌이고 있었다. 이제 시간이 문제가 아니었다. 우리는 다른 참가자들과 정면으로 대결하고 있었다. 나한테 쏟아지는 부담도 그만큼 더 커졌다.

나는 정신을 가다듬고 집중력을 발휘해 노르베르트의 뒷주머니에 있던 카페 냅킨에 레이저 다이오드 대즐러 한 쌍의 청사진을 정성들여 그렸다.

내가 대단한 화가는 아니지만 이 설계도에 자부심을 느꼈다.

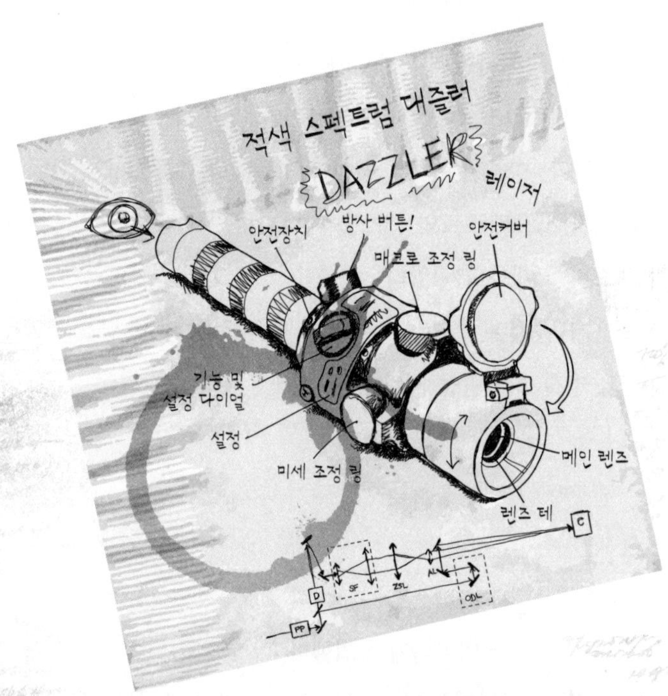

툰데 오니가 설계한 적색 스펙트럼 대즐러

만약 다소 파격적인 이 계획이 실패한다면 우리가 다른 뭔가를 만들 시간은 마감 전까지 몇 시간밖에 없었다. 솔직히 말하면 우리는 너무 불안해서 가만히 앉아 있을 수도 없었다. 내가 만들려는 레이저는 단순한 기계이지만 부품을 구하는 일은 간단치 않았다.

구할 수 있는 모든 재료들을 찾아야 했다.

나는 강당 뒤쪽의 프로젝터에서 레이저 다이오드와 시준 렌즈를 뜯어내면서 기분이 찝찝했고, 방송 설비에서 철사와 드라이버를 떼어내면서는 걱정이 되었다. 울프가 그런 나를 안심시켰다. 온드스캔이 비용을 처리해주지 않으면 자기와 렉스가 대학 측에 보상할 방법을 알아보겠다고.

나는 무대에서 내 기기를 조립할 조용한 공간을 발견했다. 노르베르트가 나를 도왔다. 나는 렉스, 울프, 케니, 앤지한테 우리 두 사람을 꽁꽁 둘러싸서 우리가 뭘 하는지 염탐하려는 다른 참가자들의 눈을 막아달라고 부탁했다.

납땜용 인두가 없어서 노르베르트가 비상용으로 들고 다니던 라이터를 쓰라고 줬다. 노르베르트의 배낭에는 물건들이 잔뜩 들어 있었다. 토스터 크기의 길쭉한 주머니도 있었다.

"축하의 시간을 대비해 들고 왔지." 노르베르트가 말했다.

"그게 뭔데?"

내가 묻자 노르베르트가 미소를 지었다.

"색종이 폭탄."

"위험해 보이는데."

"그렇진 않아. 내가 우승하면 보게 될 거야."

"네가 실패하면?"

"그럼 낙심하겠지. 어쨌든 마지막 종이 울리고 15초 뒤에 이걸 터뜨릴 거야. 그럼 색종이 타임이 되는 거지. 야호!"

나는 철사와 단열 장치를 이로 물어 벗겨낸 뒤 라이터로 금속 조각을 가열했다. 노르베르트는 레이저 대즐러 조립 과정을 굉장히 주의 깊게 지켜봤다. 이게 어떻게 작동할지 말해달라고 몇 번이나 재촉하면서.

"내 생각에 대즐러는 기존의 레이저 광선과 비슷하게 투사를 방해할 거야." 내가 대답했다. "아마 그 아래에 있는 뭔가를 드러내주겠지."

"또 막다른 길에 부딪히면 안 되는데. 이해할 수 없는 부분이 또 나타나면 더 문제고."

노르베르트가 자기 휴대폰을 들어 째깍거리며 줄어들고 있는 시간을 보여줬다.

06:32:15

맙소사!

레이저를 완성하고 나니 새벽 3시였다. 그제야 고개를 들고 둘러보니 강당 안의 풍경이 바뀌어 있었다. 다른 참가자들도 각기 팀을 이뤄서 대즐러 레이저와 비슷해 보이는 기계를 조립하고 있었다. 퍼즐을 푼 사람이 우리만이 아니었다!

방사기를 만들고 있는 팀이 셋이나 되었다. 게다가 각각 4명으로 이뤄진 다른 두 팀이 나방을 뚫어져라 살펴보고 있었다. 불안할 정도로 자세히. 숨겨진 코드를 아직 발견하지 못했다 해도 몇 분 후면 알아낼 것이다.

상황이 좋지 않다는 걸 울프도 알아차렸다.

"걱정 마." 울프가 나한테 윙크를 하며 말했다. "이 문제는 내가 처리할게."

그러고는 렉스와 노르베르트한테 걸어가면서 다른 참가자들한테 들릴 만큼 큰 소리로 말했다.

"우리가 도서관 지하에서 그 그림을 발견하지 못했으면 어쩔 뻔했어. 그게 암호 해독의 열쇠인데…."

그런 뒤 말을 뚝 멈추고는 강당 안의 모든 사람이 듣고 있다는 사실을 깨달았다는 듯 소리를 확 낮췄다.

"그러니까 내 말은… 우리가 진짜 운이 좋았어."

울프의 연기는 여우주연상 감이었다!

울프의 연기가 어찌나 그럴싸했던지, 몇 분도 안 돼서 나머지 참가자들이 허겁지겁 그림을 찾으러 도서관을 향해 내달렸다.

케니가 자기도 모르게 감탄했다. "맙소사, 너 진짜 냉철한 애구나!"

"우린 이기려고 여기 왔어." 울프가 그렇게 대꾸하고는 나를 보며 말했다. "걔들은 속았다는 걸 금방 알아차릴 거야. 툰데, 우리 작업은 어떻게 돼가고 있어?"

"녹아웃 완성됐어!"

녹아웃(Knockout)은 내가 이 기계에 붙인 이름이다. 나이지리아에서 녹아웃은 불꽃놀이를 뜻한다.

울프가 우리 팀 애들의 흥분을 가라앉히는 동안, 나는 디지털 나방 건너편의 의자에 녹아웃을 올려놓았다.

그리고 손가락 마디들을 깨물며 녹아웃을 켰다. 녀석이 윙윙거리더니 돌아가기 시작했다.

14.2

노르베르트가 환호성을 질렀다.

하지만 나는 아니었다.

녹아웃의 문제점들이 벌써 눈에 보였다. 녹아웃이 산산조각 날 것처럼 마구 흔들렸다. 시간과 재료 부족 때문이긴 하지만 어쨌든 조잡하게 만든 건 사실이었다.

적외선을 방사하는 기계의 트릭들 중 하나는 육안으로 볼 수 없다는 것이다. 레이저 광선과 달리 적외선은 사람의 눈에 보이지 않는다. 따라서 광선의 초점을 나비의 눈에 맞추기가 쉽지 않다. 나는 최선을 다해 각도를 짐작해야 했다. 각도가 정확히 맞지 않아서 나방에 아무것도 나타나지 않는 것 같았다.

"지금 각도를 조정하고 하고 있어. 기다려줘."

그때 앤지가 내 옆에 무릎을 꿇고 말했다.

"이걸 써봐."

앤지는 대체 왜 이러는 걸까? 이 애에겐 엄청나게 복잡한 작업에 몰두하고 있는 내 모습이 보이지 않는 걸까? 내가 예민하게 집중하고 있는 모습이?

내가 하던 일을 멈추고 화가 나서 쏘아붙이려는데, 앤지가 자기 휴대폰을 내밀었다.

"내가 렌즈를 조절했어. 필터를 없애고. 그냥 살짝 손본 거야."

하지만 대단한 솜씨였다! 앤지의 휴대폰 카메라를 사용하니 녹아웃이 방사하는 적외선이 보였다. 내가 만든 기계에서 나온

약한 빨간색 줄이 화면에 비치더니 디지털 나방의 턱을 가리켰다. 만약 나방도 턱이란 게 있다면.

나는 앤지를 쳐다봤다.

"정말 고마워, 친구. 네가 구세주야!"

나는 광선을 조정해서 나비의 눈에 맞췄다. 짠~

하지만 아무것도 나타나지 않았다.

그러자 케니가 화가 나서 펄펄 뛰었다. "대체 뭐야, 툰데?"

"걱정 마." 나는 떨리는 손을 진정시키려 애쓰며 말했다. "광선 세기를 조종하기만 하면 돼. 지금은 너무 약한 것 같아."

나는 머릿속으로 카운트다운을 하면서 최대한 빨리 조정 작업을 했다. 그러는 내내 나방은 한순간도 깜빡거리지 않았다.

"나타나라, 나타나라, 나타나라." 케니가 옆에서 소리쳤다.

"뭔가 잘못된 것 같아." 노르베르트가 투덜거렸다.

"아니." 렉스가 받아쳤다. "툰데가 해냈어."

흘깃 쳐다보니 렉스가 나한테 엄지손가락을 들어 보였다.

믿어줘, 친구. 믿어줘.

몇 초 뒤, 놀라운 일이 일어났다.

나방의 눈이 깜빡거리더니 갑자기 디지털 부분들이 꽃잎처럼 떨어져 나갔다. 제일 먼저 날개가, 그다음에 다리와 더듬이가 차례로 떨어졌다.

마지막 남은 가슴이 떨어져 나가자마자 조각들이 서로 붙었다 떨어졌다 하면서 새로운 패턴이 나타났다.

그건 건물 한 층의 하향식 디지털 평면도였다. 형광 빨간색의 선과 기호 들은 좀 평범했지만 우리의 관심을 사로잡은 부분은

방 한가운데에 있는 X자였다. 금고가 있는 자리가 분명했다. 이제 우리는 이 도면이 어느 건물의 평면도인지만 찾으면 된다. 우리가 해낸 것이다. *1단계 완료!*

우리는 모두 환호성을 지르고 손뼉을 치고 고함을 질렀다.

그런데 도면이 나타난 지 불과 몇 초 뒤 녹아웃이 터져버렸다. 곧바로 강당에 연기와 먼지가 자욱했다. 금속 조각들과 나사들이 날아다니자 앤지와 케니가 비명을 질렀고 나는 혜성처럼 날아온 볼트를 피하느라 몸을 숙여야 했다.

이미지는 사라졌고, 녹아웃은 부서졌다.

분명 내 인생에서 최고로 당혹스러운 사건이었다.

엔지니어 꼴이 이게 뭐야?

이 자리에서 딱 죽었으면 좋겠다!

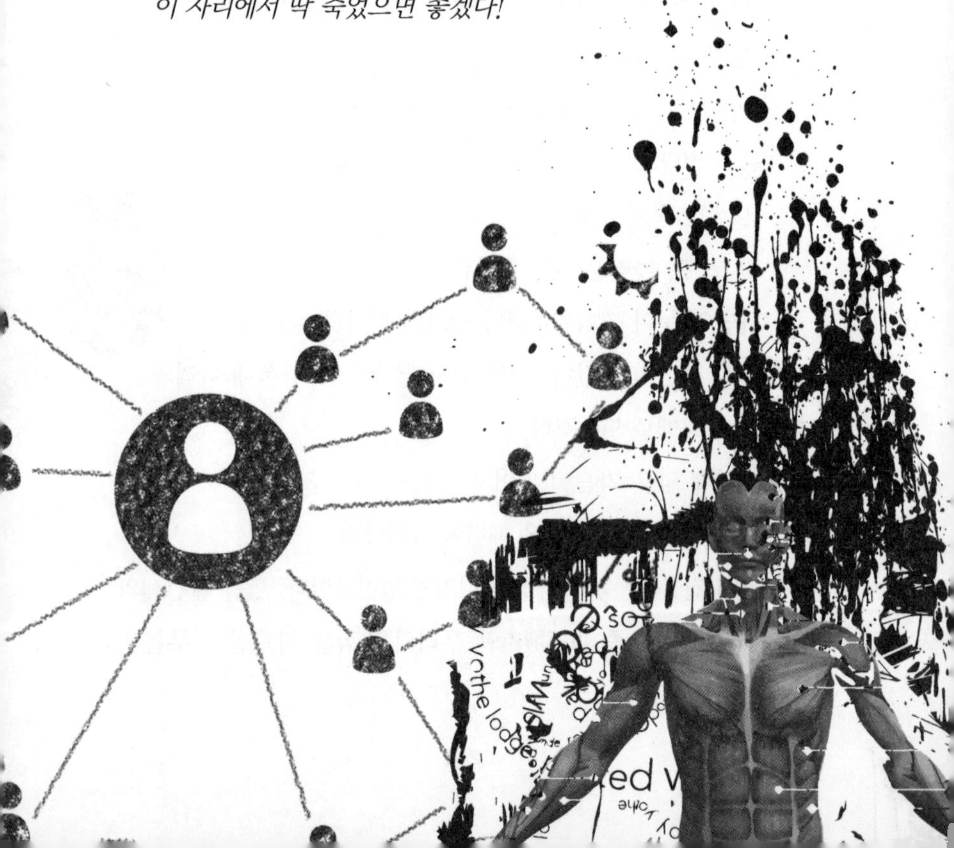

15. 카이

제로 아워까지 2일 6시간 7분

해가 떠올랐다.

연기가 걷히고 녹아웃의 마지막 몇 조각이 바닥에서 철커덕거리자 우리는 전부 일어나서 몇 초 전까지 지도가 있던 자리를 뚫어져라 쳐다봤다. 툰데의 레이저 대즐러는 이름 하나는 기막히게 붙인 것 같았다.

"모두 봤지?" 노르베르트가 물었다.

우리는 말없이 일제히 고개를 끄덕였다.

"설계가 부실해서 미안해." 툰데가 무대 가장자리에 고개를 숙이고 앉아서 말했다. "부담감이 없었다면 더 나은 시스템을 만들었을 텐데. 폭발하지 않는 녀석으로."

"난 지도를 거의 못 봤어." 케니가 말했다. "사진처럼 정확한 기억력의 소유자 없어?"

"5초 정도밖에 안 떠 있었던 것 같아." 노르베르트가 말했다.

"난 기억해." 툰데였다.

렉스가 주머니에서 펜을 꺼내 기억나는 부분을 무대 바닥에 그리기 시작했다.

"여기에 커다란 방이 있었어. 문이 연달아 있고 나선형 계단이 있고… 이건… 아니, 이건 반대편에 있었어. 더 왼쪽에…."

"렉스." 나는 렉스 옆에 무릎을 꿇고 앉았다. "그만해도 돼."

"왜?" 렉스가 패닉 상태로 나를 올려다봤다.

나는 내 휴대폰을 꺼냈다.

"여기에 그 이미지가 있거든."

내가 찍은 캡처 화면은 완벽하지는 않았다.

이미지 캡처

아래쪽의 왼쪽 모서리가 흐릿한 데다 맨 윗부분도 몇 밀리미터 잘려 나갔다. 하지만 우리한테 필요한 부분은 충분히 볼 수 있었다. 모두들 렉스의 스케치를 보고 있는 사이, 나는 내 귀걸이 카메라에서 휴대폰으로 영상을 다운로드했다. 영상은 휴대폰에서 고속 처리되어 파일로 저장되었다. 이제 우리한테 필요한 이미지를 스캔 하기만 하면 된다.

그 이미지를 보자 모두들 긴장이 풀렸다.

"네가 얼마나 대단한지 내가 말한 적 있었어?"

렉스가 벌떡 일어서더니 나를 끌어안고 빙빙 돌렸다. 어찌나 빨리 돌리던지 하마터면 가발이 벗겨질 뻔했다. 툰데와 노르베르트도 덤벼들어 나를 껴안고 빙빙 돌렸다.

하지만 오래가지 않았다. 서로 발이 걸린 우리는 깔깔 웃으며 한 덩어리가 되어 무대 위로 쓰러졌다. 그러면서 내 선글라스가 벗겨졌고 렉스가 내 옆으로 쓰러지면서 내 눈을 봤다. 렉스는 곧바로 웃음을 멈췄다.

나는 파란색 콘택트렌즈를 끼고 있었지만 렉스는 내 눈을 뚫어질 듯 바라봤다. 꼭 렌즈 뒤에 숨겨진 내 진짜 눈을 보는 것 같았다. 그렇게 마주 보고 있는 동안 나는 심장이 더 빨리 뛰고 이상하면서도 기분 좋은 불안감이 샘솟았다.

그런데 우리 중 누가 뭐라고 말을 꺼내기도 전에 강당 문이 활짝 열렸다. 우리는 허겁지겁 몸을 일으켰다.

선글라스를 손에 쥐고 고개를 드니, 키란과 이디스가 보였다.

두 사람은 무대로 걸어오면서 얼굴에 어른거리는 연기를 걷어냈다.

"훌륭하군요. 여러분은 테스트를 통과했습니다." 키란이 말했다. "하지만 놀라진 않았어요. 난 수천 명의 목록에서 여기 있는 참가자들을 전부 직접 선택했거든요."

그렇게 말하면서 키란이 렉스를 빤히 쳐다봤다. 렉스는 키란의 시선을 피하는 것처럼 보였다.

"여러분 한 명 한 명은 여기에 올 만한 사람들입니다. 하지만 우승할 사람은 몇 명뿐이죠. 지금까지 게임이 재미있었나요?"

"끔찍했어요." 케니가 대답했다. "그리고 참가자를 정말 엄격하게 선택했는지는 잘 모르겠네요."

키란이 미소를 지으며 툰데를 돌아봤다.

"오니 씨는 어떤가요?"

"멋졌어요." 툰데가 억지로 웃으며 대답했다.

렉스가 무대 뒤쪽으로 갔지만 키란이 알아차리고 불렀다.

"우에르타 씨, 1단계 과제가 어땠나요?"

"하나의 경험이었죠."

"그뿐인가요?"

"그 정도면 충분하죠. 안 그런가요?"

두 사람 사이에 한참 동안 흐른 침묵을 보니 다른 뭔가가 있는 것 같았다. 숨기는 건 렉스의 성격과 전혀 맞지 않는 행동이었다. 두 사람이 이 대회 전에 서로를 알았을 리는 없었다. 뭔가가 있는 게 틀림없었다.

키란이 나를 돌아보며 물었다. "휴대폰을 볼 수 있을까요?"

내가 휴대폰을 내밀자 키란이 화면에 떠 있는 지도 이미지를 봤다.

"굉장하군요."

키란이 미소를 지으며 휴대폰을 돌려줬다.

"2단계에 오신 것을 축하합니다. 여러분은 자부심을 가져도 됩니다. 오늘 아침 여기서 대단한 일을 해냈으니까요. 한 시간 뒤에 남을 두 팀이 누구인지 알게 될 겁니다. 이제 여러분이 자리를 비워주면 남아 있는 참가자들이 최종 명단에 오를 기회가 생길 겁니다."

"이제 우리가 뭘 해야 하는지 말해주세요." 툰데가 말했다.

키란은 만족스러워 보였다.

"오니 씨는 열성적이네요. 아주 좋아요. 오늘 오후에 회의가 열릴 겁니다. 그때 모든 걸 자세히 알려드리죠. 지금은," 키란이 미소를 지었다. "푹 쉬시기 바랍니다."

15.1

케니는 키란의 말이 끝나기도 전에 밖으로 나갔다.

앤지는 노르베르트를 따라 출구로 나갔다. 둘 다 지칠 대로 지쳐서 발을 질질 끌고 하품을 했다. 다음 단계가 시작되기 전에 침대로 가서 몇 시간 자고 싶은 마음이 간절해 보였다.

렉스가 나한테 다가왔다. "갈까?"

내가 렉스, 툰데와 함께 나가려고 돌아서자 키란이 목소리를 높였다.

"사실 보여주고 싶은 게 있어요, 페인티드 울프. 개인적으로."

렉스가 눈썹을 찡그리더니 나를 봤다. 나는 어깨를 으쓱하고 입 모양으로 '나도 모르겠어' 하고 말할 수밖에 없었다.

"알았어." 렉스가 말했다. "음, 그럼 너랑은 나중에 다시 만나자."

나는 한 번에 계단 두 개를 내려가는 렉스를 물끄러미 바라봤다. 오랜 비행과 곧바로 이어진 게임으로 녹초가 된 상태였다. 얼른 내 방을 찾아가서 이 옷들을 벗어 던지고 싶었다. 잠을 자고 싶었다.

렉스가 문 앞에서 멈춰 서더니 나를 돌아보며 손을 흔들었다. 나도 손을 흔들려고 했지만 그러기도 전에 렉스는 나가버렸다.

키란이 헛기침을 했다.

"당신한테 개인 투어를 해주고 싶습니다."

"어디를요? 캠퍼스요?"

"아니요." 키란이 무대 뒤로 따라오라는 시늉을 하며 말했다. "괜찮으시다면 이곳 온드스캔의 연구실을 보여드리고 싶어요. 당신이 기계의 심장부를 봤으면 좋겠어요."

나는 그 제안을 곰곰 생각해봤다. 교란기를 만드는 일은 렉스와 툰데가 알아서 할 수 있을 것이다. 지금 키란을 따라가면 그가 왜 중국에 왔고 왜 나한테 자신의 영재 팀에 들어오라고 조르는지에 관해 뭔가를 알아낼 수 있을 것 같았다.

"그래요."

우리는 강당 뒤쪽의 복도를 지나 여러 개의 문을 통과해서 철제 계단을 내려갔다. 걷는 동안 키란이 이런 말을 했다.

"난 이 게임이 좀 바보 같다는 걸 깨달았어요. 당신은 현실에

지대한 영향을 미치는 일들을 하는 데 익숙하잖아요. 진실을 좇아 싸움터에, 그 가장 치열한 현장에 있는 데 익숙하죠. 아마 이 게임이 지루하게 느껴질 것 같아요."

나는 그 말을 곱씹어봤다. 아마 며칠 전이었다면 그렇다고 대답했을 것이다. 지니어스 게임은 내가 하려고 애쓰는 다른 일들에 비하면 중요해 보이지 않았다. 하지만 1단계를 거치고 나니 이 게임을 인정하게 되었다.

"아니에요. 해볼 만한 게임이었어요. 여기 오길 잘했다고 생각해요."

쇠문 앞에 이르렀을 때 키란이 걸음을 멈췄다.

"내 계획이 진정한 성공을 거두는 유일한 방법은 내 옆에 나와 견줄 만한 지적인 상대를 두는 거예요."

"당연히 그렇겠죠." 나는 반쯤 농담으로 말했다. "그래서 그게 누구인가요?"

"당연히 당신이죠."

키란이 마지막 음절을 내뱉기도 전에 살가죽이 죄어드는 기분이었다.

15.2

밖에 키란이 개조한 테슬라 모델 S가 기다리고 있었다.

조수석에 앉으니 내가 조그맣게 느껴졌다.

키란이 광란의 운전을 시작했다. 강당을 떠난 지 8분 뒤, 우리는 커다란 벽돌 건물 앞에 도착했다.

건물 안으로 들어가면서 나는 키란의 의도가 궁금해졌다.

그냥 나한테 집적거리는 걸까?

똑똑하고 자신감 넘치는 가면 속에 소심한 본모습이 숨겨져 있는 걸까?

나는 둘 다 아니라고 확신했다. 키란은 나한테 솔직했다. 그는 내가 자기 팀에 들어오길 바라고 나를 설득하기 위해 무슨 일이든 할 것이다. 그게 제일 걱정스러웠다.

키란이 다른 참가자들 누구에게서도 발견하지 못한 무엇을 내가 키란한테 줄 수 있을까?

우리는 엘리베이터를 두 번 갈아타고 4층으로 올라갔다. 그중 하나는 키란이 지갑에서 꺼낸 신분증이 있어야 탈 수 있었다. 엘리베이터에서 내린 뒤 우리는 망막 인식기와 생체 인식 장치로 보안이 된 몇 개의 문을 통과했다.

“여기가 우리 연구실입니다.” 공학 장비와 컴퓨터가 가득 들어찬 흰색 방에 들어가면서 키란이 말했다. “우리 회사는 컬렉티브와 협력 관계를 맺었어요. 우리가 장비 대금을 지불하고 컬렉티브 학생들이 여기서 연구를 할 수 있죠. 시설이 좋아요. 내가 지니어스 게임의 1단계를 떠올린 게 바로 이 방에서랍니다.”

우리가 통과한 연구소는 엔지니어라면 누구나 꿈꿀 공간, 지구에서 가장 발전한 최첨단 과학기술의 놀이터였다. 모든 벽마다 경보 판넬, 동작 감지기, 수십 개의 폐쇄회로 카메라가 보였다. 중범죄 교도소처럼 보안이 철저했다.

키란은 나한테 실리콘 트랜지스터를 대체할 그래핀 트랜지스터 같은 기기들을 보여줬다. 또 비단처럼 부드럽게 하늘거리지만 절대 찢을 수 없는 스크린 같은 장비들도 구경시켜줬다.

"휴대폰을 돌돌 뭉쳐 주머니에 넣을 수도 있죠. 이 모든 걸 심지어 산간벽촌에 사는 사람들까지도 누구나 누릴 수 있는 세상이 상상이 가나요?"

"엄청 멋지네요. 하지만 검색엔진 기술과는 좀 동떨어진 것 같아요."

"아, 검색엔진은 돈을 벌어들이죠. 난 다음 단계를 찾고 있답니다."

"그건 이미 말씀하셨어요."

키란은 약간 말문이 막힌 것 같았다. 수행단과 스포트라이트에서 벗어나 자기 홈그라운드에 있는 키란은 좀 달라 보였다. 방탄복으로 빈틈없이 무장한 사람이 아니었다.

"집에 자주 가시나요?"

"자주 가야 하지만 그러지 못하고 있어요."

우리는 이중문들을 연달아 지나쳤다.

"저는 무슨 일이 있어도 일주일에 며칠 이상 집에서 떠나 있는 걸 상상 못 하겠어요. 부모님이 그립다는 뜻은 아니고요. 제가 가장 좋은 생각을 떠올리는 곳이 집이거든요."

"운이 좋군요. 난 그래본 적이 없어요."

키란은 내 동정심을 노리는 게 아니었다. 그는 진지했다. 성공한 사람들은 으레 어린 시절의 특정한 측면들을 과장하곤 한다. 이야기가 될 만한 고생담을 원한다. 하지만 키란은 분명 극적이고 영감을 주는 사연을 가진 사람인 것 같았다.

우리는 또 다른 문 앞에서 발을 멈췄다.

키란이 손잡이를 잡았지만 선뜻 열지 않고 망설였다.

"내가 보여드린 모든 기기와 도구들, 심지어 이 문 뒤에 있는 것들도 그저 도구일 뿐입니다. 그것들의 용도는 누가 사용하는지에 달려 있죠."

"제가 이 모든 것들을 어떻게 생각할지 걱정하시는 것 같네요."

키란이 싱긋 웃었다.

"당신과 함께 있으면 좀 눈치를 보게 되는 것 같아요."

키란이 문을 열고 나를 안으로 안내했다. 우리는 어떤 좁은 방에 들어갔고 키란은 온드스캔의 '더 민감한' 기술들 중 일부를 보여줬다. 그곳에는 반경 두 블록 안의 모든 전자 장비를 망가뜨릴 수 있는 음파 무기와 사용자가 자신의 움직임을 방송할 수 있는 기계손이 있었다. 그때는 그런 것들이 굉장히 이상하게 보였고 누가 그런 물건을 사용하고 싶어 할지 상상이 가지 않았다. 대체 무슨 쓸모가 있는 거지? 키란의 프로젝트들은 대부분 비슷해 보였다. 수수께끼 같고 이해가 가지 않았다. 기준 없이 제멋대로로 보일 정도였다.

그때 방 뒤쪽에 있는 사무실 하나가 눈에 들어왔다.

"저 안에는 뭐가 있나요?"

"난 그 방을 조타수의 방이라고 불러요."

"음, 섬뜩하네요."

그 이름이 좀 섬뜩하게 들리기도 했지만 사실 키란의 반응을 읽으려고 한 말이었다. 조타수는 해군이고 대개 계급이 높다. 키란이 내 반응에 미소를 짓는다면 그가 그 단어의 묘한 음에 짜릿함을 느꼈다는 뜻일 수 있다. 반대로 얼굴을 찡그린다면 그 방의 다소 유치한 이름에 좀 당황했다는 뜻이다.

하지만 키란은 어느 쪽도 아니었다. 여전히 유쾌하고 느긋한 얼굴이었다.

그 표정이 모든 걸 말해줬다. 키란이 그 방을 조타수의 방이라고 부른 건 충격을 주거나 사람들을 시험하기 위해서가 아니었다. 정말로 그렇게 믿기 때문이었다. 그는 고위급 장교였고 전투를 벌이고 있었다.

키란이 급히 나를 다른 곳으로 데려갔다. 숨기는 게 있는 것 같았다.

아, 여기에 무언가가 있구나.

"이 투어는 수년간에 걸친 프로젝트를 약간 엿보는 거예요." 키란이 내 반응을 살피며 말했다. "이 방 안에는 세계를 바꿀 방법들이 있습니다."

조타수의 방을 지나갈 때 방 안을 볼 수 있었다. 중동과 아프리카의 지도들이 벽에 붙어 있었다. 기업들 안에 기업들, 그 안에 또 기업들이 들어 있는 현기증 나게 복잡한 차트들도 보였다. 키란이 군인이나 현직 대통령으로 보이는 몇몇 사람과 찍은 사진들도 눈에 띄었다.

"흥미로운 사람들과 어울리시네요."

"거물들이죠."

"선한 사람일 수도 있고… 악한 사람일 수도 있죠."

"대체로 선해요." 그가 대꾸했다. "대체로."

방 안의 모든 걸 파악할 수는 없었지만 사진 한 장이 눈에 띄었다. 키란과 어떤 남자가 함께 찍은 사진이었다. 나는 그 남자가 누구인지 알아봤다. 두 사람은 악수하며 카메라를 향해 미소 짓고 있었다. 도시의 스카이라인을 배경으로 그들의 왼쪽에는 공원의 독특한 분수가 보였다. 나는 내 몰래카메라가 명확한 이미지를 포착할 수 있도록 최대한 오래 가만히 서 있었다.

그 사람의 사진이 있다는 사실은 키란이 나한테 거짓말을 하고 있다는 뜻이었다.

키란은 원대한 비전을 가진 사람일 수 있다. 세계를 이끄는 지도자일 수 있다. 하지만 선의를 가진 사람이 괴물과 악수하고 미소를 지을 리 없었다. 내가 발견한 게 무엇이건 우리 아빠나 지니어스 게임보다 훨씬 더 큰일이었다.

키란은 무언가를 숨기고 있다.

끔찍한 무언가를.

나는 그 자리를 떠나 달아나고 싶었다. 내가 촬영한 영상을 살펴보고 싶었다. 하지만 그럴 수 없었다. 그가 무엇을 하고 있는지 알아내야 하니까. 그래서 나는 키란이 문을 닫고 연구소 끝에 있는 멋진 원형 유리 계단을 올라가 2층으로 안내하는 동안 아무렇지도 않은 척했다.

연구소라기보다 사무실 같은 2층은 책상과 칸막이 자리들로 가득 차 있었다.

점점 더 긴장이 되는 나와 달리 키란은 소매를 걷어 올리고 훨씬 느긋해졌다. 스니커즈와 양말까지 벗어 책상 위에 두고는 차가운 타일 바닥을 맨발로 걸어 다녔다.

"지상에서는 맨발로 있는 게 더 편해요. 연구들에 따르면 맨발로 걷는 게 건강을 향상시킨다고 해요. 우리가 만들어내는 모든 정전기를 생각해보세요. 신발을 신으면 정전기가 다리 위로 바로 올라가죠. 그럼 건강에 좋지 않아요. 신발이 없으면 정전기가 본래 있어야 할 자리인 땅으로 들어가요."

"정말요?"

"물론이죠."

"저는 남들 앞에서 신발을 안 신고 걸어 다니진 못하겠어요."

"시도해보세요. 분명 발이 예쁠 것 같네요."

"감사합니다."

이럴 땐 어떻게 대답해야 하는 걸까?

욕지기가 올라왔지만 나는 억지로 환한 미소를 지으며 어깨에서 힘을 뺐다. 내가 얼마나 걱정하고 있는지 키란이 눈치채지 못하게 해야 한다. 페인티드 울프가 어떤 상황에서도 흔들림 없는 사람이라고 생각하게 해야 한다. 나는 바로 그런 모습을 그에게 보여줄 것이다.

사무실을 천천히 돌아다니다가 키란이 방 뒤쪽의 커다란 강철 문을 가리켰다.

"자, 도착했습니다. 이번 투어의 종착지. 이 1번 문 뒤에 뭐가 있을까요?"

"뷔페 아닐까요? 배가 고프네요."

키란이 웃음을 지었다.

"그랬으면 좋겠지만 아닙니다. 좀 있다 식사 대접을 할게요. 캠퍼스 건너편에 맛있는 피자집이 있어요."

"괜찮아요. 우리 팀으로 얼른 돌아가야 해요. 할 일이 많거든요."

"그렇겠죠. 자, 뭔지 모르시겠어요?"

나는 강철 문을 만져봤다. 흠칫할 정도로 차가웠다. 위협적이라고 느껴질 만큼.

"당신의 클론들을 보관하는 냉동실인가요?"

키란이 다시 웃었다.

"멋지네요. 역시 똑똑해요. 하지만 클론은 없어요. 그래도 특별한 방이죠. 이 문 뒤에 있는 걸 설계할 만한 적임자와 적절한 회사를 찾느라 고생했어요. 그들을 찾느라 전 세계를 돌아다녔죠."

"그래서 중국에 왔던 건가요?"

"집요하군요. 듣고 싶은 얘기가 뭐죠?"

"당신의 전략."

"이미 말하지 않았던가요?"

"대략적인 얘기만 했죠. 저는 당신이 이곳 밖에서 하는 일이 뭔지 알고 싶어요." 나는 주위의 기기와 장치들을 가리키며 말했다. "당신은 현실에서 뭘 하고 있나요? 중국의 부패한 사업가들은 왜 만나는 거죠?"

키란이 내 쪽으로 걸어오더니 오른팔에 낀 팔찌를 문의 빛나는 표면에 갖다 댔다. 문 안쪽에서 철거덕 쇳소리가 나면서 문이 열렸다.

"먼저 들어가시죠."

15.3

"단지 저 기기들을 보여주려고 여기 데려온 건 아닙니다. 난 당신한테 답을 주고 싶어요."

우리는 강철 문을 지나 어두운 방으로 들어갔다. 머리 위의 전등들이 하나씩 하나씩, 한 줄씩 한 줄씩 깜빡거리더니 거의 비어 있는 방의 모습이 드러났다. 완전히 투명한 바닥 한가운데에 놓인 거대한 빨간색 직육면체 말고는 아무것도 없었다.

맞다, 바닥이 완전히 투명했다. 몇 층 아래까지 훤히 보일 정도로. 아래층들의 칸막이와 실험실이 눈에 선히 들어왔지만, 우리 바로 아래층에는 검은색 천으로 덮인 커다란 직사각형 물체만 보였다.

"금속 유리예요." 키란이 뒤에서 설명했다. "팔라듐으로 만들어졌는데 지구에서 가장 강한 유리죠. 코끼리를 떨어뜨리면 바닥에 머리카락만 한 금 몇 개만 생길걸요."

나는 빨간색 직육면체로 걸어갔다. 수십 줄의 굵은 전선들이 뒤쪽 벽에서 직육면체 꼭대기까지 구불구불 연결되어 있었다. 직육면체의 옆쪽에 두꺼운 유리 창문이 있어서 들여다보니, 그 안에 뭐가 있건 원자로 같은 냉각용 유체 탱크 안에 잠겨 있다는 걸 알 수 있었다. 그건 분명 기계였다. 모양을 쭉 훑어보고 세상에! 나는 그게 뭔지 알아차렸다.

"이게 제가 생각하는 그것 맞나요?"

"맞습니다." 키란이 나만큼이나 그 기계에 경탄하며 대답했다. "이 세상에 존재하는 가장 강력한 양자컴퓨터."

빨간색 직육면체가 윙윙거리자 방의 공기가 전류로 인해 가느다랗게 떨렸다.

양자컴퓨터는 꼭 우주 탐사나 영화 촬영을 위해 설계된 물건처럼 보였다. 난생처음으로 나는 인간 역사의 흐름을 더 좋게… 혹은 더 나쁘게 바꿀 수 있는 무언가를 직접 대면한 듯한 기분을 느꼈다.

"이걸 왜 저한테 보여주는 거죠?"

"잠시 후에 설명할게요. 발아래를 보세요. 저기 천에 덮인 상자가 보이죠? 저게 금고입니다. 금고 안에는 랩톱컴퓨터가 들어 있어요. 당신과 당신이 선택한 팀은 저 방에 들어가 금고를 열고 랩톱컴퓨터를 해킹할 기계를 만들어야 할 겁니다."

나는 내 귀를 의심했다. 하마터면 입을 떡 벌리고 놀란 표정을 들킬 뻔했다.

"그건 지니어스 게임의 다음 단계잖아요… 이건 반칙이에요."

"그렇긴 하죠. 난 당신이 우승하길 원하거든요."

"왜죠?"

"그래야 당신이 우리 회사에 들어올 테니까."

키란이 시선을 내게서 떼지 않은 채 말을 이었다.

"암 치료제가 이미 만들어져 있다면 믿을 수 있겠어요? 지금 유럽의 한 제약회사 연구소에 대부분의 위암을 효과적으로 치료할 수 있는 분자가 있다면요? 문제는 그 회사가 그 암 치료제를 출시하지 않는다는 겁니다. 왜냐고요? 그 회사에서는 1년에 수십억 달러를 벌어다 주는 화학요법 약품도 제조하거든요."

"음모 이론 채팅방들을 너무 많이 드나드신 것 같네요."

"내가 한 말은 사실입니다. 온드스캔이 그 회사와 임상시험을 진행하는 파트너 계약을 맺었기 때문에 알게 되었죠. 내가 직접 데이터를 봤어요."

"이해가 안 가네요. 그런 사실을 알고 그 데이터에 비용을 지불했다면서 왜 그걸 밝히지 않죠? 왜 세상 사람들한테 알리지 않는 거예요?"

키란이 점잔을 빼며 고개를 끄덕였다.

"이유를 아시잖아요. 당신이 인생을 걸고 싸우고 있는 모든 것들 때문이죠. 관료주의. 부패. 뇌물수수. 거짓말. 나도 그 데이터를 인터넷에 뿌리고 어떻게 되는지 보고 싶어요. 하지만 그래봤자 소용없을 거예요. 인터넷의 자유는 환상일 뿐이거든요. 인터넷은 엄중하게 감시되고 있고 보안이 최고로 철저한 교도소처럼 제재를 받아요."

"그래서요? 왜 저를 채용하려는 거예요? 무엇 때문에?"

키란이 양자컴퓨터의 꼭대기를 톡톡 두드렸다.

"난 이 녀석을 라마(힌두교에서 가장 널리 숭앙받는 화신:옮긴이)라고 불러요. 새로운 인터넷에 동력을 부여할 녀석이죠. 새로운 프로토콜. 새로운 포트. 모두 양자컴퓨터에서 운영되는데, 온드스캔이 공짜로 배포한 장비들을 통해 세계 어디서건 인터넷에 자유로이 접속하게 될 겁니다. 어떤 제약도, 규제도 없을 겁니다. 더 좋은 건 라마가 기존 인터넷에서 정보를 끌어오도록 설계되었다는 거죠. 어떤 방어벽도 못 당해내요. 어떤 보안 프로토콜로도 막지 못하죠. 모든 정보가 자유를 얻을 겁니다. 모든 정부와 모든 기업의 정보들이. 아까 말한 암 데이터도 공개될 거예요. 생각해보세요. 더 이상 비밀이 없어지는 거예요. 더 이상 어떤 거짓말도 통하지 않아요. 더 이상 어떤 부패도."

키란이 마치 최면이라도 거는 것처럼 눈을 가늘게 뜨고 나를 강렬하게 쏘아봤다. 키란의 진지한 말투와 힘있는 목소리를 들으니 손끝으로 목덜미를 치는 것 같은 찌릿함이 느껴졌다. 묘한 감정들이 밀려와서 나는 얼굴을 찌푸렸다.

"라마가 답이라고 하셨는데요. 어떻게 그런 것들이 가능하죠?"

"시바 신을 통해서죠."

키란은 이렇게 대답한 뒤 내 질문을 회피했다.

"난 당신이 꿈꾸는 모든 것을 줄 겁니다. 당신은 세계의 정부들이 사악하다는 걸 알고 있어요. 그들은 썩었어요. 당신과 나, 우리의 최종 팀이 그들을 붕괴시킬 겁니다. 모든 데이터를 해방시켜 모든 가정에 보낼 겁니다. 우리는 함께 라마를 도와 빈곤을 끝내고 질병을 없애고, 그리고 완전히 세계를 바꿀 수 있습니다."

말도 안 되는 소리였다. 미친 소리.

다른 누군가가 이런 말을 했다면 한 마디, 한 마디에 가슴이 뛰었을 것이다.

하지만 키란한테서 이 말을 들으니 역사상 가장 큰 거짓말처럼 느껴졌다.

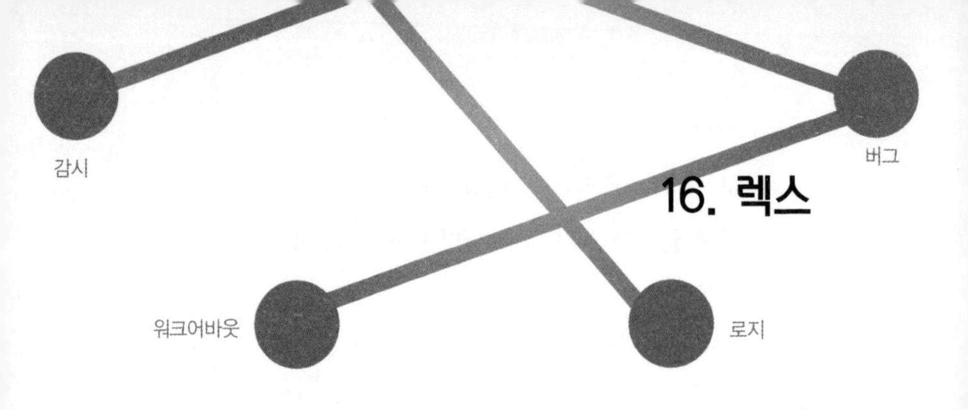

16. 렉스

제로 아워까지 2일 1시간 14분

점심때가 되었다. 프라이드치킨을 베어 물었을 때, 내가 지난 며칠 동안 음식다운 음식을 먹지 못했다는 걸 깨달았다.

피자를 처음 먹어보는 툰데는 마치 종교 의식을 치르는 것처럼 경건하게 한 입 베어 물었다. 내가 나중에 배가 아파서 고생할지 모른다고 경고했지만 툰데는 무시했다.

“이렇게 맛있는 음식이 어떻게 그럴 수 있어?”

나는 툰데, 앤지, 노르베르트와 함께 구내식당 뒤편의 창가 자리에 앉아 있었다. 케니는 우리와 어울리지 않고 몇 테이블 건너편에 혼자 앉았다. 녀석은 달달한 시리얼을 몇 그릇 게걸스럽게 먹고 탄산음료를 마셨다. 다 먹고 난 뒤에는 배낭에서 공책을 꺼내더니 그림을 그리기 시작했다.

나는 프라이드치킨 세 조각을 해치운 뒤에야 배가 불러서 의자에 등을 기대고 편히 앉았다.

앤지가 느긋한 내 표정을 보고 미소를 지었다.

"드디어 즐길 수 있게 된 것 같네."

"내가?"

앤지의 말이 재미있었다. 나는 상황이 어떻게 돌아가는지 판단할 여력도 없을 만큼 긴장을 풀지 못하고 있었기 때문이다. 1단계가 끝나면서 보스턴 컬렉티브에 온 내 진짜 목적이 사고 난 열차처럼 갑자기 튕겨 나갔다. 내겐 할 일들이 있었다. 전자 지도에 나타난 건물을 찾아야 하고, 온드스캔 빌딩에 들어가 양자컴퓨터를 찾아 워크어바웃을 돌려야 하고, 그리고 툰데는 지니어스 게임에서 우승해야 한다.

내 얼굴이 다시 스트레스 모드로 돌아간 걸 알아차리고 앤지가 말했다.

"느긋한 것도 잠깐이네."

"응. 우린 지금 가봐야 해."

툰데도 맞장구쳤다.

"시간이 없어, 친구들. 장군은 기다리지 않아."

앤지가 자기 시계를 봤다. 나무로 만든 통통한 시계였다.

"우린 여기 온 지 17분밖에 안 됐어! 그리고 페인티드 울프가 돌아올 때까지 기다려야 할 것 같은데."

그 말을 듣자 목에 걸려 있던 덩어리가 더 커지는 것 같았다.

울프는 뭘 하고 있을까?

왜 키란이 울프만 데려간 걸까? 캠퍼스 구경이라도 시켜주는 걸까?

나는 키란 때문에 스트레스를 받았다. 울프가 첨단 테크놀로지의 제왕이자 재력과 외모, 불타는 카리스마까지 갖춘 천재와 함께 있다고 생각하니 불안감이 밀려왔다. 게다가 키란은 내가 지니어스 게임에 있으면 안 된다는 걸 아는 낌새였다. 어쩌면 내가 그의 시스템을 해킹했다는 사실을 아는지도 모른다. 그렇게 철두철미한 사람은 불청객을 싫어할 게 분명하다. 키란이 뭔가를 밝히고 조치를 취하는 건 시간문제일 뿐이다.

그때 갑자기 휴대폰이 울려서 깜짝 놀랐다.

울프가 보낸 문자와 사진이었다.

페인티드 울프 네가 찾고 있는 그 기계. 내가 발견했어.

몰래 찍은 양자컴퓨터

순간 숨이 컥 막혔다.

"괜찮아?" 앤지가 물었다.

하지만 앤지한테 대답할 수가 없었다. 바로 문자를 보내야 했다.

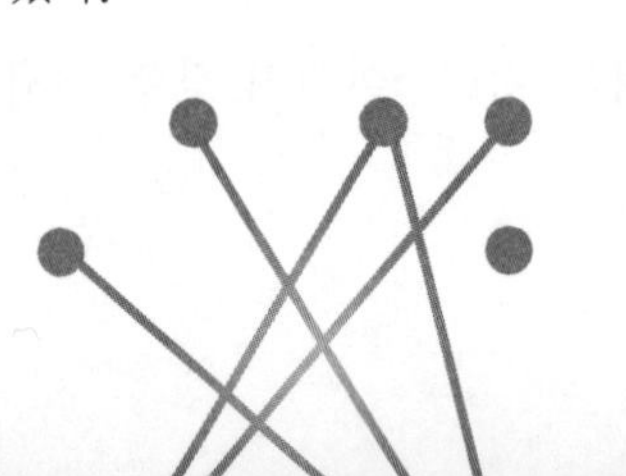

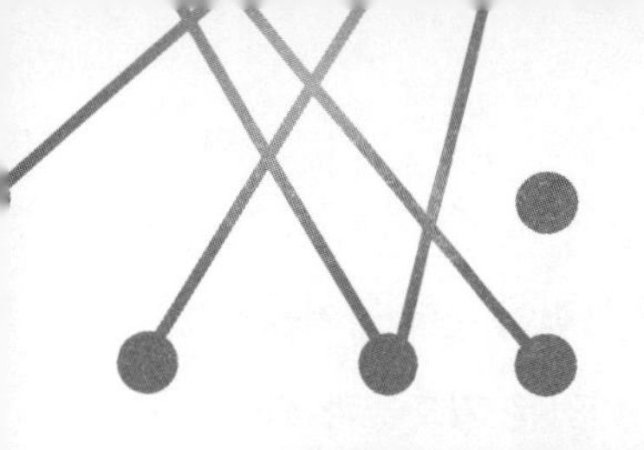

킹Rx 장난해? 양자컴퓨터라고?

페인티드 울프 맞아. 키란이 방금 나한테 보여줬어. 캠퍼스 안에 있는 온드스캔 빌딩 5층에 양자컴퓨터가 있어.

킹Rx 잠깐만… 그걸 너한테 보여줬다고?

페인티드 울프 그래. 넌 어디야? 만나서 얘기하자.

킹Rx 식당. 15분 뒤에 도서관, 어때?

페인티드 울프 그쪽으로 갈게. 툰데도 데려와.

내가 휴대폰을 집어넣자 앤지, 노르베르트, 툰데가 나를 쳐다봤다. 머릿속이 바빠졌다. 울프가 그 기계를 찾았다. 내가 그 기계를 쓸 수 있다면 몇 시간 후면 테오 형을 찾을 수 있을 것이다. 하지만 한 가지 생각이 머릿속에서 계속 맴돌았다.

왜 키란이 울프한테 양자컴퓨터가 있는 곳을 보여준 걸까?

"무슨 일이야?" 앤지가 물었다.

"툰데랑 난 가봐야 해. 좀 이따 만나자. 괜찮지?"

앤지가 수상쩍다는 표정을 지었다.

나가는 길에 케니가 나를 붙잡더니 어딜 그렇게 급히 가냐고 물었다.

"울프를 만나야 하는데 늦었어. 우린 로지잖아."

식탁 위를 흘깃 보니 케니가 그리고 있던 그림이 눈에 들어왔다. 좀비들과 켄타우로스가 사람 모습을 한 미적분 기호들과 싸우는, 어린애 같은 그림이었다.

"이게 뭐야?"

"신화 속 인물들과 미분계수들 간의 전쟁이지."

"누가 이기고 있는데?"

"수학." 케니가 아홉 살짜리 애다운 목소리로 대답했다. "항상 수학이 이겨. 둘 다 비밀 클럽에서 재밌는 시간 보내."

16.1

10분 뒤, 도서관 로비에서 울프를 만났다. 툰데와 나는 울프를 따라 조용히 지하 서고의 한 연구실로 들어갔다.

나는 발걸음을 뗄 때마다 울프의 움직임을 지켜보면서 요동치는 감정을 억누르지 못했다.

울프가 키란의 농담을 듣고 웃었을까?

혹시라도 우연히 몸이 스쳤을 때 짜릿함을 느꼈을까?

나는 분명 키란이 보여줬을 갖가지 로맨틱한 몸짓들을 떠올리며 꼭지가 돌 것 같은 기분이었다. 이렇게 미치도록 질투가 나는 건 난생처음이었다.

울프가 연구실 문을 닫은 후 제일 처음 한 일은 자기 휴대폰에 깔린 앱으로 방에 도청 장치가 있는지 살피는 것이었다. 그건 내가 몇 년 전에 개발한 앱이었다. 하지만 울프의 폰에 있는 버전은 손을 좀 본 것이었고 내가 원래 만든 프로그램보다 두 배는 빨라 보였다.

연구실에는 어떤 도청 장치도, 무선 신호도 없었다. 우리는 안전했다.

"그 프로그램 쓰는구나."

울프가 고개를 끄덕였다.

"괜찮은 프로그램이야. 중국에서 항상 사용해."

괜찮다고?

"그런데," 나는 잡념을 떨치며 물었다. "키란하고 무슨 일 있었어?"

"믿지 못하겠지만," 울프가 대답했다. "키란은 라마라고 부르는 것을 가동하는 데 양자컴퓨터를 사용할 계획이야. 라마는 기본적으로 제2의 인터넷을 말하는데, 키란은 라마를 이용해 기존 인터넷을 해체하길 원해. 모든 정보 은닉처의 문을 열고 모든 보안 장치를 무너뜨리고 싶어 하지. 키란은 라마가 새로운 사회를 열어줄 거라고 생각해."

"논리적으로 말이 안 되는데…." 툰데가 큰 소리로 말했다.

"다크 웹(인터넷을 사용하지만, 접속을 위해서는 특정 프로그램을 사용해야 하는 웹:옮긴이)은 이미 존재해." 내가 거들었다. "그걸 왜 새로 만들어? 게다가 인터넷은 단일 물품이 아니잖아. 서로 연결된 엄청나게 많은 네트워크지. 프로그래밍으로 무너뜨리거나 깨트릴 수 없어. 난 못 믿겠어. 터무니없는 소리 같아."

"키란은 그럴듯하게 말했어…," 울프가 대답했다.

"그랬겠지." 내가 대꾸했다. "키란은 널 좋아하니까…."

"질투하는 거야?"

"딱 봐도 그렇잖아. 키란은 너만 초대했어."

"키란은 나를 채용하고 싶어 해. 집적대는 게 아니라."

"정말 그럴까?" 나는 너무 이를 악물지 않으려 애쓰면서 대답했다. "키란은 충분히 좋은 사람이야. 똑똑하고. 하지만…."

"키란은 좋은 사람이 아니야."

울프가 냉정하고 진지한 말투로 내 말을 막았다. 그리고 휴대폰을 내밀어 액자에 들어 있는 사진을 줌인 해서 촬영한 영상의 정지화면을 보여줬다. 키란이 공원 근처의 분수대 앞에서 이야보 장군과 악수를 하고 있었다. 툰데가 장군에 관한 글을 올린 적이 있어서 나는 그 잔인한 얼굴을 금방 알아봤다.

아, 이런….

"맙소사." 툰데의 목소리가 떨려 나왔다. "어떻게 키란이 우리 가족을 위협하는 사람과 악수하면서 웃고 있는 거지?"

"키란에겐 두 얼굴이 있어." 울프가 대답했다.

"뭐가 뭔지 모르겠어."

"우리가 키란에 대해 정말로 아는 게 뭐야? 키란은 가난뱅이에서 부자가 된 전형적인 경우잖아. 제2의 스티브 잡스로 추앙받는 사람이지. 오늘 아침 키란이 나한테 채용 투어를 시켜준 뒤 난 그의 최종 목표에 일리가 있다는 건 의심하지 않게 되었어. 키란은 정말로 세상을 바꾸고 싶어 해. 그런데 그는 라마가 답이라고 했어. 라마가 혼란 뒤의 질서라고. 난 키란이 제일 먼저 무슨 일을 할 계획인지 궁금해. 이야보 장군, 중국… 그게 뭐든 이미 시작됐고… 상상도 못할 일 같아서 끔찍한 기분이 들어."

툰데가 끙 신음 소리를 냈다.

"미쳐 돌아가는 것 같은 날이야! 너무 혼란스러워서 더 이상 감당을 못 하겠다. 이 모든 사기 행각과 거짓말들, 말해두지만 난 더 이상 그것들을 짊어지고 싶지 않아. 난 세계를 구하기 전에 먼저 내 사람들을 구해야 해. 이해할 수 있어?"

"그래. 당연하지." 내가 대답했다.

나는 진심으로 툰데를 이해했다. 내가 직면한 싸움은 툰데가 처한 상황과 비교하면 아무것도 아니었다. 나는 툰데의 눈에서 고통과 불안을 똑똑히 봤다.

"이 문제가 우리한테 어떤 영향을 미칠지도 얘기해야 해." 울프가 말을 이었다. "키란은 내가 우승하길 원해. 그래서 규칙을 어기고 나한테 건물을 견학시켜준 거야. 다음 단계까지 알려주고. 자기가 원하는 걸 얻기 위해 지니어스 게임을 내팽개친 거지. 그건 내가 우승하면 안 된다는 뜻이야. 난 패한 팀이 되어야 해."

"안 돼." 툰데가 말했다. "그건 아니야."

"키란이 나를 이용하게 놔두진 않을 거야. 여기 온 것만으로도 이미 무리야."

"나도 우승할 수 없어." 내가 거들었다. "키란이 워크어바웃에 대해 알게 된다면 무슨 일이 일어날지 아무도 몰라. 난 법적 책임을 지게 될 거야. 나도 패한 팀이 되어야 해."

"하지만 장군은… 난 패한 팀이 될 수 없어."

툰데의 말에 울프가 미소를 지었다.

"우릴 믿어. 우리가 널 챔피언이 되게 해줄게."

3부

오르다 보면 모두 한곳에 모이게 마련이다

THE
GENE

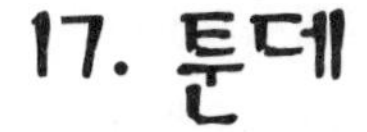

17. 툰데

제로 아워까지 1일 20시간 36분

아, 머리가 얼마나 지끈거리던지!

페인티드 울프, 렉스와의 충격적인 대화를 마친 뒤 나는 졸음이 쏟아져서 방으로 돌아왔다. 하지만 뜻밖에 키란의 이중성을 알게 된 데다 위성전화를 확인하느라 제대로 자지 못했다. 이야보 장군이 전화를 걸었는지 몇 분마다 확인했지만 전화는 오지 않았다. 그래도 걱정이 되었다. 그러다 마침내 가까스로 잠이 들었을 때 내 걱정들이 꿈속까지 나를 따라왔다.

나는 사자 한 무리와 악어 두 마리가 영양 떼를 차지하려고 무시무시하게 싸우는 꿈을 꾸었다. 그런데 그 영양들은 세상에서 가장 무서운 포식자들과 마주했는데도 한 치도 물러서지 않았다. 얼마나 큰 깨우침을 주는 좋은 꿈인가!

나는 새로운 확신에 가득 차서 잠에서 깼다. 상황이 아무리 나빠 보여도 반격할 기회, 이길 기회는 분명히 존재한다. 나도 영양들처럼 이야보 장군, 키란과 싸울 것이다. 장군이 원하는 기능

들을 제공하는 동시에 그를 파멸시킬 교란기를 만들 것이다. 그리고 울프의 도움을 받아 키란이 부패한 사람이라는 사실을 폭로할 것이다.

흥분되는 마음을 렉스와 나누려고 돌아봤지만 렉스는 방에 없었다. 렉스가 쪽지를 남겨뒀는데, 캠퍼스 북쪽의 원형극장에서 만나 최종 과제에 대해 듣기로 했다고 적혀 있었다.

기숙사를 나온 나는 키란의 수수께끼를 풀지 못해 집으로 돌아가야 하는 슬픈 얼굴의 경쟁자들을 보고 속이 상했다. 아이들은 가방을 끌고 부모님의 차로 가거나 택시를 기다리고 있었다. 그들을 보니 가족이 그리워졌다. 하지만 금세 이야보 장군이 떠올라서 속이 부글부글 끓었다. 장군이 겁에 질려 사막으로 도망가게 만들고 싶은 마음이 어찌나 간절하던지!

몇 분 뒤, 북쪽 원형극장에 앉아 있는 렉스, 페인티드 울프, 앤지, 케니, 노르베르트와 그 외에 1단계를 통과한 아이들을 발견했다.

"툰데!" 렉스가 나를 보고 소리쳤다. "여기야."

울프도 미소를 짓더니 자리에서 일어섰다.

"잘 잤어? 시간 딱 맞춰서 왔네. 애들한테 널 소개해줄게. 나랑 렉스, 노르베르트, 앤지, 케니는 이미 알고…."

나는 모두에게 손을 흔들어줬다.

울프가 염소수염이 난 키 큰 남자애를 가리키며 말했다. "얘는 할릴이야."

"할릴 타우픽이야." 이집트 억양이 강한 말투였다. "조립공이지."

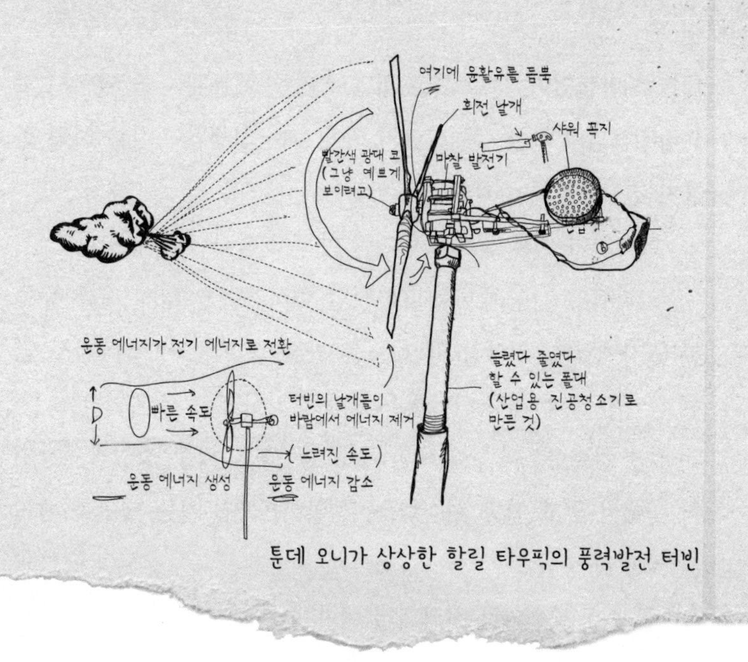

툰데 오니가 상상한 할릴 타우픽의 풍력발전 터빈

나는 그 애를 만나서 기뻤다. 내 마음에 꼭 드는 애였다. 할릴은 기계들을 제작하는데 대부분 수작업으로 만든다고 했다. 고향인 베니수에프에 직접 설계한 풍력발전용 터빈을 몇 개 세웠다는 얘기도 했다. 내 팀에 꼭 필요한 애였다!

울프가 다른 경쟁자들을 차례차례 소개했다.

"난 수학도야." 피오나라는 녹색 머리의 여자애가 자기소개를 했다. "불 대수에 푹 빠져 있지."

그다음은 붉은색 수염이 잔뜩 난 남자애였다. 이름은 에즈라, 나이는 열여덟 살이라고 했다. 지금까지 만난 가장 나이가 많은 참가자였다.

"난 이스라엘 텔아비브에서 왔어. 공학 담당이지. 5학년 때

탱크를 만들었어. 그걸 몰고 학교에 가곤 했는데 어느 날 실수로 교장선생님의 차를 들이받았지 뭐야. 교장선생님이 차를 하필 화물차 전용구역에 주차해놓은 바람에."

에즈라가 기분 좋게 웃었지만 아무도 따라 웃지 않았다.

그다음은 주근깨투성이에 까만 머리카락을 짧게 자른 뚱뚱한 남자애였다. 커다란 파란 눈을 가진 그 애는 내가 지금껏 만난 참가자 중에 가장 만만찮은 상대 같았다.

"난 앰브로즈야." 그 애의 목소리는 마치 로봇 같았다. "뉴저지 주에서 왔고 인공 시스템을 잘 알아. 군집 기능 연구를 즐기지. 주로 곤충들."

끝에서 두 번째는 작달막한 여자애였다.

"얘는 로사야." 렉스가 소개했다.

"안녕, 툰데!" 로사가 활짝 웃었다. "난 로지의 열혈 팬이야. 진짜로."

"그런 것 같네."

기쁨에 들뜬 로사의 표정을 보니 진짜 팬인 것 같았다.

"얜 짜증나는 애야." 케니가 내뱉었다.

"얜 밥맛이고." 로사가 되받았다.

어찌 된 영문인지 몰라 쳐다보니 렉스가 어깨를 으쓱했다.

"예전부터 알던 사이인가 봐." 렉스가 말했다.

"얜 도둑놈이야." 로사가 으르릉거렸다.

"얜 어리광쟁이고." 케니가 대꾸했다.

"둘 다 그만해."

울프가 끼어들면서 입씨름이 끝났다.

마지막은 머리를 길게 땋고 귀에 셀 수 없이 많은 피어싱을 한 여자애였다.

"난 레레티 페토야." 그 애는 강한 남아프리카 억양을 썼다. "우승하려고 여기 왔고 엄청난 실력을 발휘해서 우승할 거야. 난 게임 이론의 고수지. 너희들은 실망해서 집으로 돌아갈 준비나 해."

케니가 환호성을 질렀다. "난 얘 맘에 들어!"

그때 키란의 목소리가 울려 퍼졌다.

"다들 어떠신가요?"

우리는 일제히 그를 쳐다봤다. 키란에 대해 알고 나니, 그가 만난 사람들이 혼란과 파괴를 일으키는 동안 그는 맘껏 하고 싶은 일을 하며 돌아다닌다는 사실에 화가 났다.

"먼저, 다음에 뭘 할지 말씀드릴게요." 키란이 말했다. "지금 여러분 모두에겐 지도가 있습니다. 그건 캠퍼스의 약도예요. 캠퍼스 어딘가에 방이 있습니다. 방 안에는 플렉스 강화유리 금고가 있고 그 안에 랩톱컴퓨터가 있습니다. 지금으로부터 약 이틀 뒤인 제로 아워 때 여러분은 그 방에 들어가 금고를 깨고 랩톱컴퓨터를 해킹할 겁니다. 물론 반전이 있습니다. 여러분이 직접 그 방에 들어가 금고를 깨지 못합니다. 여러분 대신 그 일을 할 기계를 만들어야 합니다. 그 기계는 방에 들어가서 금고를 깬 뒤 랩톱컴퓨터의 USB 포트에 접속할 수 있어야 합니다. 세부적인 내용은 여러분의 상상력에 맡겨두겠습니다. 아무튼 모든 수단을 동원하세요. 원한다면 여러분의 기계로 다른 경쟁자들의 기계를 공격해도 됩니다."

키란의 말이 끝나자 긴 침묵이 이어졌다.

우리 중 누구도 지니어스 게임의 마지막 단계에 내재된 어려움은 생각해보지 않았다. 내가 처음 느낀 건 극도의 흥분이었다. 그런 엄청난 일을 할 수 있는 기계의 설계도가 머릿속에 팽팽 돌아서 어찔할 정도였다. 하지만 흥분은 오래가지 않았다. 교란기를 만들어 가족을 보호해야 한다는 걱정이 이런 황홀한 상상까지 금세 집어삼켜버렸다.

하지만 내가 제대로 찾아온 것만은 확실했다. 그 기계를 설계하는 건 특별한 경험이 될 테니까.

"먼저," 키란이 다시 입을 열었다. "팀을 나눠야 합니다. 네 명씩 세 팀이 있어야 해요. 자, 지금 시작하세요."

아이들이 곧바로 왁자지껄 떠들어대며 우왕좌왕했다.

나는 렉스 옆에 섰다. 렉스와 나는 같은 팀이 될 거라고 확신하며 서로를 쳐다봤다. 그때 울프가 휘파람을 불어 우리의 주의를 돌렸다.

"우린 서로에 대해 모르잖아." 울프가 원형극장 한가운데에 서서 입을 열었다. "하지만 내 생각엔 각자 가진 기술과 기대치에 따라 팀을 짜야 할 것 같아. 우린 뭔가를 해내려고 여기에 왔어. 그 점을 감안해서 나한테 몇 가지 아이디어가 있어."

울프의 리더십에 감탄하며 키란이 뒤로 물러났다.

"난 렉스하곤 같은 팀 안 할래!" 케니가 뒤에서 소리쳤다.

"툰데." 울프가 말했다. "넌 노르베르트, 앤지, 할릴과 함께 해. 너희들은 강력한 팀이 될 거야. 그리고 너희들은 렉스와 내가 할 수 없는 것들을 할 수 있어."

그 마지막 단어들의 의미는 분명했다. 우리 모두가 이길 수 있도록 내 팀이 우승을 해야 한다. 우리가 주축이 되어야 한다.

"좋지. 걔들이 나를 받아준다면."

노르베르트가 고개를 끄덕였다. 앤지는 미소를 지었고, 할릴은 나한테 주먹 인사를 하더니 조용히 속삭였다.

"페인티드 울프한테 들었는데 넌 음, 그러니까 이 게임 말고도 해야 하는 프로젝트가 있다면서? 뭐든 우리가 도와줄게. 말만 해."

"고마워, 친구. 정말 고마워."

울프가 이번에는 렉스를 쳐다봤다. "넌 내 팀에 들어오면 좋겠어. 괜찮아?"

렉스가 기쁨을 감추느라 애쓰며 대답했다. "좋아."

"또 누가 좋을까?"

렉스가 로사한테 다가갔다. "화학 전문가는 어때?"

로사가 기뻐서 소리를 꽥 질렀고 케니는 눈을 부라렸다.

"너희가 손해일걸." 케니가 딱히 누구에게랄 것도 없이 중얼거렸다.

울프가 앰브로즈를 보며 미소를 지었다. "네 번째 멤버가 되어줄래?"

"당연하지." 앰브로즈가 대답했다. "찰리와 난 환영이야."

"찰리라니?" 울프가 나머지 애들을 둘러보며 물었다.

앰브로즈가 누구를 말하는 건지 도무지 짐작이 가지 않았다.

"나중에 알게 될 거야." 앰브로즈가 싱긋 웃었다.

그때 케니가 벌떡 일어섰다.

"제정신이야? 다들 너희가 뭘 놓쳤는지 모르고 있네. 난 여기 있는 그 누구보다 뛰어나. 나를 안 뽑은 건 패배를 선택한 거나 마찬가지라고." 그러고는 지금까지 선택받지 못한 레레티, 에즈라, 피오나를 쳐다봤다. "그럼 난 애들이랑 같이 해야겠네."

울프가 물었다. "누구 이의 있는 사람?"

아무도 대답하지 않았다.

"어쨌든 너희들은 전부 지게 돼 있어." 케니가 말했다.

"당근이지." 레레티가 맞장구를 쳤다.

레레티와 에즈라가 하이파이브를 한 뒤 우리를 노려봤다.

이렇게 해서 팀이 결정되었다. 하지만 팀들을 살펴보면서 나는 여전히 걱정이 되었다. 가장 큰 걱정은 울프가 우리가 원하는 결과가 나오도록 두 팀을 주의 깊게 구성했다는 것이다.

렉스와 울프의 팀은 우승하진 않겠지만 정해진 목표를 달성할 것이다. 내 팀은 우승을 차지할 준비가 되어 있다. 하지만 울프는 케니가 만든 팀이 얼마나 공격적인지 미처 예상하지 못한 게 틀림없다. 그 애들은 악어처럼 강해 보였다.

제발 그냥 허풍이길!

17. 1

"그럼 이렇게 팀을 짠 건가요?"

키란이 우리의 팀원 선택에 당황한 듯 휘둘러봤다. 그러더니 내 옆에서 발을 멈추고 울프를 보며 말했다.

"흥미로운 선택이네요."

"왜죠?" 울프가 말했다. "우린 경쟁력 있게 팀을 짰는데요."

"당연히 그렇겠죠." 키란이 나를 쳐다봤다. "다음 단계로 들어가는 소감이 어떤가요, 툰데 씨?"

"저는 이기려고 여기 왔어요. 그게 전부예요."

"그러시길 기대합니다."

키란이 우리 모두를 바라보며 다시 입을 열었다.

"여러분은 목표를 알고 있습니다. 지금부터 여러분은 결승선까지 가는 트랙을 출발합니다. 금고를 찾으세요. 그걸 부수세요. 컴퓨터를 해킹하세요. 우승하세요. 쉽습니다, 그렇죠? 기계를 만드는 데 필요한 모든 건 각 팀에 할당된 세 곳의 공학 실험실에서 찾을 수 있습니다. 장비를 완벽하게 갖춘 실험실들이죠. 그 안에 있는 건 전부 마음껏 써도 됩니다. 자, 그럼 나한테 각 팀의 이름을 지을 영광을 주시겠습니까?"

그러고는 나를 가리켰다.

"여러분은 미트라 팀입니다. 인도에서 미트라는 우정의 신입니다. 여러분에게 딱 맞는 이름이라 생각되는군요. 이 팀의 실험실은 파슨스 빌딩 102호입니다. 여러분 모두가 금고가 있는 방을 찾을 수 있도록 돕기 위해 각 팀에게 단서를 드리겠습니다. 미트라 팀의 단서는 이것입니다."

키란이 우리한테 내민 건 나중에 알고 보니 '우정의 팔찌'라고 불리는 것이었다. 빨간색과 파란색 천을 엮은 팔찌였는데, 가운데에 커다란 유리구슬이 박혀 있었다.

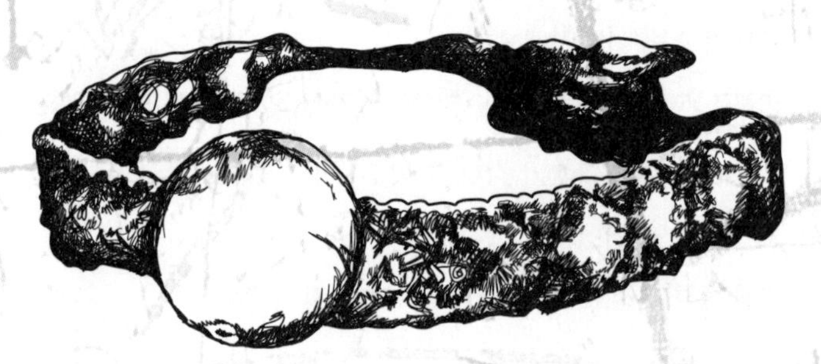

미트라 팀의 단서

키란은 렉스와 울프의 팀에겐 푸샨이라는 이름을 줬다.

"푸샨은 어디든 여러분이 있는 곳에서 다음 단계로 이끄는 여행의 수호신입니다. 전통적으로 푸샨은 사람들에게 부를 안겨준다고 합니다. 기대가 되네요. 여러분의 방은 파슨스 빌딩 105호입니다. 그리고 푸샨 팀의 단서는 이것입니다."

키란이 단서를 울프한테 내밀었다. 유리로 만든 열쇠였다.

푸샨 팀의 단서

키란은 케니가 이끄는 팀에겐 인드라라는 이름을 줬다.

"인드라는 폭풍우와 뛰어난 전사의 신입니다. 힘과 용기로 유명하죠. 이 팀에 잘 맞는 신으로 보입니다."

"딱 우리 팀이네요." 케니가 말했다.

"여러분의 실험실은 107호입니다. 그리고 단서는 이것입니다."

키란이 손전등을 케니한테 내밀었다. 케니가 손전등을 켜자 비가시광선이 나왔다.

나는 이 단서가 뭘 뜻하는지 궁금해졌다.

인드라 팀의 단서

"자, 이제 여러분은 들어야 할 얘기는 다 들었습니다. 곧 여러분 모두를 다시 만나겠습니다. 문제가 생기거나 혹시라도 팀을 바꾸기로 결정하면 주저하지 말고 이디스한테 연락하세요…."

키란은 울프를 보면서 느릿느릿 말끝을 길게 끌었다.

우리는 곧바로 짐을 챙겨 파슨스 빌딩의 공학 실험실로 달려갈 준비를 했다. 그런데 내가 미트라 팀과 함께 실험실로 가기 전에 울프와 렉스가 나를 한쪽으로 불러냈다.

"내부자 정보를 알려줄게." 내가 볼 수 있게 울프가 자기 휴대폰을 들어 올렸다. 디지털 나방을 이루는 수많은 0과 1에 파묻힌 도면의 정지화면이 보였다. "여기가 온드스캔 빌딩이야. 금고는 양자컴퓨터 아래층에 있어."

그러고는 이번에는 렉스를 보며 말했다. "오늘 밤 늦게 정찰 임무 어때?"

렉스가 고개를 끄덕였다. "좋아."

"고마워." 내가 말했다. "난 정찰에 빠져도 괜찮지? 금고털이 기계에 본격 착수하기 전에 교란기를 완성해야 하거든."

렉스가 대답했다. "넌 언제나 우리의 핵심 멤버야."

울프가 덧붙였다. "우리가 도와줄 거 있어?"

"아직은 없어. 지금은 내가 설계한 걸 만들기만 하면 되니까."

렉스가 미소를 지었다. "그럼 넌 너의 일을 해. 우리 도움이 필요하면 언제든지 말하고."

나의 일. 이 얼마나 멋진 말인가.

나는 바로 내 일을 할 것이다.

17.2

공학 실험실은 생각보다 컸다. 어마어마하다는 생각이 들 정도로. 실험실에는 필요한 모든 공학 도구가 갖춰져 있었다. 실험실 앞 의자에 도구 목록이 있어서 훑어보니 내가 모르는 도구들도 많았다.

우리는 금고털이 기계를 연구하기 시작했다.

"난 로봇공학을 생각하고 있어." 노르베르트가 방을 살피며 말했다.

"로봇공학은 언제나 옳지." 내가 대답했다.

"타이어도 필요해." 할릴이 덧붙였다. "우린 역습도 염두에 둬야 해."

"역습이라고?" 앤지가 웃었다. "진심이야? 누가 그런다고…."

"어, 케니 말이야?" 노르베르트였다. "걔는 확실히 공격형 인간이지."

"그럼 타이어와 방탄판." 할릴이 명확하게 정리했다.

노르베르트가 고개를 저었다. "그럼 시간이 너무 오래 걸릴 거야. 가볍게 가야 해."

"그럼 작게 가는 건?" 앤지가 제안했다.

"아니, 아니." 노르베르트가 싱긋 웃었다. "우린 크게 가야 해. 이 방에서 할 수 있는 한 가장 크게."

할릴이 고개를 끄덕였다. "얘 사고방식이 맘에 들어."

"나도 동감." 나도 동의했다. "강력하지만 너무 무겁진 않은 기계를 만들어야 해."

온갖 재료와 장비가 노르베르트와 할릴, 앤지한테 바로바로 영감을 준 반면 나는 놀랄 정도로 꽉 막힌 기분을 느꼈다. 아이들이 화이트보드에 설계도를 그렸지만 어느 것도 머릿속에 딱 들어오지 않았다. 아이디어란 단순할 때, 한 마디 설명 없이도 모든 사람이 알 수 있을 때 효과를 발휘한다. 이 완벽한 실험실에서 팀원들이 제시한 아이디어는 전부 뛰어났다. 특히 노르베르트는 금고를 털기 위한 독창적인 접근법 몇 가지를 내놓았다. 하지만 내겐 딱 와 닿지 않았다.

그 아이디어들은 너무 많은 설명이 필요했다.

다른 아이들이 전술을 토론하는 동안, 내가 힘들어하는 이유를 깨달았다. 이 실험실에서는 어느 쪽으로 눈을 돌려도 필요한 도구들이 보였다. 하지만 내가 만들어야 하는 기계는 만들 수 없을 것 같았다. 그 기계는 걸작이 되어야 한다. 내가 만든 최고의 기계가 되어야 한다. 하지만 그런 수준의 뭔가를 만들려면 내가 이해하는 도구들에 둘러싸여 있어야 한다. 내게 말을 거는 도구들. 입증된 도구와 재료들이 필요했다.

"얘들아."

내가 일어서자 모두가 나를 쳐다봤다.

"이곳에선 내가 해야 할 일을 제대로 해내지 못할 것 같은 기분이야. 여긴 너무 살균되어 있어. 모든 모험과 잔모래들이 제거되어 있어. 난 용도 변경된 자재들이 필요해. 이곳이 최첨단 시설이란 걸 알아. 하지만 난 창의력이 샘솟으려면 중고 자재들과 도구들이 필요해."

노르베르트가 앤지를 쳐다봤고, 앤지는 어깨를 으쓱했다.

"난 필요한 것들이 여기 다 있는걸." 노르베르트가 말했다.

그때 할릴이 내 편을 들고 나섰다. "네 기분 알겠어, 툰데. 난 이 근처에 살아. 네가 좋아할 만한 장소를 알고 있어."

"잘됐다. 어딘데?"

"캠퍼스에서 몇 킬로미터 떨어져 있어. 내가 데려다줄게."

그러자 노르베르트가 말했다. "난 여기 남아서 앤지랑 같이 프로그래밍 작업을 할게."

"고마워. 오래 걸리진 않을 거야."

나는 그렇게 말한 뒤 할릴한테 물었다.

"걸어가기 힘들까?"

"아니." 할릴이 대답했다. "내 사촌한테 버스가 있거든."

17.3

할릴보다 나이가 많은 사촌은 증기기관차처럼 건장했다. 이름은 왈리드. 나처럼 독학한 기계공이었다. 왈리드는 현대 기술로 작업하는 대신 옛 물건들에 관심을 집중했다. 우리가 아날로그라고 부르는 것들. 그는 진정한 제작자였다.

왈리드는 최근에 엄청나게 흥미로운 작업을 했다. 바로 구식 버스였다.

"내가 엔진을 직접 재조립했지."

왈리드가 학생회관 앞에 끌고 온 거대한 버스는 고대의 용처럼 시커먼 매연을 자욱하게 내뿜었다. 그걸 보니 동네 사람들이 이 땜장이를 좋아할 리 없겠다는 생각이 절로 들었다.

"난 이런 버스를 15대나 재조립했어. 전부 우리 집 진입로에 세워놨지." 버스로 향하면서 왈리드가 말을 이었다. "좌석들은 대부분 떼어냈어. 그러니까 알아서 꽉 붙잡아야 할 거야."

할릴과 내가 올라타자 왈리드는 도시를 가로질러 두 사람이 '쓰레기장'이라고 부르는 곳으로 버스를 몰았다. 우리는 녹슨 버스 안에서 이리저리 뒹굴었다. 엄청 재미있었다. 내가 들려준 나이지리아의 버스 얘기를 두 사람은 무척 흥미로워했다. 왈리드가 직업을 구하고 있고 멀리까지 갈 생각이 있다면 나이지리아에서 차세대 단포를 만들어도 될 것 같았다.

내가 그 쓰레기장을 보고 얼마나 감탄했는지 말로는 도저히 표현을 못 하겠다. 아키카 마을 근처의 고물상과 비슷했지만 27배쯤 더 컸다.

천국이었다. 진짜 끝내줬다.

할릴과 함께 금속 더미 사이를 걸어가는 동안 마주친 갖가지 멋진 기계들에 내 머릿속이 바쁘게 돌아갔다. 부서진 에어컨이 휴대용 냉장고로 탄생하고, 혼다 시빅 엔진이 협곡을 가로질러 물자를 전달하는 도르래 시스템이 되었다. 산산조각 난 팩스는 책 스캔 장치를 만들 부품이 되었다. 하고 싶은 게 너무 많았다. *세상에!*

나는 낡은 쇼핑 카트에 눈에 띄는 재료들을 닥치는 대로 담기 시작했다.

이런 내 모습을 보며 할릴이 미소를 지었다.

"여기가 맘에 쏙 드는구나, 그렇지?"

"그럼! 여긴 발명의 보물 상자야."

일단 필요한 건 낡은 휴대폰 안테나, 믹서 포트, 시계 발진기, 그리고 무선조종 비행기의 부품들이었다. 여기서 불과 한 시간 만에 손에 넣은 재료들을 생각하면 키란을 깜짝 놀라게 할 기계를 만들 수 있겠다는 확신이 들었다.

고물상을 막 나가려고 할 때, 부서진 컴퓨터 모니터 무더기 밑에 깔려 있는 것이 눈에 띄었다. 모니터들을 치우니 근사한 철물 조각이 나타났다.

"이게," 내가 말했다. "우리 기계가 될 거야."

원래 용도가 무엇이었는지 전혀 상상이 가지 않았다. 군수품 처리 로봇이었나?

작은 탱크 같은 기계의 옆에는 단어 하나가 굵은 글씨체로 장식되어 있었다.

약탈자.

나는 쓰레기들 사이에서 약탈자를 끌어냈다.

"내 생각엔 전투 로봇이었던 것 같아." 할릴이 말했다. "시합 같은 데서 사용한."

"어떤 시합?"

"로봇 전투. 공학도들이 이런 기계들을 만들어 철망 안에서 싸움을 붙여. 어떤 게 가장 잘 만들어졌는지, 가장 위협적인지 보는 거지. 가끔 텔레비전에서 중계도 해주는데 인기가 많아."

나는 내 귀를 의심했다.

"그냥 파괴의 목적으로 이렇게 정교한 기계를 만든단 말이야?"

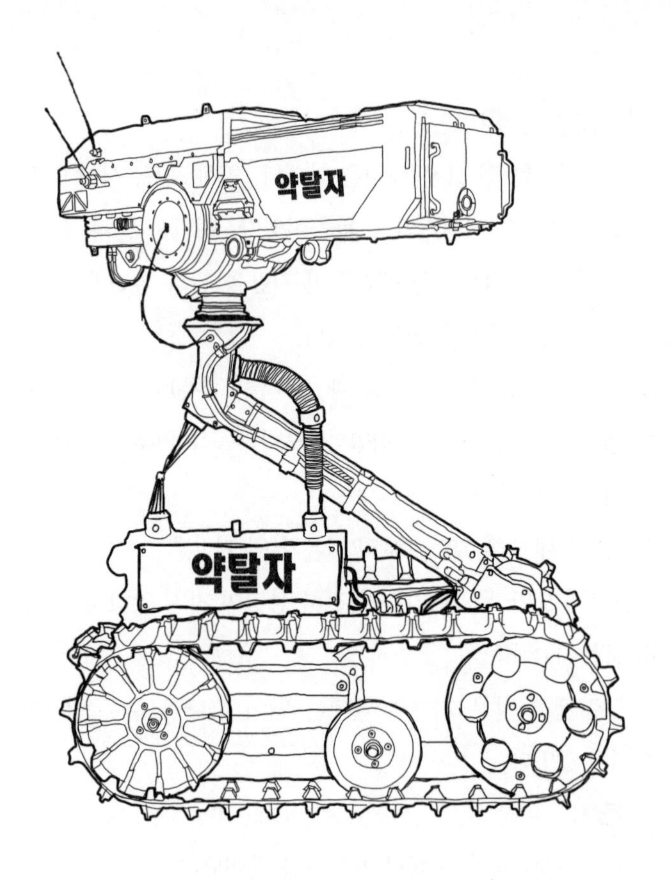

할릴이 고개를 끄덕였다.

"너무 야만적이다! 그럼 난 이 불쌍한 기계를 새롭게 부활시킬 거야. 약탈자를 에피코(Efiko)로 변신시켜서 전투 로봇이 아니라 성공과 지성의 로봇으로 만드는 거지."

"에피코가 뭐야?" 할릴이 물었다.

"아, 미안. 에피코는 '학구적'이라는 뜻이야. 난 이 파괴의 로봇을 사상가로 바꿀 거야. 이제 팔 하나만 더 찾으면 돼."

18. 카이

제로 아워까지 1일 19시간 12분

툰데의 팀이 떠난 뒤 나는 렉스를 옆으로 불렀다.

"내 슈퍼히어로 기술을 투입하는 게 어때?"

"무슨 말이야?" 렉스가 물었다.

"너와 나 둘이서만 키란의 비밀 방에 몰래 들어가기 딱 좋은 시간이야. 양자컴퓨터에 접근해서 워크어바웃을 돌리자. 난 또 다른 조사 작업들도 할 수 있고."

렉스가 싱긋 웃었다. "좋아."

우리는 다른 팀원들에게 렉스의 프로그램에 필요한 CPU 설계도를 구해야 하는데 기껏해야 한 시간 정도밖에 안 걸릴 테니 그 뒤에 만나자고 말했다. 로사와 앰브로즈가 그럼 자기네 기숙사 옥상에서 만나자고 했다. 바로 툰데와 렉스가 묵는 기숙사 바로 맞은편이었다. 좀 이상하게 들렸지만 앰브로즈가 그곳이 안전하다고 설명했다.

우리는 바로 팀원들과 헤어졌다.

"뭐부터 해야 할까?" 렉스가 물었다.

"키란은 사방에 카메라를 설치해뒀어. 우리가 문들을 통과하고 경보 장치들을 피할 수 있다 해도…."

"내가 경보 장치를 맡을게. 카메라는 네 전공이고."

"카메라가 실시간으로 영상을 전송하는지, 비디오테이프에 녹화하는지에 따라 달라져. 만약 카메라가 실시간으로 영상을 보내는 방식이고 누군가가 지켜보고 있다면 우리에겐 기적이 필요해. 그렇지 않다면 기록된 영상들을 뒤죽박죽으로 만들거나 데이터를 지우면 되지만."

"제발 녹화 방식이면 좋겠다."

그때 티베트의 한 마이크로블로거가 1년 전에 했던 인상적인 작업이 떠올랐다.

"생각났어. 야구모자, 발광다이오드, 전선, 9볼트 건전지 2개, 녹색 레이저만 있으면 돼. 실험실에서 레이저를 가져올 수 있지만 그럼 좀 위험할 수도 있어. 그걸 어디서 구하지?"

"그리 어렵진 않을 거야."

비디오카메라와 안면 인식 소프트웨어를 피하는 데는 기본적으로 세 가지 방법이 있다. 첫 번째는 전원을 차단하거나 카메라 렌즈를 부수거나 그 외에 물리적으로 손상을 입혀서 아예 카메라의 작동을 막는 것이다. 하지만 이 방법은 혼란을 일으키고 들킬 위험이 있다. 두 번째는 변장을 하는 것이다. 어쨌거나 변장이 필요하긴 하지만 내겐 다른 계획이 있었다. 세 번째는 가장 복잡하지만 가장 재미있는 방법이다.

렉스가 방에 들러 워크어바웃 하드드라이브를 가져온 뒤, 우리는 학교 맞은편에 있는 철물점에서 우리의 보안 차단 시스템을 만드는 데 필요한 것들을 전부 찾았다. 렉스는 보스턴 레드삭스의 야구모자를 골랐다. 내 것은 '자유의 종'이라는 글자가 적힌 모자였다. 지금 상황에 꽤 잘 어울리는 것 같았다.

나는 모자의 앞과 옆에 작은 구멍들을 뚫고 지그재그로 발광다이오드(LED)를 끼워 넣었다. 발광다이오드 10개를 쓰니 효과가 나타났다. 이걸 9볼트 건전지에 연결한 뒤 모자 뒤쪽에 붙였다. 별로 편안하지는 않지만 작동은 했다.

내 작업을 보고 렉스가 감탄했다.

"멋지다. 그럼 이젠 뭘 해?"

"의상이 필요해."

휘틀리 스포츠/피트니스 센터에 갔더니 문이 잠겨 있지 않았다. 그리고 사무실 근처 구석에 '분실물 보관소'라는 라벨이 붙은 옷상자가 있었다. 렉스는 옷가지들 중에서 오버사이즈 후드티를 집어 들고 주머니에 하드드라이브를 집어넣었다. 나는 스웨터와 청바지를 골랐다. 몸에 딱 맞진 않지만 그런대로 괜찮았다.

우리는 화장실에서 옷을 갈아입었다.

내가 화장실에서 나왔을 때 렉스는 아무 말도 하지 않았다.

"알아. 난 이런 걸 입고 영상을 촬영하진 않아."

"아니야." 렉스가 말했다. "잘 어울려… 편해 보여."

그 말이 칭찬인지는 잘 모르겠지만, 렉스의 눈은 간편한 차림을 한 내 모습에 사로잡혔다고 말하고 있었다. 렉스의 눈길이 계속 나한테 머무는 게 불편해서 팔꿈치로 렉스의 옆구리를 쿡 찔렀다.

"너, 꼭 중딩 같아."

나는 캠퍼스를 가로지르면서 모자가 어떻게 우리를 보호할지 설명했다.

"발광다이오드들이 그리 밝진 않지만 비디오카메라는 어떤 광원이라도 포착해. 카메라에 잡힌 발광다이오드들은 이글이글 타오르는 것 같을 거야. 우리가 폭발하는 태양을 머리에 단 것처럼 보이겠지."

"멋지다. 그다음엔?"

"그다음엔 녹색 레이저를 카메라에 쏠 거야. 빵. 그럼 CMOS 센서가 가려져 카메라 작동이 중단돼."

"와, 넌 진짜 스파이구나."

나는 선글라스를 살짝 내리고 렉스한테 윙크를 했다.

온드스캔 빌딩에 도착한 뒤, 우리는 뒤쪽의 적재구역으로 서둘러 걸어갔다. 렉스가 뒷문에서 걸음을 멈추고 보안 키패드 위로 손가락을 왔다 갔다 했다.

"침입 준비 됐어?" 렉스가 물었다.

나는 심호흡을 하고 대답했다. "준비 완료."

18.1

렉스의 실력은 결코 허풍이 아니었다. 문을 여는 데 딱 11초 걸렸으니까.

키패드를 자세히 살펴본 뒤 렉스가 말했다.

"이건 타탄 시스템이야. 고급 기술이고 상상도 못할 만큼 교묘하지. 전통적인 방식으로 암호를 해독하거나 버튼의 마모된 자국이나 지문을 찾아봤자 소용없어. 암호가 매일 바뀌거든. 하지만 암호가 필요 없을 가능성도 있어."

렉스가 키패드에 긴 숫자와 부호들을 입력했다. 그러자 찰칵하고 쇳소리가 들리더니 문이 부드럽게 열렸다.

"어떻게 한 거야?"

"세상에서 가장 똑똑한 사람들도 허술한 구석이 있는 법이지. 이 문을 설치한 사람은 아마 온드스캔에 첨단 보안 기술을 판매하면서 공장에서 설정한 기본 패스워드 삭제하는 걸 잊어버렸을 거야."

우리는 건물 안으로 들어갔고, 나는 모퉁이가 나타날 때마다 스파이처럼 주위를 살피며 길을 안내했다. 그리고 카메라를 지나갈 때마다 녹색 레이저를 쐈다. 레이저를 3초 정도 렌즈에 똑바로 비춘 다음 카메라가 작동을 멈추면서 내는 미세한 윙 소리를 듣기만 하면 되었다.

나는 로비에서만도 10대의 카메라를 껐다.

렉스는 이 모험을 굉장히 즐겼다. 영화에 나오는 스파이처럼 복도에서 공중제비를 하고 테이블 밑을 포복하는가 하면 텅 빈 복도를 대각선으로 질주했다. 꼭 바보 같았다. 하지만 렉스가 굉장히 신중하게 움직이는 건 인상적이었다. 렉스는 자기가 뭘 하고 있는지 정확히 알고 있었다.

나는 벽 뒤에 몸을 숨기고 엘리베이터들을 살펴보고 있을 때 렉스한테 조용히 물어봤다.

"이번이 처음 아니지?"

"테오 형이 나한테 몇 가지 요령을 가르쳐줬어."

"테오를 빨리 만나고 싶다."

렉스가 내 손을 잡았고 우리는 로비를 가로지르면서 모든 엘리베이터의 버튼을 눌렀다. 렉스가 양치식물 화분 뒤로 몸을 날리다가 화분을 넘어뜨렸을 때는 둘 다 웃음을 터뜨리고 말았다.

렉스가 몸을 일으키고 흙을 터는 걸 도와주는데, 렉스의 시선이 느껴졌다. 렉스가 내 얼굴을 뚫어져라 쳐다보고 있었다.

나도 모르게 얼굴이 빨개졌다.

"서둘러야 해."

"당연하지."

렉스가 갑자기 장난스러운 모습에서 집중하는 분위기로 바뀌었다. 나는 사실 렉스가 너무 가까이 다가오는 데 준비가 되어 있지 않았다. 렉스가 아는 건 페인티드 울프다. 내가 아니라.

렉스가 두 개의 문을 더 해킹한 뒤에야 우리는 계단에 도착해 양자컴퓨터가 있는 층으로 올라갔다. 나는 방 안의 모든 카메라를 주의 깊게 확인했다. 헤아려보니 15개였다.

마침내 양자컴퓨터를 본 렉스가 경외심에 무릎을 꿇을 뻔했다.

"내가 이 순간을 얼마나 오래 꿈꿔왔는지 알아?"

"너무 오래였지."

"그래, 너무 오래였어."

렉스가 양자컴퓨터에서 눈을 떼지 않은 채 유리 바닥을 걸어갔다. 그리고 컴퓨터 앞에 서서 거대한 금속 표면을 손가락으로 쓸어봤다.

“차가워. 이게 말도 안 되는 게 이 녀석은 냉장고도 녹일 만큼 어마어마한 열을 발생시키거든. 절연 작업을 기막히게 했을 거야.”

렉스가 입력 컴퓨터가 있는 랙과 USB 포트를 찾더니 바로 작업에 들어가지 않고 망설였다. 나를 쳐다보며 멋쩍은 웃음을 지었다.

“내가 불안을 느끼는 게 이상한 거야?”

“프로그램이 작동하지 않을까 봐 걱정돼?”

“아니. 작동할까 봐 걱정돼.”

“무슨 말이야?”

“난 테오 형을 찾으며 지난 몇 년을 보냈어. 그런데 형을 찾으면 어떻게 될까? 형이 내가 기억하는 그 사람이 아니면 어떡하지? 형이 나한테 말도 걸지 않는다면?”

“바보 같은 소리 하지 마. 테오는 네 형이야.”

렉스가 고개를 끄덕이더니 하드드라이브를 꺼내서 양자컴퓨터에 꽂은 뒤 작업을 시작했다. 렉스는 수십 개의 보안창과 관리자 화면을 해킹해 통과해야 했고, 그런 뒤 일련의 복잡한 패스워드와 맞닥뜨리고 잠시 작업을 멈추었다.

“이 패스워드들을 전부 통과한 다음 이걸 온라인에 올리는 방법을 알아내야 해. 키란은 여기에 새도 인터넷을 돌리고 있어. 코드가 복잡해. 대부분 숨겨져 있고. 프록시 연막 화면을 설치해서 들어간 뒤 또 다른 파이프라인을 설치해야 할 거야.”

“하지만 해낼 수 있지?”

“선택의 여지가 없어. 작업이 몇 분 걸릴 수 있어.”

"넌 할 수 있어. 내가 알아."

렉스가 씩 웃더니 다시 작업에 몰두했다.

렉스가 일하는 동안 나는 키란의 조타수 방으로 가서 잠금장치를 열었다. 안으로 들어가자 불을 켜고 선글라스를 내린 뒤 방 안을 돌아다니며 선글라스 카메라가 방의 이미지를 최대한 또렷이 포착하도록 천천히 훑어봤다.

캐비닛은 잠겨 있어서 열 수 없었지만 책상 위에 파일 몇 개가 놓여 있었다. 나는 바로 그것들을 훑어봤다. 한 파일에 '둥관 프로젝트'라는 라벨이 붙어 있었다. 둥관은 중국 남부에 있는 산업 도시다. 보스턴 인구의 열 배나 되는 사람들이 살지만 대부분의 미국인들은 아마 이름조차 들어보지 못했을 것이다. 그렇다면 이 이름이 가진 의미는 하나뿐이었다….

폴더에는 플로피디스크 하나만 들어 있었다. 플로피디스크는 미국에서 호랑이 담배 피우던 시절의 기술이지만 중국에서는 보안을 위해 여전히 그것에 정보를 보관하는 사람들이 있었다. 디스크는 검은색이었고 아무 라벨도 붙어 있지 않았다. 나는 혹시 뭔가 쓰여 있지 않은지 확인하려고 디스크를 불빛에 비춰봤다. 그 안에 뭐가 들어 있건 좋지 않은 내용인 건 분명했다.

"정보를 숨기기 좋은 방법이지."

갑자기 렉스의 목소리가 들려서 화들짝 놀랐다. 돌아보니 렉스가 문가에 서 있었다.

"나랑 같은 생각?" 렉스가 디스크를 보며 물었다.

렉스의 말이 맞았다. 나는 이 디스크가 우리 아빠와 관련이 없기를 기도했다.

"넌 준비됐어?"

내가 묻자 렉스가 휴대폰을 들어 올렸다. 화면에는 로딩 진행 표시만 나와 있었다. 2퍼센트였다.

"워크어바웃이 돌아가고 있어."

나는 절로 웃음이 나왔다.

"해냈구나, 렉스."

렉스가 함박웃음을 터뜨렸다. 몇 초 사이 렉스의 얼굴에 수많은 감정이 스쳐 지나갔다. 흥분, 즐거움, 슬픔, 그러다 몸의 모든 근육이 풀어지는 것 같은 안도감이.

"2년 만에 동굴 속에서 나와 햇빛을 본 느낌이야." 렉스가 말했다. "그만 여길 벗어나 툰데를 찾아보자."

18.2

우리는 약속 시간에 늦었다. 자갈이 깔린 옥상에 도착해 보니 로사가 혼자 앉아서 화학 교과서를 읽고 있었다.

우리는 로사 옆에 앉았다.

"재미있어?"

"시대에 뒤떨어진 책이야." 로사가 대답했다. "하지만 뭐랄까, 약간 힐링 푸드 같아. 난 오래된 책들을 읽으면서 오류를 찾아내. 시간 때우기 좋고 행복해지거든. 너희들이 프로그램이나 철물을 가지고 노는 거랑 비슷해. 알잖아, 그것들을 더 좋게 만들고 더 효과적으로 만드는 재미."

"우린 그러려고 노력하지."

"난 중국어를 말하거나 읽지 못하지만 로지가 하는 일은 하나도 빼먹지 않고 다 읽어. 전부 다. 너희들 블로그를 모두 팔로우 했지. 넌 대단해, 페인티드 울프. 내가 제일 좋아하는 부분은 네가 법을 어기고 무사히 빠져나가는 거야. 무법자 같아."

"난 무법자가 아니야, 로사."

로사의 표정에 의심의 기색이 역력했다.

"난 스릴을 즐기려고 그런 일을 하는 게 아니야. 그게 옳은 일이기 때문에 하는 거야. 대부분의 사람들은 부패를 외면해. 그건 다른 누군가의 문제라고 생각하지. 하지만 난 아니야. 우리 부모님은 시골 마을에서 도시로 오려고 등골이 빠지게 일하셨어. 법을 지키셨고 결실을 맺었어. 난 권력을 손에 쥐면 원하는 걸 그냥 가질 수 있다고 생각하는 사람들이 역겨워."

로사가 입을 딱 벌렸다.

"그럼 넌 슈퍼히어로에 더 가깝구나."

"울프는 진짜 슈퍼히어로야." 렉스가 몸을 숙이며 말했다. "울프는 변장도 하잖아, 안 그래?" 그러고는 윙크를 했다.

"어쨌든 난 페인티드 울프가 슈퍼히어로 이름으로 최고라고 생각해." 로사가 말했다.

잠시 후 앰브로즈가 한 손에 신발 상자를 들고 다른 손으로 접이의자 4개를 옮기느라 낑낑대며 나타났다. 렉스가 의자 옮기는 걸 도와줬고, 우리는 의자들을 놓고 앉았다.

"여기 좋지?" 앰브로즈가 물었다. "공기도 신선하고 전망도 좋고."

나무들 너머를 바라보고 있으니 집에 돌아온 것 같은 기분이 들었다. 그동안 워낙 많은 옥상에서 감시 작업을 하고 카메라 설치를 해봤지만, 이렇게 경치를 즐기기는 처음이었다.

"빅뉴스가 있어." 렉스가 말했다. "우리가 금고를 찾았어."

로사가 벌떡 일어서서 잠깐 기쁨의 춤을 췄고 앰브로즈는 감탄하며 그르렁거렸다.

"어디에 있는데?" 앰브로즈가 물었다.

"캠퍼스 건너편에." 내가 대답했다. "동북쪽 끝, 온드스캔 빌딩 4층에 있어. 거기서 다른 애들을 보지 못했으니까 우리가 일등일 거야."

"진짜 끝내준다. 대단해." 앰브로즈가 말했다. "우리가 할 수 있는 일에 대해 나한테 몇 가지 아이디어가 있어. 하지만 먼저 너희들 생각을 듣고 싶어."

"우리가 일단 랩톱에 접근하기만 하면 내가 방화벽을 깨트리는 소프트웨어를 만들 수 있어." 렉스가 말했다. "하지만 그 방에 들어가는 게 더 큰 문제야. 툰데처럼 기계를 만들 수 있는 사람이 우리 중에는 없는 것 같아. 내 말은, 우리가 단순한 것에 집중해야 한다는 거야. 쉬운 것."

"작은 것." 로사가 말했다. "은밀한 것."

"그 해결책은 우리가 가진 모든 기술을 결합한 형태가 될 거야." 내가 말했다. "코딩 이상의 것, 엔지니어링 이상의 것, 화학 이상의 것. 다른 팀들을 이용해 방에 들어가자. 내가 그리는 그림은 칭기즈 칸보다 이소룡 쪽이야."

로사와 앰브로즈가 얼굴을 찌푸렸다.

"이소룡 알아? 무술인 말이야. 몰라? 음, 이소룡 싸움 이론의 기본 개념은 공격이 아니라 방어야. 적들의 힘을 역이용하는 거지. 적들의 공격과 에너지를 나한테 유리하게 이용해. 난 물처럼 움직이고."

"맘에 드네." 앰브로즈였다.

"물은 순응하지. 그리고 순응하면서 자기가 닿는 것들을 변화시켜. 그래서 작은 개울이 산을 무너뜨릴 수 있는 거야. 자, 이런 식으로 생각하면 우리가 뭘 이용할 수 있을까? 뭘 만들 수 있지?"

"좋은 소식이 있어, 얘들아. 나한테 그게 이미 있어." 앰브로즈가 활짝 웃었다. "다른 팀들이 문을 열고 금고에 접근하게 놔두는 거야. 그럼 우리한테 필요한 건 방에 들어가 우리 USB를 금고와 랩톱에 꽂을 녀석뿐이야. 말하자면… 요런 거."

앰브로즈가 신발 상자를 열었다. 상자 안은 흙과 썩어가는 나뭇잎들로 가득 차 있었다. 앰브로즈가 안쪽을 헤집더니 손을 뺐다.

앰브로즈의 손바닥에는 커다란 딱정벌레 한 마리가 놓여 있었다.

사실, 나는 놀라서 펄쩍 뛸 뻔했다.

"이건 헤라클레스장수풍뎅이야." 앰브로즈가 미소를 지었다. "이름은 찰리."

"징그러워! 웬 곤충?" 로사가 피하면서 혀를 쑥 내밀었다.

"찰리는 장수풍뎅이야." 앰브로즈가 정정했다.

"이걸로 뭘 하려고?" 로사가 물었다.

"찰리가 USB를 옮길 수 있어. 그게 내가 여기 온 이유야. 이기건 지건 난 내가 뭘 할 수 있는지 세상에 보여줄 거야. 찰리가 뭘 할 수 있는지도."

"네가 찰리를 훈련시켰어?" 렉스가 물었다.

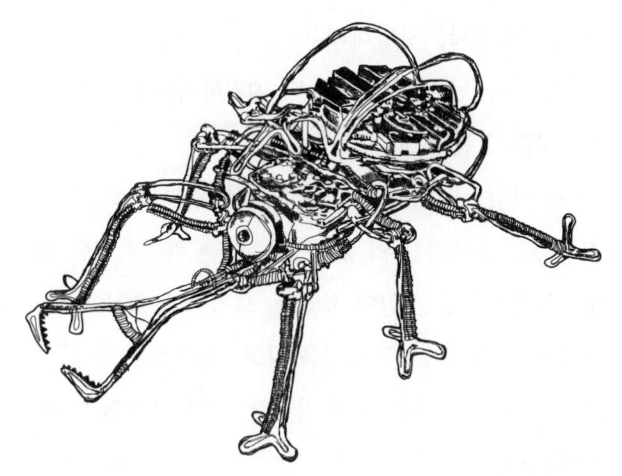

찰리의 다이어그램

"그렇기도 하고 아니기도 해."

그때 로사가 더 이상 참지 못하고 나섰다.

"저기, 난 이러려고 여기 온 게 아니야. 케니의 정체를 폭로하고 지구에서 가장 멋진 애들과 어울리려고 왔다구."

로사가 렉스와 나를 보더니 왔다 갔다 하기 시작했다.

"훈련받은 곤충을 데리고 제로 아워에 갈 수는 없어. 한마디로 너무 바보 같은 짓이잖아. 내 말은, 케니의 기계가 찰리를 깔아뭉개기라도 하면 어떡할 거야? 아니면 찰리가 달아나서 숨어버리면? 이건 절대 안 될 일이야."

"물론 그렇겠지." 얼굴이 빨개진 앰브로즈가 손을 떨면서 말했다. "하지만 난 지난 3개월 동안 찰리와 함께 노력해서 이걸 현실로 만들었어. 넌 세상 어디에서도 이런 걸 못 찾아. 다른 팀들은 조립에 시간을 다 쓰면서 기계를 만들 거야. 우린 그럴 필요 없다구!"

로사가 비웃었다. "황당하네."

"그렇지 않아! 난 너한테 아직 다 얘기하지도 않았어…."

"그게 무슨 상관이야!"

내가 두 사람 사이에 끼어들어야 했다. 앰브로즈의 말이 맞았다. 앰브로즈는 준비가 되어 있고, 우리에겐 삐쭉삐쭉한 많은 부분을 매끄럽게 다듬을 시간이 없었다. 로사가 동의하게 만들어야 했다. 그것도 빨리. 나는 그 방법을 알고 있었다.

"들어봐." 나는 로사를 보며 말했다. "앰브로즈의 아이디어는 독창적이야. 혁신적이지. 게다가 더 좋은 건 이미 완성돼 있다는 거야. 넌 그냥 우승만 원하는 건 아니잖아, 안 그래? 케니의 정체를 폭로하고 모두에게 네가 최고라는 걸 보여주고 싶어 하잖아."

로사가 곰곰이 생각하더니 고개를 끄덕였다.

"네 말도 일리가 있어. 그럼 네가 만든 걸 보여줘, 앰브로즈."

앰브로즈가 주머니에서 작은 기계 장치를 꺼냈다. 금속 배낭처럼 보이는데 크기는 곤충만 했다.

"찰리는 이미 전자적으로 연결돼 있어." 앰브로즈가 찰리의 등딱지에 기계 장치를 연결하며 설명했다. "찰리의 눈에 칩을 심고 그걸 내가 이 녀석한테 맞춰서 만든 마이크로 컨트롤러에 연결했어. 신호를 잡을 안테나도 설치했고. 걱정 마. 수술은 엄청

간단했고 찰리는 완전히 회복됐으니까."

"수술이라고?" 로사가 물었다. "곤충한테 수술을 했다고? 아, 미안. 장수풍뎅이한테?"

앰브로즈가 찰리를 자갈 바닥에 내려놓았다.

"그리고 난 휴대폰으로 찰리를 조종할 수 있어."

앰브로즈가 휴대폰을 꺼내서 앱을 열고 디지털 조이스틱을 움직이기 시작했다. 그러자 찰리가 어디건 앰브로즈가 원하는 방향으로 움직였다. 눈에 보이지 않는 실이 끌어당기는 것처럼.

모두를 대신해 내 입에서 감탄사가 튀어나왔다.

"헐!"

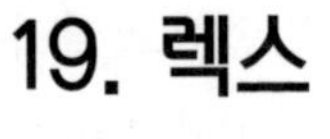

19. 렉스

제로 아워까지 1일 15시간 44분

앰브로즈와 찰리가 있어서 다행이었다.

모든 게 완벽하게 돌아가고 있었다.

워크어바웃이 작동되고 있었다…

나는 페인티드 울프와 일생일대의 오후를 보냈다…

우리 팀은 기계를 만들 필요조차 없었다…

덕분에 내겐 가장 친한 친구를 도울 시간이 넘쳤다…

이렇게 더할 나위 없이 만족스러운 때가 있을까?

앰브로즈의 프레젠테이션이 끝난 뒤 우리는 저녁을 먹고 다시 만나기로 했다. 나는 해킹 소프트웨어를 개발하는 임무를 맡았다. 앰브로즈는 로사와 함께 찰리를 미세하게 조정하는 작업을 하고 페인티드 울프는 우리의 전략을 개발하기로 했다. 그건 울프와 내가 툰데를 돕고 키란이 정말로 무슨 일을 할 작정인지 알아내는 데 시간을 보낼 수 있다는 뜻이다.

넷이서 좀 어색한 하이파이브를 한 뒤 우리 팀은 해산했다.

울프는 도서관에 가서 플로피디스크 드라이브가 장착된 구형 컴퓨터를 찾아 키란의 연구소에서 슬쩍한 디스크를 확인하고 싶어 했다. 나는 도서관까지 울프를 데려다주기로 했다.

날이 어두워지고 있어서 그림자가 길게 드리웠다.

울프와 나, 둘 다 아드레날린이 분비되어 몽롱하니 기분이 좋았고, 나는 걸어가는 내내 그런 기분에 취해 있었다. 몇 년 만에 처음으로 뭔가 잘될 것 같은 기분이 들었다. 어쩌면, 정말 만약이지만 내가 모든 일을 하지 않아도 될 것 같은 기분. 우주의 균형이 잡혀서 나한테 좋은 일들이 일어날 것 같은 기분. 지칠 대로 지쳐서 그런 생각을 하는 게 분명했다.

우리는 도서관 계단에 도착했다.

"그럼, 저녁 먹은 뒤에 만날까? 잘은 모르겠지만 아마 나중에 뭔가 재미있는 일을 할 수 있을 거야. 교란기는 툰데랑 내가 후딱 마무리할 수 있어. 그럼 우리가 늘 바랐던 것처럼 노닥거릴 수 있어."

"우리 너무 앞서나가지 말자." 울프가 미소를 지었다. "이건 시작일 뿐이야."

"이거라면…."

나는 울프가 나와 자기 사이를 말하는 건지 궁금해서 기색을 살폈다. 그렇게 생각하니 가슴이 뛰고 목덜미에 진땀이 났다.

"당연히 지니어스 게임이지."

"아, 그래."

나는 당황해서 웃음이 나왔다.

그래, 당연히.

어색한 침묵이 이어졌고 우리는 발끝만 내려다봤다.

"난 괜찮아." 마침내 울프가 입을 열었다. "그러니까 툰데를 돌봐줘. 난 툰데가 제일 걱정돼."

"툰데는 분명 해낼 테니까 걱정 마. 내 느낌인데, 우린 잘하고 있어. 이제 어떤 일도 잘못될 수 없어."

19.1

툰데는 방바닥에서 도구들과 갖가지 금속 조각들에 둘러싸여 위성전화기를 노려보고 있었다.

"왜 실험실에 안 갔어?"

"거기선 머리가 먹통이 돼. 너무 넓어. 너무 깨끗하고."

툰데에겐 말이 되는 소리였다.

"이야보 장군이 다시 전화를 안 하네. 하지만 당장이라도 전화가 올까 봐 겁이 나."

"괜찮아." 나는 툰데 옆에 앉으려고 물건들을 치우며 달랬다. "바로 네 곁에 전화기가 있잖아. 필요하면 네가 작업하는 동안 내가 전화기를 지켜볼게."

툰데가 진심 어린 눈빛으로 나를 쳐다봤다.

"고마워, 친구. 진심으로."

"고맙긴. 자, 그럼 지금까지 한 걸 보여줘."

툰데가 시제품을 들어 올렸다. 아직 케이스도 없고 철사와 전선으로 뒤덮인 상태였지만 그것만 봐도 장군이 딱 원하는 기계가 될 것임을 알 수 있었다.

"난 결심했어, 렉스. 내가 장군이 요구하는 걸 갖다 바쳐야 한다곤 생각하지 않아. 완전 그대로는 안 돼. 장군이 내가 만든 걸 공격과 테러 행위에 사용한다면 양심에 찔려서 어떻게 살 수 있겠어? 오펜하이머가 핵무기를 봤을 때와 같은 기분일 거야."

툰데의 말이 옳았다. 하지만 그랬다간 툰데가 더 큰 위험에 처할 수도 있다.

"웃기다고 생각할 수도 있겠지만 난 울프를 보고 많은 자극을 받았어. 울프는 옳은 일을 하기 위해 늘 싸우잖아. 나도 그러고 싶어. 난 장군이 머릿속에 그렸던 대로 잘 작동하는 것처럼 보이지만 실제로는 그렇게 작동하지 않는 교란기를 만들 거야. 장군이 만족해서 우리 마을을 떠나게 하는 동시에 장군을 속이는 거지."

"대단해. 그럼 시작하자."

"그보다 먼저," 툰데가 내 말을 가로막았다. "정찰한 얘기 좀 해봐. 기대만큼 성공했어?"

"좋은 소식이 있어."

"뭔데?"

"양자컴퓨터에 워크어바웃을 띄워서 작동시켰어."

"와우, 진짜 대박이다!" 툰데가 펄쩍 뛰어오르면서 소리쳤다. "정말 잘됐어. 우린 대체 뭘 하고 있는 거야. 축하를 해야 하는 시간에 여기 앉아 내 걱정이나 듣고 있다니. 너한텐 굉장한 순간이잖아, 친구. 넌 이제 형을 찾을 거야!"

"나, 진짜 보람을 느껴."

"당연히 보람 있지! 그럼 이제 나랑 같이 교란기를 만들자."

툰데는 필요한 재료들을 배낭에 담아 왔다. 고물처럼 보이는 게 많았고 툰데도 고물상에서 찾은 것들이라고 인정했다. 하지만 툰데가 그 재료들을 이용해 작업하는 모습을 보니 놀라웠다. 툰데는 건설 중인 건물의 영상을 빠르게 돌리는 것처럼 휙휙 움직였다. 한 번도 쉬지 않았고, 양손이 자동으로 돌아가는 것처럼 움직이며 제각기 할 일을 했다.

툰데가 케이스와 하드웨어를 만드는 동안, 나는 소프트웨어에 집중했다. 내가 툰데만큼 빠르지 않다는 걸 알지만 그래도 툰데가 두 시간도 안 되어 완성된 버전을 내놓았을 땐 충격을 받았다.

실용적인 부분만 놀라운 게 아니었다. 툰데는 교란기가 좀 더 견고해 보이도록 종과 호루라기를 달았다. 심지어 방수 및 충격 방지 처리가 된 케이스 안에 교란기를 설치했다. 툰데가 그렇

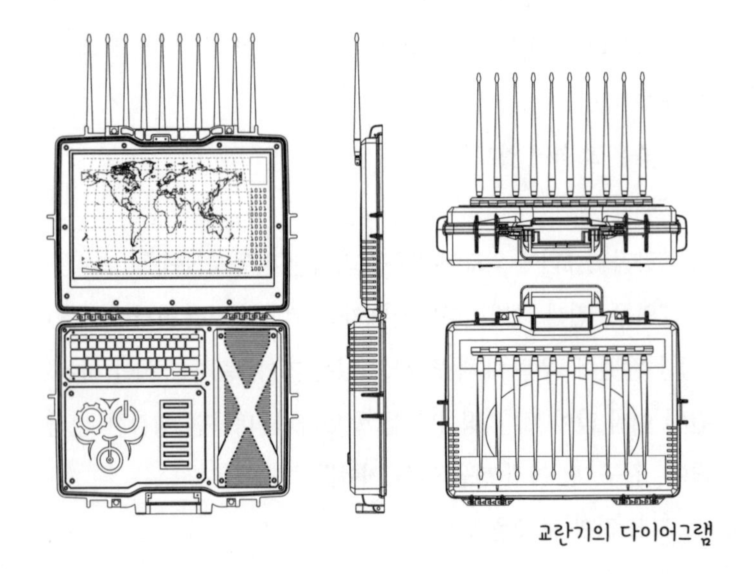

교란기의 다이어그램

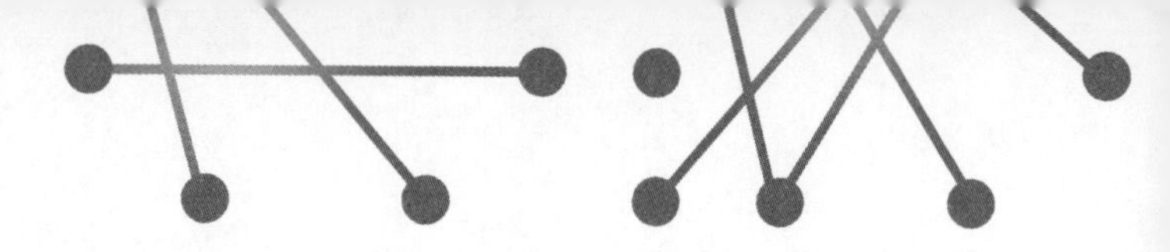

게 큰 걸 들고 어떻게 비행기를 탈지 걱정이었다.

"나한테 두 시간만 더 줘. 널 위한 소프트웨어를 후딱 대령할게."

툰데가 교란기를 자기 침대 밑에 밀어 넣은 뒤 씩 웃었다. 그렇게 만족스러운 미소는 생전 처음 봤다.

그때 요란하게 문을 두드리는 소리가 들렸다.

문을 여니 이디스가 심각한 얼굴로 서 있었다.

"할 얘기가 있어요." 이디스가 말했다.

"무슨 일이죠?"

이디스는 눈도 깜빡이지 않고 말했다. "문제가 있어요."

"큰 문제인가요?"

"두 사람 모두 여기서 쫓겨날 겁니다."

19.2

5분 뒤, 우리는 학생회관의 한 사무실에 앉아 있었다.

이디스가 맞은편에 앉아 우리를 쏘아봤다.

"여러분 중 한 명이, 아마 둘 다겠지만 부정한 방법으로 여기에 왔어요."

툰데가 걱정과 두려움에 엉망이 된 얼굴로 몸을 숙였다.

"지금 무슨 말씀을 하시는지 모르겠네요. 난 여기에 있어야 해요. 게임에 참가해서 이겨야 해요."

이디스는 아랑곳하지 않았다.

"당신이 부정한 방법으로 여기에 왔다면 게임에 참여할 수 없습니다."

"하지만 우린 둘 다 지니어스 게임의 초대장을 받았어요. 당신은 초대자 목록에서 우리 이름을 봤잖아요. 뭔가 혼동하신 게 분명해요. 우린 나쁜 짓을 하지 않았어요."

"혼동하지 않았습니다." 이디스가 잘라 말했다.

목이 콱 메어왔다.

어떻게 알았지?

내가 어쩌다 일을 망쳐버린 거지?

게다가 만약 법적인 파장까지 있다면? 부모님까지 이 문제에 끌어들이면 어떡하지? 내가 집으로 보내지고 부모님이 강제 추방을 당한다면?

난 모든 걸 잃을 수도 있어.

이디스가 태블릿 컴퓨터를 집어 들고 창 몇 개를 열더니 우리 쪽으로 밀었다. 화면에 보안 보고서와 강조 표시가 된 코드 몇 줄이 보였다.

"정기 점검을 하던 중 이틀 전에 침입 사실을 발견했습니다. 누가 침입했건 흔적을 감쪽같이 감췄어요. 하지만 완벽하진 않았죠. 모든 데이터를 자세히 살펴보느라 시간이 좀 걸렸지만, 아래에서 두 번째 줄의 코드를 보세요. 뭔가 알아차린 게 있나요?"

우리는 태블릿 화면의 코드를 훑어봤다.

점점 더 목이 메어왔다.

툰데가 말했다. "난 이게 뭔지 몰라요."

"렉스는 어떤가요?" 이디스가 나를 봤다.

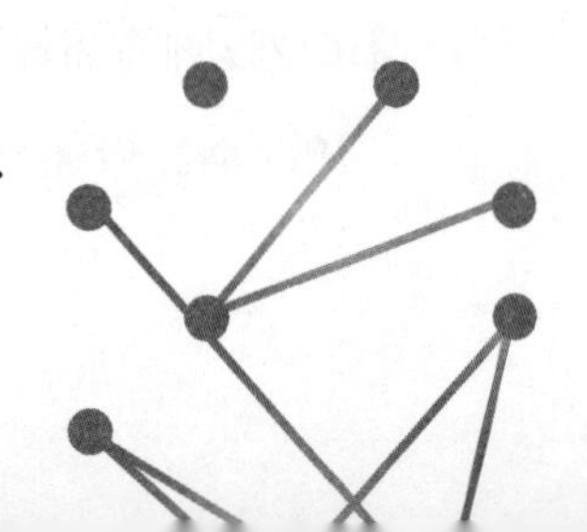

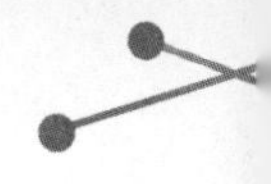

"이건 로그 파일이에요. 사이트에서의 활동, 들어가고 나간 이력을 보여주죠."

"그리고요?"

"그리고 로지 계정을 사용하는 누군가가 이 페이지에 들어왔어요."

이디스가 내 눈에 시선을 고정한 채 의자에서 몸을 뒤로 젖혔다. 툰데가 충격과 실망으로 입을 딱 벌리고 나를 쳐다봤다.

"렉스?" 툰데가 물었다.

변명할 말이 없었다.

이제 끝이다. 내가 결과를 책임져야 한다. 상황이 더 나빠지기 전에 내가 처리해야 한다.

우리 가족을 지켜야 해.

"제가 사이트를 해킹했어요. 툰데는 이 일과 아무 관련 없어요. 전혀 몰랐어요. 페인티드 울프도 마찬가지고요. 키란과 얘기하겠습니다."

나는 비틀거리며 이디스의 사무실을 나왔다.

툰데는 충격에 빠져 있었다. 처음에는 내 말을 못 믿고 착오가 있었던 게 분명하다고 생각했다. 내가 한 말이 사실이라고, 부정한 방법을 써서 지니어스 게임에 왔다고 확인해주자 툰데는 상처받은 것처럼 보였다. 이디스의 사무실을 나오면서 나는 툰데한테 사과하고 내가 상황을 바로잡겠다고 말하려 했다. 하지만 툰데는 고개를 절레절레 저으며 가버렸다.

"네가 어떻게 그럴 수 있어?"

당연히 툰데의 말이 맞았다.

내가 툰데를 배신했어. 내가 로지를 배신했어.

이디스가 어디로 가면 키란을 만날 수 있는지 알려줬다. 키란이 나를 기다리고 있다고 했다.

캠퍼스를 가로질러 키란의 아파트로 가면서 발걸음을 뗄 때마다 죄책감과 후회가 밀려왔다. 키란이 사는 건물에 도착했을 때는 내가 저지른 잘못을 만회하기 위해 무슨 일이든 하겠다는 결심이 섰다.

내가 상황을 바로잡아야 해.

20. 툰데

제로 아워까지 1일 14시간 5분

가장 친한 친구가 나를 곤경에 빠트리다니!

이디스를 만난 뒤 나는 뭘 해야 할지 몰라 갈팡질팡했다.

어떻게 렉스가 우리를 배신할 수 있지?

이 문제를 얘기할 수 있는 유일한 사람을 만나야겠다는 생각이 들었다. 나는 도서관 서가에서 페인티드 울프를 찾았다. 울프는 아키카 마을에 있는 내 컴퓨터와 비슷한 구형 컴퓨터 앞에서 작업하고 있었다. 녹색 가발과 색을 맞춘 형광 녹색 선글라스를 쓰고.

울프는 내가 단단히 화가 나 있다는 걸 한눈에 알아차렸다.

"무슨 일이야? 괜찮아?"

나는 괜찮지 않고 우리의 모든 계획이 물거품이 되기 일보 직전이라고 대답했다. 그리고 렉스가 한 짓을 들려줬다. 그런데 울프의 반응이 너무 뜻밖이라 깜짝 놀랐다.

"완전 멋지다! 대박이야." 울프가 활짝 웃으며 감탄했다.

나는 어안이 벙벙했다.

"하지만 렉스는 모든 걸 망칠 뻔했어!"

나는 울프가 나한테 그렇게 말했다는 게 믿기지 않았다. 내가 게임에서 쫓겨날 뻔했는데. 만약 정말로 쫓겨나면 부모님과 아키카 마을이 그 대가를 치를 것이다. 지니어스 게임에서 렉스가 저지른 부정행위는 도저히 용납이 안 되는 위험한 짓이다.

"툰데, 렉스는 도우려고 여기 왔어. 렉스가 엄청난 모험을 했다는 건 알아. 하지만 좋은 의도로 한 거야. 렉스는 네가 우승하길 원했고 그걸 위해 뭐든 할 각오가 되어 있었어."

"하지만 너무 위험한 짓을 했어. 렉스 때문에…."

나는 심호흡을 하며 감정을 좀 가라앉혔다. 걱정과 두려움이 들끓어 올라 마음속에서 치열한 싸움을 벌였고, 한참 동안 집중해서 생각한 뒤에야 상황을 신중히 살펴볼 마음 상태가 되었다.

"좋아. 전혀 희망이 없는 건 아니야. 울프, 네 말이 맞아."

"바로 그거야. 그런데 렉스는 지금 어디 있어?"

"키란을 만나러 갔어. 렉스가 자청했어. 해킹했다는 걸 인정하고 운명을 받아들이려고."

"그럼 렉스가 쫓겨난다고 생각해야 하는 건가?"

"모르겠어. 이제 어떡하지?"

울프가 잠깐 생각에 잠겼다.

"렉스는 자기가 무슨 일을 하는지 알고 있어. 우린 개의치 말고 움직여야 해. 넌 돌아가서 너희 팀과 작업해. 교란기 제작은 어떻게 돼가고 있어?"

"잘돼가고 있어."

"미트라 팀은?"

"미트라 팀은 훌륭해. 그런데… 난 지금 일어난 일에 너무 충격을 받았어. 렉스가 어떻게 됐는지 알기 전까지는 집중이 안 될 것 같아."

"집중해야 해. 지니어스 게임이 바로 내일 오후야."

"알아. 하지만… 넌 엄청 속상하지 않아?"

"우린 이 일을 잘 헤쳐 나갈 거야, 그렇지? 툰데 넌 똑똑한 애잖아. 착하고. 넌 내일 우승할 거야. 챔피언이 돼서 집에 돌아갈 거야. 그리고 교란기를 완성할 거야. 네 가족은 안전할 거야. 지금은 그게 중요해. 알겠지? 나머지 일은… 나중에 해결하자."

나는 울프를 껴안았고, 그러자 곧 마음이 놓였다.

"너랑 얘기하길 잘했어. 정말 고마워."

내가 일어나서 가려 하자 울프가 붙잡았다.

"네 일거리를 추가하려는 건 아니고, 뭘 좀 봐줄래? 이건 키란의 사무실에서 가져온 디스크인데, 키란이 중국에 온 이유와 관련 있는 것 같아."

"그렇겠지."

울프가 내 주의를 컴퓨터 모니터로 돌렸다.

화면에는 공장으로 보이는 곳의 청사진이 떠 있었다. 하지만 기술 정보가 전부 중국어로 되어 있었다.

"이게 뭔지 알아?"

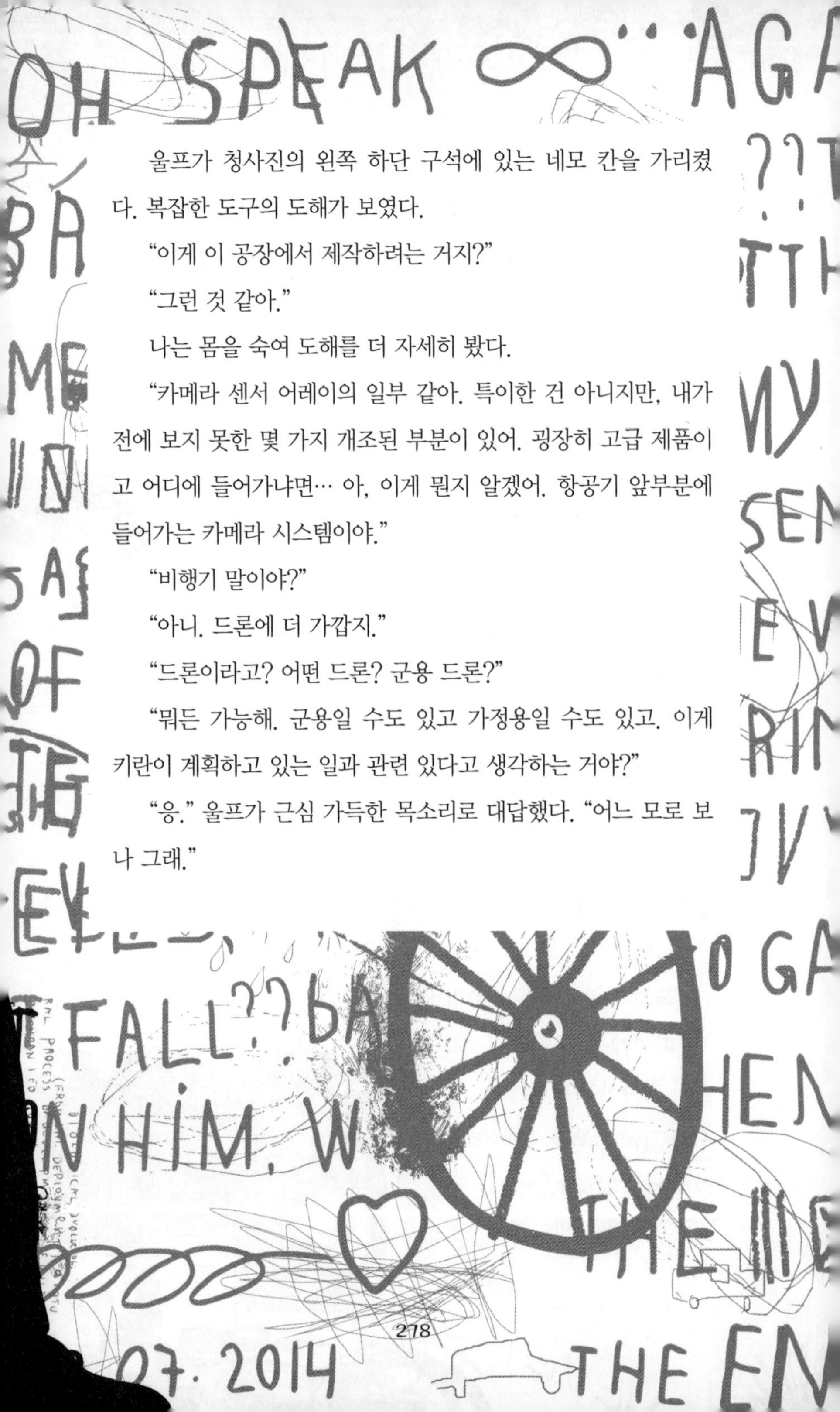

울프가 청사진의 왼쪽 하단 구석에 있는 네모 칸을 가리켰다. 복잡한 도구의 도해가 보였다.

“이게 이 공장에서 제작하려는 거지?”

“그런 것 같아.”

나는 몸을 숙여 도해를 더 자세히 봤다.

“카메라 센서 어레이의 일부 같아. 특이한 건 아니지만, 내가 전에 보지 못한 몇 가지 개조된 부분이 있어. 굉장히 고급 제품이고 어디에 들어가냐면… 아, 이게 뭔지 알겠어. 항공기 앞부분에 들어가는 카메라 시스템이야.”

“비행기 말이야?”

“아니. 드론에 더 가깝지.”

“드론이라고? 어떤 드론? 군용 드론?”

“뭐든 가능해. 군용일 수도 있고 가정용일 수도 있고. 이게 키란이 계획하고 있는 일과 관련 있다고 생각하는 거야?”

“응.” 울프가 근심 가득한 목소리로 대답했다. “어느 모로 보나 그래.”

21. 카이

제로 아워까지 1일 13시간 49분

나는 죽기 살기로 조사에 뛰어들었다.

중국에서의 드론 생산과 관련된 정보를 빠짐없이 다 긁어모았고, 만다린어와 광둥어, 프랑스어, 영어 등등 내가 아는 언어로 된 기사는 몽땅 읽었다. 가장 먼저 해야 할 일은 탐색 기준을 좁혀 드론용 카메라를 생산하는 업체들을 표적으로 삼는 것이었다. 그런 업체가 수십 개에 이르렀고 그중 많은 업체가 중국에 자회사를 두고 있었다. 이 업체들을 전부 살펴봤지만 대부분 상업용 제품을 생산하고 있었다. 툰데는 이 카메라가 개조되었고 고급 기술이라고 했다. 카메라 연구 분야의 최첨단 업체를 찾아야 했다.

아니나 다를까, 방위산업체들을 위한 카메라 어레이를 설계하는 전문 업체를 몇 군데 찾아냈다. 전부 둥관에 있었다.

나는 위성 데이터를 설계도와 연결시켜서 특히 한 공장에 초점을 맞추었다. '와이즈 아이 인터내셔널'이라는 곳이었다. 이 업체는 정보가 거의 없는 기본적인 웹사이트밖에 없었지만 본격적인 작업에 착수하기에는 충분했다.

보스턴과 중국의 시차가 거의 12시간이라는 걸 감안하면 나는 운이 좋았다. 마침 마이크로블로거 친구인 로저 도저가 온라인에 접속해 있었기 때문이다.

페인티드 울프 로저, 부탁 하나 들어줄래?

로도 너 괜찮아?

페인티드 울프 난 괜찮아. 지금 약간 돌 것 같지만. 부탁이 있어. 둥관에 있는 와이즈 아이 인터내셔널이란 공장에서 뭘 만들고 있는지 알아야 해. 도와줄래?

로도 마침 때를 잘 맞췄네. 지금 올스타를 만나고 있거든. 올스타 알아? 미친 사람이지. 완전 뛰어난 해커에 엔지니어.

페인티드 울프 당연히 알지. 나 대신 안부 전해줘.

올스타 어이, 울프. 잠깐 기다려봐. 한번 살펴볼게.

페인티드 울프 고마워 올스타. 고마워 로저.

로도 내가 찾아낸 바로는, 그 공장은 카메라 물품을 생산하는 것 같은데. 주로 렌즈. 그리고 드론 바닥에 달아서 360도 촬영하는 버블캠.

페인티드 울프 그 외에는? 내부 문서에 뭔가 새로운 거 없어? 몇 주 전까지 올라가봐도?

올스타 아, 그래, 미국의 시바 테크라는 회사에서 신규 주문을 넣었네.

로도 시바 테크에 대해선 정보를 못 찾겠어. 웹사이트도 없고. 아무것도 없어.

페인티드 울프 그 수수께끼 같은 회사에 관해 와이즈 아이에도 정보가 없어? 이 회사는 중국에서 뭘 하고 있는 거지?

올스타 기다려봐… 더 깊이 파봐야 할 것 같아…

나는 시바 테크가 키란의 회사라는 걸 바로 알아차렸다. 아마 명의뿐인 회사이거나 온드스캔에서 분리한 회사일 것이다.

페인티드 울프 어떻게 됐어?

올스타 다 돼가…

로도 언제 널 다시 볼 수 있어?

페인티드 울프 곧. 아마 다음 주쯤.

로도 잘됐네. 그 마지막 비디오 말이야, 끝내줬어.

올스타 좋아, 좋아. 알아냈어. 시바 테크는 교묘히 숨겨져 있어. 하지만 인도의 온드스캔이란 대기업에 속한 회사야. 좀 이상하네. 왜냐면 이 두 회사는 정확히… 잠깐만, 여기 뭔가가 있네. 잠시 후 돌아올게.

나는 애를 태우며 몇 분을 기다렸다. 시바 테크는 뭘 하고 있는 걸까? 아빠와 어떤 관련이 있는 걸까? 그러다 마침내 올스타가 돌아왔다.

올스타 그 드론들은 사람들의 휴대폰 통신을 염탐하도록 프로그래밍 되어 있어. 미쳤군. 이런 건 처음 봐.

페인티드 울프 스파이 소프트웨어네.

올스타 그것들은 정보를 빨아들여. 지나치는 통신 탑들에서 그냥 휙 가져가. 아마 이메일도 그러겠지.

페인티드 울프 너희 둘 다 고마워. 다음에 보자.

로도 계속 본때를 보여줘, 울프.

올스타 신나게 즐겨, 친구!

시바 테크는 휴대폰 통신과 이메일을 수집하는 스파이 소프트웨어를 만들었다. 그 말은 키란이 스파이 소프트웨어를 탑재할 드론을 구하려고 중국에 왔다는 뜻이다. 그러자 키란이 이에 관해 이미 나한테 말했다는 생각이 들었다. 온드스캔을 견학시켜주면서 양자컴퓨터를 보여줄 때 키란은 시바에 관해 언급했다. 시바 테크의 그 '시바'.

키란이 말하지 않은 건 우리 팀들한테 이름을 붙여줄 때처럼 이 프로그램들의 이름을 힌두교 신들을 따서 지었다는 것이다. 라마는 힌두교에서 질서와 이성, 미덕의 신이다. 반면 시바는 파괴와 변화의 신이다.

시바 테크와 드론, 이것 때문에 키란이 중국에 왔다는 건 확실했다. 키란은 나한테 시바를 통해 부패한 정부와 기관 들을 붕괴시킬 거라고 말했다. 키란 같은 사람이 그런 파괴적인 힘을 이용할 수 있다니, 상상도 하기 싫었다. 드론용 해킹 소프트웨어를 만들었다고? 이야보 장군 같은 사람을 만나고? 퍼즐의 조각들이 맞춰지면서 분명 추한 그림이 드러나고 있었다.

그리고 어찌 된 일인지 아빠가 그 일에 연루되어 있었다.

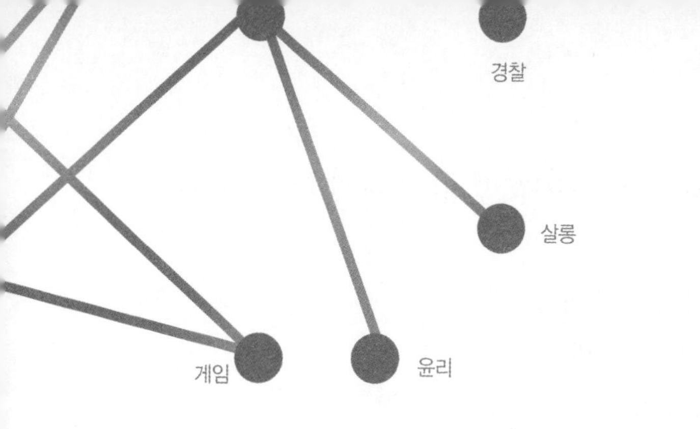

22. 렉스

제로 아워까지 1일 11시간 28분

"뛰어난 컴퓨터 프로그래머는 뛰어난 해커라고 보통 생각하죠. 하지만 틀린 생각이에요."

자정이 넘은 시각, 키란은 보스턴 컬렉티브에서 몇 블록 떨어진 자기 아파트에서 내 맞은편에 앉아 있었다. 초현대식 건물의 15층에 있는 키란의 아파트는 극도의 미니멀리즘으로 꾸며져 있었다. 가구들은 낮고 벽에는 아무것도 걸려 있지 않았다. 색채는 흰색과 미색, 회색을 사용했다.

키란은 맨발에 책상다리를 하고서 소다수를 홀짝거렸다. 키란이 마실 것을 건넸지만 나는 속이 꼬인 듯이 울렁거렸다.

"문제는 해킹에 진짜 성공하려면 특정한 성격이 필요하다는 거예요. 당신은 신경 쓰지 않는 법을 배워야 해요. 솔직히 말해 당신은 너무 신경을 많이 써요. 그게 결점이 되진 않아요. 오히려 플러스죠. 난 범인이 당신인 걸 알고 있었어요. 첫날부터."

"그런데 왜 그대로 뒀죠?"

"당신에겐 재능이 있으니까요. 당신은 어떤 면에선 나를 보는 것 같아요."

"그래서 전 짐을 싸야 하나요?"

"그건 당신 결정에 달려 있어요."

나는 혼란스러워졌다. *이게 무슨 뜻이지?*

"경찰을 부를 건가요?"

키란이 고개를 저으며 안쓰럽다는 듯 나를 쳐다봤다.

"당연히 아니죠." 키란이 일어섰다. "당신이 만났으면 하는 사람들이 위층에 있어요. 가서 더 얘기를 나눕시다."

우리는 엘리베이터를 타고 펜트하우스로 갔다.

키란은 여전히 맨발이었다.

엘리베이터를 타고 3층을 올라가는 짧은 시간 동안 나는 오늘 일어난 사건들을 떠올려봤다. 불과 몇 시간 만에 내 정신은 여름에서 겨울로 훌쩍 건너뛰었다. 나는 툰데와 얘기해서 해명을 하고 싶었다. 울프가 어떻게 생각할지도 궁금했다. 울프가 이해해줄까? 누가 그런 짓을 이해해줄까?

문이 열렸고, 우리는 사람들이 붐비는 라운지로 들어갔다.

스낵과 커피, 에너지 드링크가 놓여 있었고, 오가는 대화로 열띤 분위기였다. 노트북 컴퓨터의 키보드를 탁탁 두드리는 소리가 매미 떼 울음소리처럼 고막을 울렸다.

키란과 함께 라운지를 걸어가면서 짚과 이쑤시개로 일종의 생물 모형을 만들고 있는 네 명의 여자가 눈에 띄었다. 건너편 테이블에서는 남자 두 명이 칩을 먹으며 수제 컴퓨터에 깔린 보드 게임을 하고 있었다. 그 뒤에는 모히칸족 머리를 한 남자가 김이 모락모락 나는 액체를 피펫으로 샐러드에 뿌리고 있었고, 그 옆에는 두꺼운 안경을 쓴 여자애가 동시에 세 가지 체스 게임을 하고 있었다.

이 사람들은 대체 누구지?

"여긴 살롱입니다." 키란이 말했다.

주근깨투성이에 말총머리를 한 여자가 뜨개질을 하고 있다가 키란을 보고 미소 지었다.

"어때요?"

그녀가 앉은 테이블에는 접시와 컵 대신, 잔뜩 뒤얽힌 실 무더기가 쌓여 있었다.

키란이 실을 집어 들었다. 그러자 실에 모양이 잡혔다.

음, 일종의 모양이라고 해두겠다.

실들이 꼬여 고리와 소용돌이무늬를 이루고 모든 가닥이 예측 불가능한 방식으로 원을 그린, 구불구불한 3-D 선에 더 가까운 형태였다. 실 뭉치가 든 상자 안에 100마리의 고양이를 100년 동안 넣어두면 나올 법한 모양이었다.

키란이 대답했다. "굉장한데요. 다 끝나가나요?"

뜨개질하던 여자가 활짝 웃었다. "거의요. 펩티드 결합 몇 개만 더 뜨면 돼요."

키란이 나를 봤다. "토리는 분자생물학자예요. 이건 그녀의 단백질이죠."

"신기하죠." 토리가 말했다. "내가 마이크로글로불린을 제대로 이해할 수 있으면 결합조직 질환들을 목표로 삼을 거예요. 효과가 있을지는 모르겠지만 난 이걸 헨리라고 불러요."

나는 대롱거리는 노란색 실을 조금 집어 들고 흔들어봤다.

"만나서 반가워요, 헨리. 난 렉스예요."

토리가 킬킬 웃었다. "그런 생각을 한 사람이 당신이 처음은 아니에요. 무슨 일을 하나요? 내 생각엔 컴퓨터 쪽 같은데."

"음, 그중에서도 코딩요."

"아, 여기엔 당신 같은 사람이 한 트럭 있어요." 토리가 깔보듯 말했다.

어이쿠, 쌀쌀맞은 사람이네.

그러자 키란이 끼어들었다. "렉스는 오늘 처음 왔어요."

우리는 살롱 뒤쪽의 비어 있는 테이블 쪽으로 갔다.

"이 사람들은 모두 누구죠?"

"내 두뇌 위원회입니다. 혁신적인 프로젝트를 위해 내가 직접 온드스캔에 영입한 사람들." 키란이 말을 이었다. "내 사람들이지만, 당신의 사람들, 그리고 테오의 사람들이기도 하죠."

22.1

형의 이름을 듣는 순간 배를 걷어차인 느낌이었다.

머리가 빙빙 돌았다.

키란이 살롱 뒤쪽의 빈 테이블 의자에 편히 앉더니 나한테 옆에 앉으라는 시늉을 했다. 하지만 나는 앉지 못했다. 온몸의 모든 근육이 뻣뻣해졌다.

키란이 어떻게 테오 형을 알지? 왜 형의 이름을 꺼낸 거지?

"테오 형이 어디에 있는지 말해주세요."

"난 모릅니다. 테오는 여기 없어요."

어떻게 대답해야 할지 판단이 서지 않았다.

"테오 형은 2년 전에 사라졌어요. 그런데 형은 당신에 대해 얘기한 적이 없어요."

"하지만 테오는 나를 알고 있는걸요. 렉스, 일단 여기 앉아요."

나는 의자 가장자리에 엉덩이를 걸쳤다. 키란이 느긋해질수록 그만큼 더 긴장이 되었다.

"몇 년 전 당신 형이 나한테 연락했어요. 내가 온드스캔을 훨씬 큰 뭔가로 막 변신시키기 시작했을 때죠. 내겐 시간이 지날수록 점점 커져가는 웅대한 비전이 있었어요. 테오와 난 같은 사이트와 포럼을 드나들었어요. 같은 것들에서 영감을 얻었고 세상을 더 나은 곳으로 만들겠다는 욕구도 같았죠. 여기 있는 모든 사람과 마찬가지로요. 하지만 그들과 달리 테오는 소통을 잘 하지 않아요. 사실 테오한테서 연락을 못 받은 지 적어도 10개월은 됐어요."

"10개월이라고요?" 거의 내뱉듯 말이 튀어나왔다. "형은 무사한가요?"

"테오는 잘 있어요. 여전히 열정적이죠. 물론 전부 이메일을 통해 알게 된 것들이지만. 사실 테오는 안전한 딥 웹(일반적인 검색엔진으로 찾을 수 없는 웹:옮긴이)의 URL을 통해 자동 소멸되는 메시지를 보내요. 내가 처음 본 유형의 메시지들 중 하나죠. 굉장히 영리해요."

키란은 나를 가지고 놀고 있었다. 나는 안전한 URL이나 자동 소멸되는 이메일 따위엔 관심이 없었다. 내가 궁금한 건 테오 형이 어디 있는지였다. 비록 10개월 전이지만 형이 키란과 연락했다는 사실을 안 것만으로도 우주의 끝에서 메시지를 받은 느낌이었다. 왠지 슬퍼지기도 하고 새로 힘이 솟기도 했다. 지니어스 게임에서 쫓겨나건 말건, 나는 워크어바웃을 계속 돌려야 한다. 하지만… 키란은 뭔가를 숨기고 있었다.

"나한테 말하지 않는 게 뭔가요, 키란?"

"난 테오가 나한테 합류하길 원했어요. 난 바로 이 자리에서 세상을 다시 부팅하고 있어요. 처음엔 험악한 상황이 벌어질 거예요. 기관들이 무너지고, 경계들이 지워지고, 안타깝게도 사람들이 목숨을 잃을 겁니다. 하지만 잿더미 속에서 기적적인 뭔가가 나타날 거예요. 난 테오가 그 일원이 되길 원했어요. 하지만 테오는 걱정했어요. 속도를 너무 내고 있다고 생각했죠. 테오는 실행 속도를 늦추길 원했어요. 솔직히 말하면, 테오는 두려워했어요. 두려움은 좌절을 불러오죠. 그래서 테오는 달아나서 터미널에 가담했어요. 갖가지 시각들이 있지만 터미널은 사실 허무주의자들에 불과해요. 자신들이 일으키는 파괴를 즐기죠. 그들에겐 최종 단계란 게 없어요."

테오 형이 터미널에 가담했다는 걸 이미 안다는 사실이 내 무표정에서 드러났다.

"놀라지 않네요? 음, 그게 테오가 원하던 거예요. 테오가 믿었던 것이고요. 반면 당신에겐 이런 두려움이 없어요. 진짜 대단하죠. 그건 당신이 정신이 똑바로 박혔단 뜻이에요. 하지만… 당

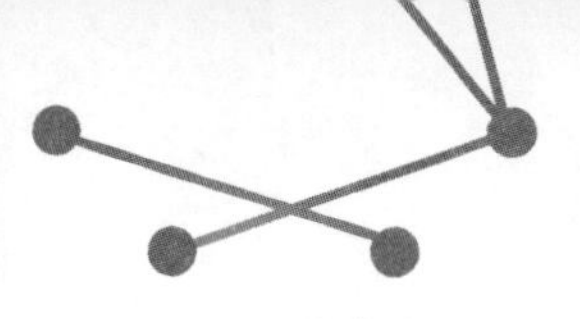

신에겐 충분한 의욕이 없어요. 더 큰 그림을 보고 있는 것 같지 않아요. 지니어스 게임에 당신을 초대하지 않은 건 바로 그 때문입니다."

"의욕이 없다고요?"

나는 능글맞게 웃는 키란의 얼굴을 후려치고 싶었다.

"당신은 내가 만난 가장 뛰어난 컴퓨터 프로그래머 중 한 명이에요. 의심의 여지 없이. 내가 좀 깊이 조사해봤거든요. 로지의 게시물들을 전부 읽고 당신이 만든 프로그램 대부분을 다운로드해서 가지고 놀아봤죠. 그중 몇 개는 약간만 손보면 판을 뒤집어놓을 만한 수준이더군요. 진짜 한 단계 발전된 것들이었어요."

"그런데요?"

키란이 미소를 지었다.

"하지만 당신에겐 도발이 필요해요. 당신은 자신의 잠재력을 알아차리지 못하고 있거든요. 내가 알기로 당신이 올라갈 수 있는 수준에 이르지 않고 있어요. 이제 보니 테오 때문인 것 같군요. 테오 문제 때문에 궤도를 이탈했어요. 충분히 이해할 수 있습니다. 내가 당신 입장이었다 해도 뭘 할지 몰랐을 테니까요."

물론 키란의 말이 옳았다. 하지만 그가 모르는 사실은 내가 그냥 손놓고 있지 않았다는 것이다. 나는 바로 지금 그의 양자컴퓨터에서 돌아가고 있는 워크어바웃으로 그 고통을 승화시켰다.

"난 페인티드 울프와 툰데를 초대해놓고 그게 당신을 움직이고 행동에 돌입시킬 계기가 될 수 있을지 궁금했어요. 당신을 뛰어오르게 할 수 있을지."

"내가 해킹을 하길 원했다는 말인가요?"

키란이 어깨를 으쓱했다.

"확신은 하지 못했어요."

"그런데 이 극적인 상황은 뭐죠?"

"음, 여기엔 규칙이 있어요. 이디스는 엄격한 사람이에요. 솔직히 말해 그게 나쁜 건 아니죠. 하지만 나를 믿어요, 렉스. 내가 당신에게서 가능성을 보지 못했다면 분명 쫓아냈을 거예요. 하지만 당신에겐 내가 처음 생각했던 것보다 훨씬 더 큰 잠재력이 있어요. 당신이 내 팀에 들어오겠다고 하면 지니어스 게임에 계속 머물 수 있도록 하겠습니다. 테오가 거부했던 걸 받아들인다면. 이곳의 일원이 되겠다고 하면…."

키란이 주위에서 분주하게 움직이는 사람들을 가리켰다.

"당신은 충분히 여기에 있을 만한 사람입니다." 키란이 말을 이었다. "이곳이 미래예요, 렉스. 당신은 완전한 자유를 누리게 될 겁니다. 난 당신의 모든 아이디어들을 격려할 거예요. 우린 함께 체계를 무너뜨리고 그 자리에 새로운 체계를 세울 겁니다."

"라마를 말하는 건가요?"

"그래요, 라마."

"그럼 그 앞의 부분은요? 무너뜨리는 부분 말이에요."

"모든 혁명은 행동으로 시작됩니다. 사람들은 자신들에게 가장 좋은 게 뭔지 알아차리지 못해요. 그게 정말로 일어날 때까지는. 때로는 그걸 깨닫도록 좀 밀어붙일 필요가 있죠. 티핑 포인트(예상치 못한 일이 한꺼번에 몰아닥치는 극적인 변화의 순간:옮긴이)에 도달해야 해요. 사람들의 삶의 구조를 극심하게 위협해서 변화를 받아들일 수밖에 없는 상황을 만들어야 하죠. 난 당신이 그렇게 밀어붙이는 데 가담하길 원해요, 렉스. 분명 힘든 일일 거예요. 그건….”

“당신이 말하는 건 혼란이에요. 사람들이 죽을 거예요, 키란. 난 당신이 나쁜 사람들과 일한다는 걸 알고 있어요. 살인자들요. 당신의 아이디어는 제정신이 아닌….”

“단순하기 짝이 없군요, 렉스. 아주, 아주 단순해요. 부탁인데, 내 제안을 받아들여요. 나한테 합류하면 이 계획이 어떻게 작동할지 보여줄게요. 그런 뒤에도 당신 본성과 어긋난다고 판단되면 그때 떠나도 됩니다.”

“페인티드 울프한테도 같은 제안을 했나요?”

“했죠.”

“툰데한테도요?”

“아마 나중에 할 거예요. 지니어스 게임의 결과에 따라.”

“생각 좀 해봐도 되나요?”

키란이 고개를 끄덕였다.

“이제 쉬어요. 이디스한테는 아침에 말해놓을게요. 여기서 좀 더 어울리는 게 어때요? 쑥스러워하지 말고. 지금 당신은 인간 역사를 수놓을 다음 단계의 현장에 있거든요.”

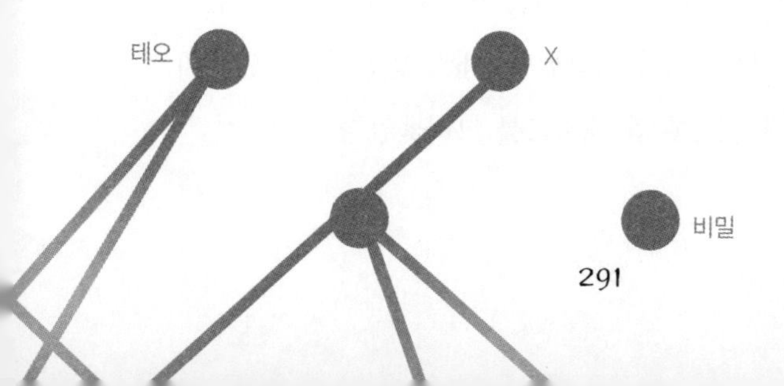

23. 툰데

제로 아워까지 1일 10시간 17분

페인티드 울프와의 대화로 기운을 되찾긴 했지만 아직 렉스는 깜깜무소식이었다. 그리고 나는 미트라 팀과 에피코 작업에 복귀해야 했다.

울프의 말이 맞다. 나는 집중해야 한다.

다행히 내겐 뛰어난 팀이 주어졌다.

이제 일을 하자!

피자로 간단하지만 생산적인 식사를 마친 다음, 나는 편의와 효율성을 우선시하는 울프의 방식을 생각하며 우리 팀원들을 불러 모았다. 우리가 해야 하는 일이 무엇인지, 최대한 효과적으로 완수해야 하는 일이 무엇인지 각자 정확히 아는 게 중요했다.

나는 앤지, 할릴과 함께 에피코 제작에 돌입했다. 내가 손으로 그린 도해 몇 장을 검토한 뒤 우리는 폐기된 전투로봇을 엄청나게 멋진 것으로 변신시키기 시작했다. 내가 없는 동안 할릴이 내가 처음 보는 형태의 로봇 팔 배선도를 그려놓았다.

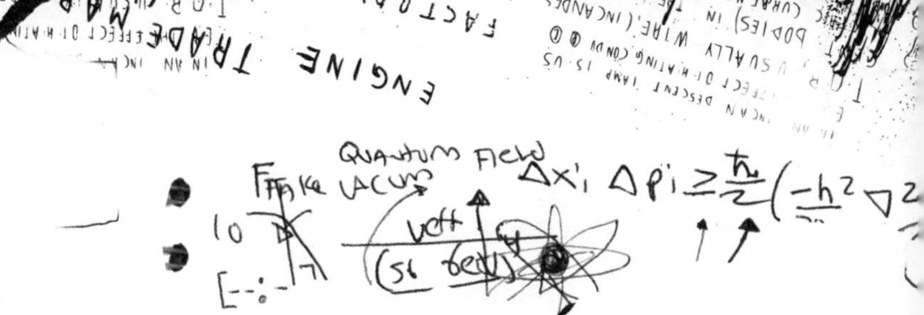

"이거 굉장한데?"

"고마워, 친구."

나는 작업의 통합을 위해 앤지한테 조언을 구했는데, 앤지가 맡은 일이 팀에서 가장 중요한 역할이었다. 팀원들 모두가 같은 생각을 하고 있는지, 각각의 조각들이 서로 맞아떨어질지 확인하는 게 앤지의 임무였다. 앤지에겐 딱 맞는 일이었다.

우리는 한 팀으로 똘똘 뭉쳐 우리의 기계를 위한 전자 장치와 유압식 장치, 자동제어 드라이버, 시각 시스템을 설계했다.

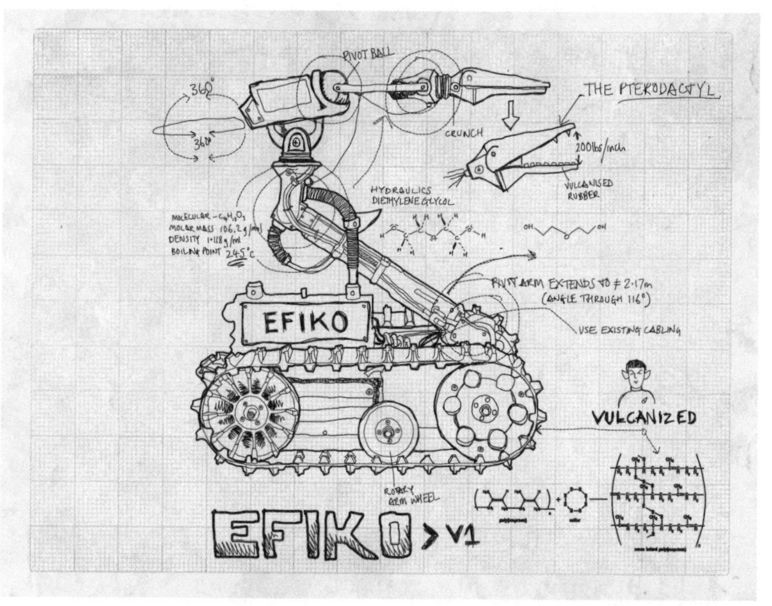

에피코의 설계도

불꽃이 튀고 부산하게 움직이는 가운데 몇 시간이 눈 깜짝할 사이에 지나갔다. 밤이 낮이 되었다. 나는 눈앞의 과제에 집중하느라 렉스에 대한 걱정도 거의 잊었다.

하지만 동이 틀 무렵 렉스가 실험실로 들어왔을 때는 그렇지 않았다.

솔직히 렉스를 보고 당황했다. 만약 렉스가 집에 보내진다면 작별 인사 없이 떠나기를 바라는 마음도 있었다. 그런 이별을 감당할 자신이 없었기 때문이다.

"안녕, 툰데." 렉스가 에피코를 보며 말했다. "완전 근사하다."

나는 작업 중이던 토치를 끄고 안전 고글을 올렸다.

심장이 쿵쿵 뛰고 뱃속이 부글부글 끓었다. 렉스가 돌아와서 기뻤지만 원망스러운 마음도 여전히 컸다.

"둘이서만 얘기할 수 있을까?" 렉스가 물었다.

"몇 분은 시간 낼 수 있어."

23.1

"미안해."

실험실에서 나와 복도를 걸어가며 렉스가 떨리는 목소리로 말했다. 자기가 저지른 짓을 후회하는 게 분명했다.

"입이 열 개라도 할 말 없어. 내가 이기적이었어. 난 워크어바웃을 돌리기 위해 지니어스 게임에 와야 했어. 내가 초대받지 않았다는 걸 너희들한테 말해야 했는데 그러기엔 자존심이 허락하지 않았어. 하지만 너나 울프한테 피해를 주거나 위험에 빠트릴 생각은 전혀 없었어. 이것만은 믿어줘."

"지니어스 게임에서 쫓겨났어?"

"아직은 아냐. 키란이 나한테 제안을 했어."

"그걸 받아들일 거야?"

"아마도. 난 너를 위해 여기 있어야 해. 하지만 너랑 상의하지 않고 결정 내리고 싶진 않아. 이건 더 이상 나만의 문제가 아니라 우리의 문제니까."

감동적인 말이었지만 여전히 나는 렉스를 선뜻 믿기가 망설여졌다.

렉스가 뒷주머니에서 구겨진 종이 뭉치를 꺼내 나한테 내밀었다. 컴퓨터에서 출력한 그 종이들은 줄줄이 숫자들로 채워져 있었다.

"마지막 두 시간을 도서관에서 보내면서 네 교란기용 프로그램을 썼어. 딱 너한테 필요한 걸 거야."

나는 출력물을 죽 훑어봤지만 뭐가 뭔지 알 수 없었다.

"고마워. 실험실로 가자."

렉스가 나를 따라 실험실 안으로 들어왔다. 일에 푹 빠진 할

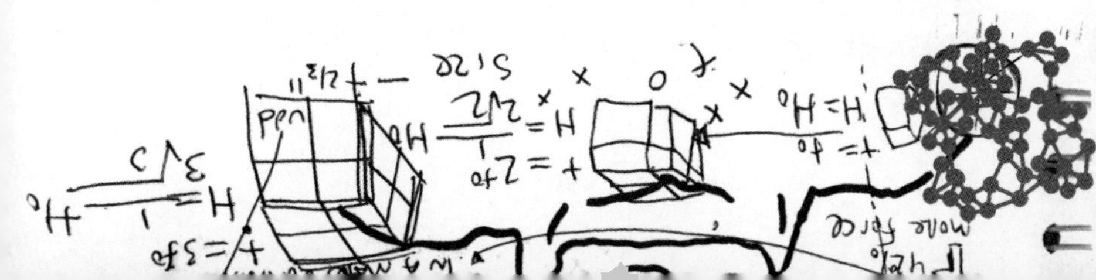

릴과 앤지가 건성으로 손을 흔들었다.

나는 실험실 뒤쪽의 의자에 앉아 렉스가 작성한 설계도를 펼쳤다. 렉스가 최선을 다해 내용을 설명했지만 나는 이런 프로그래밍에 대해 아는 게 별로 없었다.

"넌 이걸 실제로 만들어야 하잖아. 장군을 날려버려야 하고. 그래서 그냥 작동만 하는 교란기 말고 지금까지 만들어진 진짜 최고의 교란기를 위한 코드를 썼어."

그 말을 듣고 노르베르트가 이쪽으로 오더니 내 어깨 너머에서 몸을 숙이고 코드들을 읽었다. 노르베르트의 숨소리가 빨라지는 걸 보니 코드가 엄청 인상적인 것 같았다.

"오, 이런." 노르베르트가 낮게 탄성을 질렀다. "말도 안 돼. 내가 작업하던 것들은 내다 버려야겠는걸. 이건 예술 작품이야. 나, 지금 완전 진지해."

그 말을 들으니 굉장히 안심이 되었다.

"넌 이걸 괴물을 위해 만들고 있기 때문에," 렉스가 말을 이었다. "프로그램에 은밀한 장치를 추가했어. 장군의 측근들이 지금 이 실험실에 앉아 있지 않는 한 그걸 발견하지 못할 거야. 보이지가 않거든. 그 장치를 이용하면 우리가 원거리에서 교란기를 꺼버릴 수 있어. 더 좋은 건 교란기가 꺼지면 다시 작동이 안 된다는 거야. 교란기가 과열돼서 부품들이 새까맣게 타버릴 테니까. 그리고 교란기를 수리하려는 사람은 다들 사용자 과실이라고 생각할 거야."

"멋지다. 교란기가 고장 날 거고 장군이 자기가 고장 냈다고 생각할 거란 말이지?"

"맞아."

나는 렉스한테 손을 내밀었고 우리는 악수를 나눴다.

나는 활짝 웃지 않을 수 없었다.

"넌 진짜 굉장한 친구야, 렉스. 그럼 이걸 테스트해볼까?"

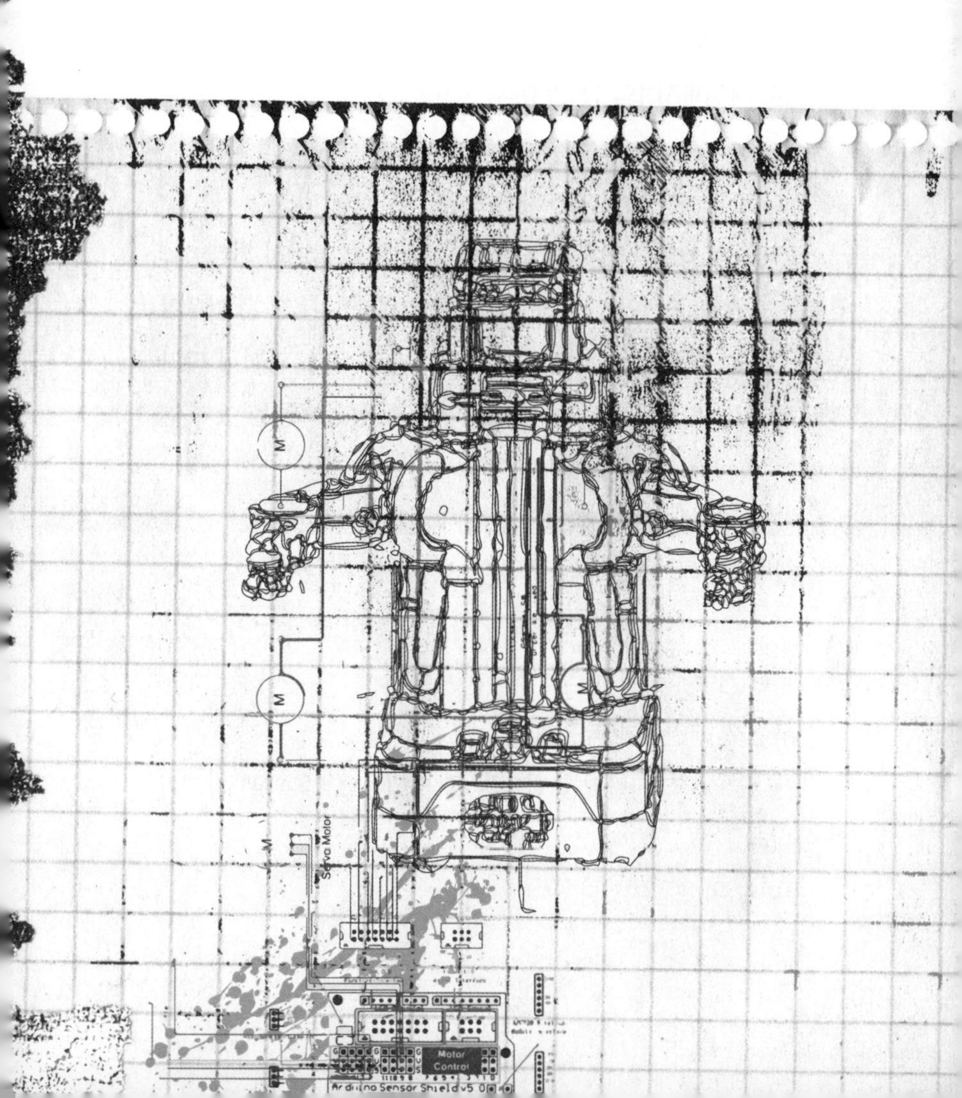

24. 카이

제로 아워까지 1일 1시간 9분

기숙사 밖 잔디밭에 툰데와 미트라 팀이 앉아 있었다.

바닥에는 커다란 여행 가방이 놓여 있고, 죽 늘어선 안테나에 연결된 수많은 전선이 가방에 부착되어 있었다. 처음에는 미트라 팀이 금고를 깨트리려고 개발한 기계인가 싶었지만, 가까이 다가가니 정체가 분명해졌다. 가방 속의 내 휴대폰이 요동을 쳤기 때문이다.

휴대폰을 꺼내 보니 화면이 깜빡거리다가 꺼져버렸다.

"됐다!" 툰데가 나한테 달려오면서 소리쳤다. "봤어, 울프?"

"응." 툰데가 너무 행복해해서 나도 웃으며 대답했다. "근데 어떻게 된 거야?"

"교란기! 교란기가 작동했어!"

"난 네가 GPS 교란기를 만드는 줄 알았는데? 휴대폰 파괴기가 아니라."

툰데가 미소를 지었다.

"네 휴대폰은 괜찮을 거야. 그냥 장비에 너무 가까이 있어서 그래. 저길 봐."

그러고는 나무들 사이를 가리켰다. 멀리 한 건물의 지붕 위에서 있는 렉스가 보였다. 우리를 보고 렉스가 손을 흔들었다.

"렉스가 GPS 기기를 들고 있는데," 툰데가 설명했다. "완전 먹통이 됐어."

"교란기를 완성했다니 기분 날아가겠다. 하지만 이쯤에서 테스트를 그만둬야 할 것 같아. 비행기 같은 걸 떨어뜨릴까 봐 걱정돼."

"네 말이 맞아." 툰데가 대답하며 얼른 교란기를 껐다. "장군한테 전화해서 알렸어. 굉장히 기뻐하더라. 그러더니 한 가지 요구를 더 했어." 툰데의 눈이 걱정으로 가득했다. "난 지니어스 게임에서 우승해야 해."

"우승할 거야. 장담해."

툰데가 교란기를 포장하는 동안 렉스가 우리한테 달려왔다.

툰데와 악수를 나눈 뒤 렉스가 나를 보며 미소 지었다.

"우리 함께 잠깐 걷자."

우리는 군데군데 떠 있는 구름 속에서 해가 숨바꼭질을 하는 동안 기숙사 주위를 거닐었다. 렉스가 키란과 만난 일을 들려줬다. 테오가 키란과 관련 있다는 걸 알고 툰데도, 나도 충격을 받았다. 나는 플로피디스크에서 발견한 내용과 함께, 드론 스파이 소프트웨어와 키란의 라마 프로그램 1단계인 시바와의 관련성에 대해 의심 가는 정황들을 얘기해줬다.

"난 키란이 실제로 뭘 계획하고 있는지 모르겠어." 렉스가 말했다. "하지만 키란이 나한테 얘기한 것과 울프가 발견한 것들로 보면 세상의 종말 비슷한 것 같아."

"좀 지나치게 극적이야." 내가 말했다. "하지만 그 정도야 뭐. 적어도 네 아빠는 우리 아빠처럼 그 일에 연루되어 있진 않잖아. 난 뭘 해야 할지 모르겠어…."

툰데가 목소리를 높였다. "난 알아. 우리가 지니어스 게임에서 우승하고, 장군한테 GPS 교란기를 주고, 테오를 찾은 뒤 키란을 막아야 한다는 뜻이야."

"우우우우울프으으으으!"

울부짖는 소리에 얼른 뒤돌아보니 로사가 눈물을 줄줄 흘리며 우리한테 뛰어오고 있었다.

"무슨 일이야?"

"찰리가." 로사가 숨을 헐떡이며 말했다.

"어떻게 됐는데?" 렉스가 물었다.

로사가 우리를 올려다봤다. 입술이 파르르 떨렸다.

"찰리가 죽었어."

24.1

앰브로즈는 자신의 기숙사 방에 있었다.

찰리는 앰브로즈의 손바닥 가운데에 반듯이 누워 있었고 사후경직으로 다리가 휘어 있었다. 앰브로즈는 놀라울 정도로 차분해 보였다.

"나이 때문이거나 바이러스에 걸린 것 같아."

"스트레스 때문 아닐까?" 렉스가 물었다.

앰브로즈가 어깨를 으쓱했다.

"찰리를 다시 살릴 수 있어?" 로사가 흐느끼다가 물었다. "내 말은, 응급실에서처럼 충격을 주거나 하면 말이야. 하루만 더 살면 되잖아."

"찰리는 죽었어." 앰브로즈가 대답했다. "찰리야, 편히 쉬어."

나는 기숙사 바로 밖에 있는 떡갈나무 아래에 찰리를 묻어주자고 했다. 곤충을 묻어준다는 생각에 약간 당황하긴 했지만, 앰브로즈는 찰리가 얼마나 좋은 친구이자 근면한 일꾼이었는지에 관해 회고했다.

찰리의 작은 무덤에 흙을 끼얹자마자 렉스가 물었다.

"다른 곤충을 전자장비에 연결하려면 힘들까?"

앰브로즈가 또 어깨를 으쓱했다. "다른 곤충을 구할 수 있다면 아마 하루면 될 거야."

"우리에겐 하루가 남아 있어." 내가 말했다. "그런데 또 다른 찰리를 어디서 찾지?"

"숲에 가야지." 앰브로즈가 대답했다. "하지만 우린 도시에 있잖아."

"애완동물 가게는 어떨까?" 렉스가 물었다.

"좋은 생각이야." 앰브로즈가 말했다. "헤라클레스장수풍뎅이는 없겠지만."

우리는 강 건너편에 있는 애완동물 가게를 찾아냈다. 공원을 지나 3킬로미터를 걸어가야 했지만 시원하고 비도 내리지 않았다.

가게에는 어항들이 가득했다. 로사가 쥐들을 몇 마리 찾아냈지만 앰브로즈가 쥐는 안 된다고 고집했다.

"쥐들은 너무 똑똑하거든. 게다가 수술하기 위험해."

렉스가 가게 뒤편에서 양서류와 파충류의 먹이로 쓸 귀뚜라미들이 담긴 통을 여러 개 발견했다. 그런데 USB를 옮길 만큼 몸집 큰 녀석이 없었다.

앰브로즈가 점원 한 명과 터놓고 얘기를 나누다가 둘 다 딱정벌레를 좋아한다는 걸 알게 되었다. 그래서 점원이 뒷방에 있는 곤충들을 우리한테 보여줬다. 판매용은 아니었지만 점원은 우리를 위해 흥정을 할 의사가 있었다.

"지금 장난하는 거 아니죠?"

렉스도 나와 비슷한 반응을 보였다. 점원이 통의 뚜껑을 열고 바닥의 나뭇잎들을 걷어내자 딱딱한 껍데기에 싸인 뱀처럼 생긴 녀석이 나타났기 때문이다. 길이가 25센티미터쯤 되는 몸통에 수없이 많은 다리가 달려 있었다.

"아프리카 노래기예요." 점원이 녀석의 정체를 알려줬다. "구입할 수 있는 가장 큰 놈이죠."

앰브로즈가 활짝 웃었다.

"이걸로 할게요."

아프리카 노래기를 학교로 데려온 뒤, 우리는 서로 나뉘어 작업을 시작했다. 의외로 로사가 찰리 2를 찰리 1만큼 혐오스러워하지 않았다. 그래서 앰브로즈와 함께 수술에 참여했다.

"먼저 고정 벨트를 부착한 뒤 전극을 연결시킬 거야." 앰브로즈가 설명했다. "노래기는 근육이 특이하고 작업해야 하는 다리가 많지만 나한테 멋진 해결책이 있어."

앰브로즈와 로사가 수술 준비를 하는 동안, 나와 렉스는 USB용 프로그램을 작성했다. 음, 정확히 말하면 렉스가 작업을 했고 나는 도우려고 노력했다.

컴퓨터와 내가 벽에 붙여놓은 종이 사이를 왔다 갔다 하며 코딩 하는 렉스의 모습은 꼭 몽유병자 같았다. 손가락이 키보드 위를 쏜살같이 날아다녔고 종이에는 직접 수학 계산을 했다. 몇 시간이 지나자 손가락이 잉크로 까매지고 머리카락은 산발이 되었다.

렉스가 작업을 끝내자 나는 그 프로그램을 테오의 USB에 저장했다.

동이 틀 무렵, 우리는 앰브로즈와 로사가 찰리 2를 조종해 도서관 지하의 장애물 코스를 달리게 하는 모습을 지켜봤다. 아프리카 노래기가 찰리 1보다 훨씬 더 빠르고 강해서, 우리는 녀석의 죽음이 전화위복이 됐다는 데 모두가 동의했다.

"애, 진짜 대단하다."

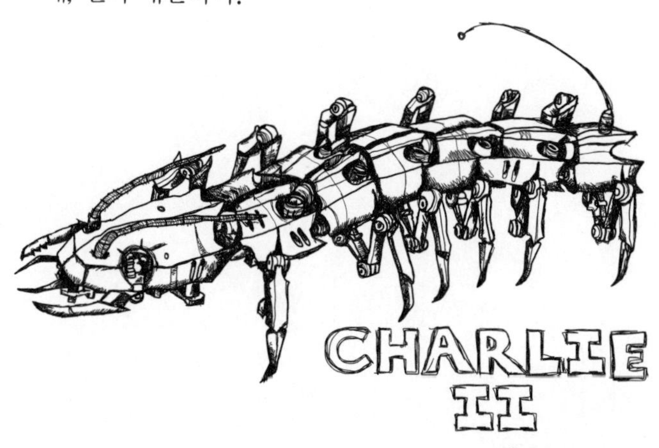

찰리 2의 다이어그램

잠을 너무 못 자서 뇌가 정지할 것 같았지만 나는 우리 팀이 찰리 2로 진짜 우승하는 건 아닌가 걱정이 되었다. 내가 탈진 상태라는 걸 알아차린 렉스가 학생회관의 카페로 나를 끌고 갔다. 간식거리를 갖다 주겠다고 하니 앰브로즈는 베이글을, 로사는 구미 캔디를 주문했다.

"가능하면 신맛 나는 걸로 골라와." 로사가 싱긋 웃었다.

"그리고 찰리 2가 먹을 오이도 부탁해!" 앰브로즈가 소리쳤다. "녀석은 맛있는 걸 대접받을 만하잖아."

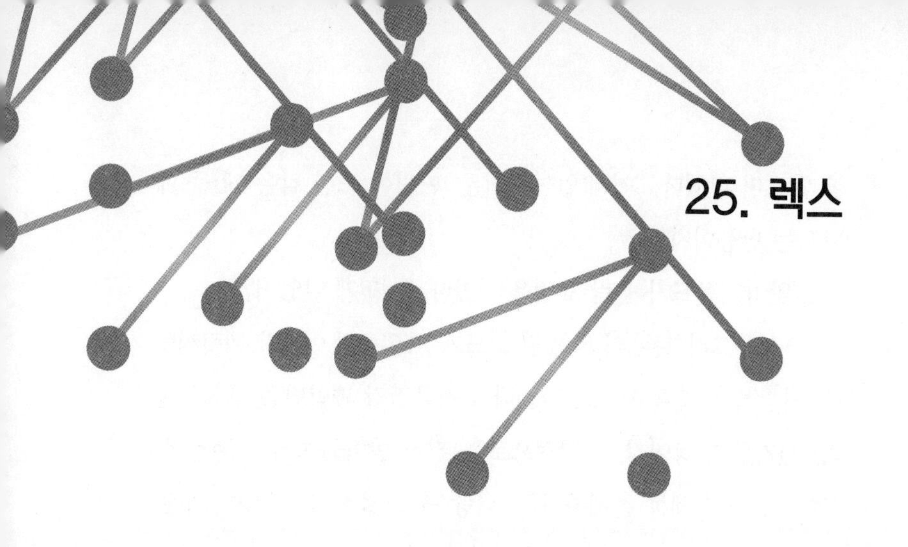

25. 렉스

제로 아워까지 6시간 32분

학생회관은 텅 비어 있었다.

제로 아워까지 고작 몇 시간밖에 남지 않아서, 다들 자기 방에서 고개를 처박고 프로젝트를 마무리하고 있었다.

울프는 완전히 녹초 상태였다. 가발과 선글라스, 귀걸이가 약간 미끄러져 내렸다. 울프가 너무 지쳐 있어서 모든 게 제자리에 있어도 잠든 것처럼 보였다. 솔직히 말하면 그런 모습이 새로웠다. 항상 빈틈없이 단정하던 울프가 약간 흐트러진 모습을 보니 기분이 좋았다.

카페에서 울프는 커피와 사과 한 알을 집어 들었다. 나는 생수 큰 통과 로사한테 줄 신맛 나는 구미 캔디를 고르고 오이 조각 몇 개를 간신히 찾았다.

우리는 창가에 자리를 잡았다. 밖은 비가 쏟아질 것 같은 분위기였다.

"너 그거, 얼굴을 찌푸릴 때 짓는 표정 말이야." 나는 울프 옆에 앉으며 말했다. "어제 알아챘거든. 짜릿한 느낌 같은 게 들 때 나오는 반응이지?"

"맞아." 울프가 놀란 표정을 지었다. "어떻게 알았어?"

"나도 그러거든. 가끔 멋진 코드가 떠오르면 어깨가 찌릿찌릿해. 사람들은 그걸 ASMR, 그러니까 자율감각 쾌락반응이라고 불러. 신기한 현상이지. 과학적으로는 전혀 받아들여지지 않는 현상이지만… 실제로 존재하거든. 너랑 난 그걸 알고 있잖아. 우린 그런 공통점이 있구나. 공통된 화학반응."

"너한테 고맙다는 말을 하고 싶어." 울프가 말했다.

무슨 뜻인지 감이 잡히지 않았다.

지금 이 시점에서 울프가 나한테 뭐가 고맙다는 거지?

"뭐가 고마운데?"

"내 분장을 벗으라고 부탁하지 않는 거."

나는 웃음이 나왔다.

"난 진심으로 네가 멋져 보여. 그냥 하는 말이 아니야."

"난 변장에 익숙해."

"나도 나만의 모습을 꾸밀까 생각 중이야. 셜록 홈스 같은 모습을 생각하고 있는데, 망토 코트를 입고 파이프를 물어야겠지?"

"말도 안 되는 소리." 울프가 웃었다. "난 있는 그대로의 네가 좋아."

"난 머릿결도 좋아."

내가 헝클어진 머리카락을 손가락으로 쓸어내리자 울프가 다시 깔깔 웃었다.

"부모님 때문이야." 울프가 얘기를 시작했다. "내가 우리나라에서 하는 일은 굉장히 위험해. 내가 폭로하는 기관들이나 배후의 사람들이 만약 내 정체를 아는 날이면 난 쥐도 새도 모르게 사라질 거야. 우리 부모님도 마찬가지고."

"사라진다는 게 무슨…?"

"공개재판도, 감옥살이도 없을 거야. 우린 한밤중에 끌려 나가 차 뒷좌석에 떠밀려 탄 뒤 흔적도 없이 사라지겠지. 중국에선 실제로 일어나는 일이야. 너무나 자주. 그래서 난 대담하게 나설 수 없어. 이해하지? 내 진짜 모습이 노출되면 불행한 운명을 맞을 수 있어. 네가 만든 것과 같은 기술을 이용해 나를 추적하려는 사람들이 있거든."

"난 상상이 안 돼."

"게다가 지금은 우리 아빠까지… 상황이 더 악화되고만 있어…."

페인티드 울프가 자신의 진짜 삶에 대해 털어놓는 건 처음이었다. 너무 신기했고 더 많은 걸 알고 싶었다. 나는 울프가 입을 닫아버리지 않길 빌었다.

울프가 헛기침을 하더니 말을 이었다.

"뭐 어쩔 수 없지. 내가 선택한 삶이니까."

"힘들겠지. 그래도 재밌는 시간도 보내잖아, 안 그래?"

울프가 씁쓸하게 웃었다.

"그럼, 당연하지."

"여기서도?"

"응. 제정신이 아니긴 하지만. 넌 아니야?"

"내 인생 최고의 시간을 보내고 있어."

거짓말이 아니었다. 며칠 동안 진이 빠질 정도로 머리가 지끈거리고 제정신이 아니었지만, 나는 그 어느 때보다 기분 좋고 행복했다. 늘 낙관적인 툰데 덕도 있지만 대부분은 페인티드 울프 덕분이었다.

나는 테이블 너머로 손을 뻗어 울프의 손을 잡았다. 본능적으로 나온 행동이었다.

울프의 손을 잡자 따뜻한 떨림이 팔을 타고 머리까지 올라왔다. 생각도 하기 전에 입에서 저절로 말이 나왔다.

"네가 하는 일은 믿을 수 없을 정도로 중요하다고 생각해. 키란의 시시껄렁한 영재 팀이 하는 어떤 일보다도 중요해. 울프 넌 진짜 대단해. 그걸 알아야 해. 그리고 우리가 여기서 함께 보내는 시간이 많은 의미를 지닌다는 것도 알아야 해. 넌 내가 전혀 기대하지 못했던 걸 줬어."

"그게 뭔데?"

"희망."

나도 모르게 이상한 중력에 이끌려 울프 쪽으로 몸이 기울었다. 울프가 선글라스를 쓰고 있는데도 가까이 가자 울프가 눈을 감고 있는 게 보였다. 따뜻한 피부가 느껴지고 숨소리가 들렸다.

"왜 이렇게 오래 걸려?"

돌아보니 어느새 로사가 와 있었다.

"배고파 죽겠어. 게다가 여섯 시간밖에 안 남았어."

"여섯 시간은 긴 시간이야." 나도 모르게 투덜대는 목소리가 나왔다. "그리고 우린 잘하고 있잖아."

앰브로즈가 테이블로 걸어왔다.

"미안. 로사가 좀 미쳐가고 있어서 그래."

"잠깐만. 너희, 키스하려던 거야?" 로사가 물었다.

울프와 나는 둘 다 도리질을 쳤다.

"에이, 정말?" 로사가 끙 신음 소리를 냈다. "그랬으면 대박인데!"

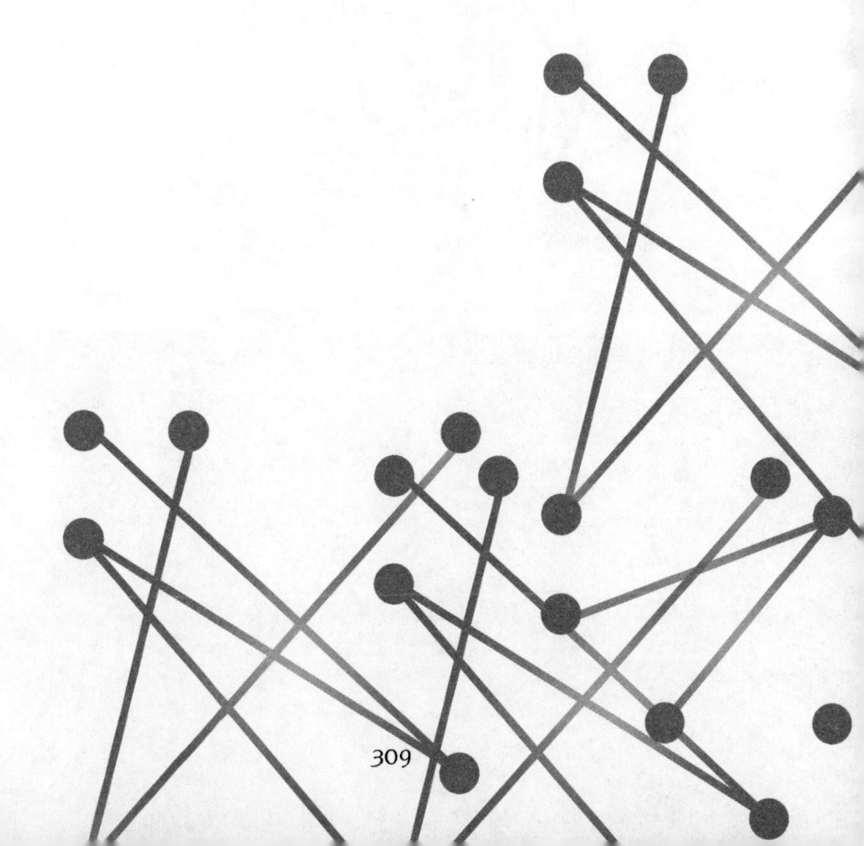

(ds)
(us)
(udd)
(uud)
(dds)
(uds)
(uus)
(dū)
(3 states)
(ud)
(2 states)
(dss)
(uss)
IT IS INSIDE the space
find the gravitational pull.
(sū)
(sd)
Kinetic

4부

제로 아워

26. 툰데

제로 아워까지 8분

결전의 현장이었다.

마침내 그 순간이 찾아왔다. 미트라 팀과 함께 금고가 있는 방 밖의 복도를 걸어가면서 나는 어깨가 무거웠다. 꼭 송아지 한 마리가 목에 올라타고 있는 것 같았다.

우리 팀에 자신 있고 에피코에도 자신이 있었지만 스스로를 속이고 있는 건 아닌가 하는 느낌도 들었다. 어젯밤 내내 걱정거리들이 내 속을 야금야금 갉아먹었다. 렉스, 키란, 이야보 장군, 가족들, 아키카 마을. 모두가 내 성공에 의지하고 있었다.

내겐 다른 선택권이 없었다.

하지만 낙관적이지 않으면 툰데 오니가 아니지!

인생은 멋지고 놀라운 여행이다. 끝없는 도전으로 가득 찬 여행. 북극 트레킹이고 사하라 사막 원정이며 우주여행이다! 탐험가 엘든의 말처럼 여행 자체가 목적지다.

할릴과 나는 에피코를 복도에서 가동했다. 에피코는 주위에 모여 있던 사람들에게 엄청난 놀라움을 선사했다. 그들은 전문가들, 기자들, 온드스캔 직원들이었는데, 에피코를 보면서 정말 즐거워했다.

에피코는 아주 손쉽게 조종할 수 있는 관절 로봇이다. 나는 에피코한테 자유를 줬다. 두뇌를 줬다. 노르베르트와 나는 엔지니어링 실험실에서 입수한 혁신적인 티치 펜던트(teach pendant. 원격으로 로봇을 제어하는 장치:옮긴이)를 사용해 에피코를 프로그래밍 했다. 키보드 몇 개만 두드려도 에피코가 문을 열고 금고를 집어 들 수 있다. 얼마나 멋진가! 우리는 나이지리아 국기의 선명한 초록색으로 에피코를 칠했다.

그런데 푸샨 팀의 작품을 보는 순간, 나는 질겁하고 말았다. 앰브로즈가 새로운 곤충을 들고 있었는데, 내 고향 마을에서 본 것과 같은 노래기였다. '찰리 2'는 진짜 대박이었다. 녀석의 활약이 기대됐다.

케니와 인드라 팀은 제일 마지막에 도착했다.

그 애들은 케니가 고향에서 항상 그럴 거라고 상상되는 소란스럽고 부산한 모습으로 들어왔다. 에즈라는 소리를 지르고 레레티는 폴짝폴짝 뛰었다. 피오나는 빙글빙글 돌았다. 이 팀이 제작한 기계는 광포한 금속 회전체였다. 언젠가 봤던 벌꿀오소리도 이 괴물보다는 덜 위협적이었다.

케니는 자기가 만든 기계에 '디스트로이어'라는 이름을 붙이고 기계 옆면에 대문자로 이름을 써놓았다. 대충 살펴보니 원래는 폭탄 처리 로봇인 것 같았다. 하지만 지금은 회전날개와 집게

발이 여러 개 달렸다. 케니의 계획은 금고를 부수는 게 아니라 에피코와 다른 기계들을 부수는 것이었다.

진짜 나쁜 녀석이군!

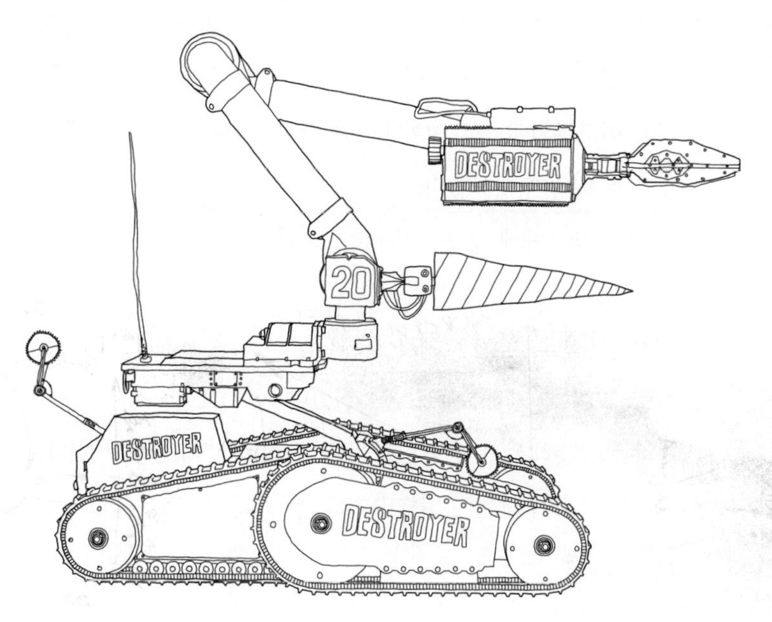

디스트로이어의 도면

금고가 있는 방 앞의 복도에 모든 팀이 모이자, 양복 차림의 키란이 나타나 입구를 막았다. 이디스는 키란 옆에 서서 태블릿 컴퓨터를 보고 있다가 키란이 신호를 보내자 모두에게 눈짓하며 쉿 소리를 냈다.

키란이 넥타이를 매만진 뒤 지니어스 게임의 마지막 단계를 소개하기 시작했다.

"참가자 여러분, 환영합니다. 지금 제 앞에는 세 개의 팀, 세계에서 가장 똑똑한 최고의 인재 12명이 모여 있습니다. 잠시 뒤 우리는 여러분이 그 탁월함을 어떻게 발휘할지 볼 겁니다. 아시다시피 여러분이 직접 방 안에 들어갈 수는 없습니다. 여러분이 만든 기계가 대신 들어가야 합니다. 제가 버저를 누르는 순간부터 어떤 수단을 사용하든 상관없습니다. 여러분이 만든 기계가 랩톱 컴퓨터에 접근하기 위해서라면 무슨 짓을 해도 괜찮습니다. 랩톱 컴퓨터는 여러분의 소프트웨어에 무제한의 자유를 줄 겁니다."

그런 뒤 이렇게 덧붙였다.

"여러분 모두에게 행운이 있기를, 그리고 최고의 팀이 우승하기를 바랍니다!"

마지막 선언과 함께 버저가 울렸다.

할릴이 "야호!" 하고 환호성을 질렀다.

케니는 광분해서 비명을 질렀는데, 솔직히 말해 좀 무서웠다.

그리고 드디어 방문이 열렸다.

26.1

죽음의 결투.

그 이후 일어난 상황을 가장 잘 묘사하는 단어다.

이 기계들은 진짜 서로 치고받으며 싸우는 것 같았다!

케니 팀의 디스트로이어는 키란이 옆으로 물러서자마자 요란하게 돌진하더니 거의 문짝을 뜯어버릴 뻔했다. 문틀에서 긴 나뭇조각이 떨어져 나갔다. 정말이지 끔찍한 녀석이었다. 내가 아니라 케니가 이야보 장군을 위해 기계를 설계했어야 했다.

우리 팀은 디스트로이어에 뒤이어 에피코를 방으로 들여보냈다. 나는 에피코가 케니의 전투 기계보다 훨씬 빠른 것을 보고 신이 났다. 에피코는 이 사나운 적을 교묘히 따돌리고 일등으로 금고에 도착했다!

그런데 앤지가 에피코를 가리키며 말했다.

"에피코한테 불법 침입자가 있어."

"불법 침입자라고? 그게 무슨 말이야?"

아, 에피코에 몰래 타고 있는 녀석을 봤을 때 내가 얼마나 놀랐을지 상상해보라!

에피코의 팔을 지탱하는 받침대들 중 하나에 푸샨 팀의 찰리 2가 올라타 있었다. 로사가 녀석을 조종하고 있었는데, 키란이 연설할 때 우리 로봇에 기어 오른 게 분명했다. 기발하군.

에피코가 금고에 도착하자 이제 조종기를 앤지한테 넘겨줘야 했다. 앤지는 신이 나서 조종기를 받아 들었고 내내 미소를 지었다. 앤지는 금고 자물쇠를 여는 우리 팀 전문가였다.

"이건 세포의 신진대사와 비슷해." 앤지가 조종기를 움직이며 말했다. "자물쇠는 여러 다른 도구들로 열 수 있어. 열쇠와 비슷한 역할을 할 뭔가가 있으면 돼."

앤지는 에피코를 조종해서 몸체 옆에 자석으로 붙여놓은 핀을 뽑은 뒤 그 핀을 이용해 금고의 자물쇠를 열게 했다. 놀라울 정도로 자신이 넘치는 모습이었다.

앤지가 기계 조종에 푹 빠져 있는 동안, 나는 그 애를 살펴봤다. 앤지는 머리를 땋고 예쁜 무늬의 원피스를 입고 있었다. 나는 옷이 앤지한테 어떤 영향을 미치는지 알아차렸다. 하지만 그 애의 빛나는 눈에서 훨씬 많은 걸 알 수 있었다.

에피코가 금고의 문을 열자, 사람들 사이에서 환호성이 터져 나왔다.

나는 우리 팀이 장애물을 돌파해서 그런 줄 알았는데 아니었다. 디스트로이어가 돌진해서 에피코 뒤쪽의 캐터필러를 끊어버린 것이다. 긴 머리를 땋은 남아프리카공화국 출신의 레레티가 함성을 지르며 케니와 하이파이브를 했다.

애피코는 망가져서 움직이지 못했다. 할릴은 거의 울음을 터뜨릴 판이었다.

레레티가 조종하는 디스트로이어가 제일 먼저 랩톱컴퓨터에 도착해 USB를 똑바로 들고는 시스템을 해킹할 준비를 했다. 하지만 인드라 팀은 찰리 2가 얼마나 날쌘지, 로사가 케니를 얼마나 미워하는지 미처 예측하지 못했다. 찰리 2가 에피코에서 잽싸게 내려오더니 디스트로이어가 USB를 꽂기 위해 각도를 맞추려 애쓰고 있는 포트 앞으로 기어가 케니와 인드라 팀의 진행을 막아버렸다.

모여 있던 사람들에게서 칭찬이 쏟아졌다.

앤지가 나한테 조종기를 내밀며 단호하게 말했다.

"난 네가 할 수 있다는 걸 알아, 툰데. 넌 이 게임에서 이길 수 있어. 우리 모두를 위해 이길 수 있어!"

디스트로이어와 찰리 2가 싸우는 동안, 나는 렉스를 보고 감정이 북받쳐 올라 눈시울이 시큰해졌다. 렉스가 차분히 고개를 끄덕이며 입 모양으로 이렇게 말했기 때문이다.

넌. 할. 수. 있어.

나는 심호흡을 한 뒤 눈을 감고 정신을 추슬렀다. 곧 사람들이 웅성대는 소리가 사라졌고, 눈을 떴을 때는 내가 지금껏 살아오면서 그랬듯이 고도의 집중력이 발휘되었다.

놀랍게도 에피코가 다시 움직이기 시작했다. 우리의 멋진 기계는 경주에서 넘어졌다가 다시 힘차게 일어서는 육상선수처럼 팔을 짚으며 몸을 앞으로 일으켰다. 에피코가 움직인 거리는 8센티미터밖에 안 됐지만 아주 긴 시간이 걸려서 내가 에피코의 자동제어장치를 망가뜨리는 건 아닌지 걱정이 되었다.

찰리 2는 랩톱컴퓨터의 USB 포트로 가려는 디스트로이어의 모든 움직임을 막아버렸다. 케니가 몇 번이나 펄쩍 뛰며 규칙을 깨고 찰리 2를 직접 짓밟으려 했지만 키란의 엄한 시선에 꼬리를 내렸다. 다행히 에피코는 기계와 곤충이 대결하는 이 혼돈의 현장을 힘겹게 지나갔다.

우리 기계가 앞으로 치고 나가는 걸 알아차린 피오나가 케니와 레레티한테 고함을 질렀다.

"뭐라도 하라고!"

내 인생에서 가장 힘들었던 그 순간, 나는 에피코의 팔을 조종해서 내장된 USB를 꺼내고 랩톱컴퓨터 옆면의 슬롯 쪽으로 이동시켰다. 머릿속에서는 사람들의 응원 소리가 들리고 부모님의 얼굴이 보였다. 가슴속에서는 내가 이곳에 도착한 날부터 폭발하길 기다리고 있던 힘이 느껴졌다.

티치 펜던트의 키보드를 마지막으로 클릭하자 마침내 에피코가 USB를 집어넣었다.

USB가 들어가자 금고 옆의 화면이 깜박거리며 켜지더니 프로그램이 돌아가기 시작했다. USB에 깔린 프로그램의 첫 부분은 자동 실행되도록 설계되었다. 작동하는 데 몇 초밖에 안 걸렸다.

렉스와 푸샨 팀이 바짝 뒤쫓아오고 있었다. 로사도 조종기를 들고 최선을 다해 싸웠다. 하지만 디스트로이어가 찰리 2를 벌렁 뒤집어버린 뒤(녀석의 등에 달린 장비가 너무 무거웠다) 먼저 USB를 끼우는 데 성공했다. 전투에서 패한 로사는 조종기를 앰브로즈한테 넘겼다.

27. 카이

우리는 태풍의 눈 안에 갇혀 있었다.

일반적으로 태풍의 눈은 고요하고 잔잔하다고 오해한다. 건물이나 집 안에 있어서 휘몰아치는 바람이 멈춘 것 같아 보이고 창밖으로 드넓은 하늘만 내다보일 경우에는 그 말이 맞다.

하지만 바깥에서 태풍의 한가운데에 있으면 사방에서 격렬한 혼란의 벽, 임계치 이하의 맹렬한 소용돌이를 볼 수 있다. 대폭발의 중심에 있는 것과 비슷하다.

그날 그 방에서의 느낌이 그랬다. 우리는 여러 가지 면에서 모든 것의 중심에 있었다.

미트라 팀과 인드라 팀이 각자의 USB를 막 작동시켰다. 앰브로즈가 뒤집힌 찰리 2의 몸을 일으키는 데 몇 분이 걸리긴 했지만, 우리 푸샨 팀도 마침내 랩톱컴퓨터에 도착했다. 찰리 2는 몇 번 잽싸게 움직이더니 USB를 포트에 삽입했다. 솔직히 말해 녀석은 진이 다 빠진 것처럼 보였다.

우리는 금고 양쪽에 달린 모니터로 진행 상황을 지켜봤다.

렉스는 자기 휴대폰에서 해킹 프로그램을 돌리고 있었다.

"이 프로그램들은 방화벽에서도 돌아가." 렉스가 설명했다. "센 프로그램들이지."

"누가 앞서고 있어?" 휙휙 지나가는 화면을 보며 내가 물었다.

"툰데." 렉스가 대답했다. "노르베르트는 뛰어난 컴퓨터 프로그래머야. 케니 팀이 마구잡이로 때려 부수면서 폭력적으로 들어가고 있지만 노르베르트가 영리하게 경기를 하고 있어. 노르베르트의 프로그램은 굉장히 교묘해. 창문으로 올라가 들어갈 수 있는데 뭐하러 문을 부수겠어? 엇, 잠깐만. 이걸 좀 봐."

렉스가 휴대폰을 들어 올렸다. 새 프로그램이 열려 있었고 두 번째 창에 워크어바웃의 로딩 바가 나타났다. 양자컴퓨터에서 작동 중인 워크어바웃의 진행 상태가 보였다.

현재 95퍼센트였다.

내 얼굴이 환해졌다. "다 돼간다."

"저기 봐." 갑자기 로사가 허둥대며 끼어들었다.

렉스와 내가 동시에 화면을 쳐다보니 뜻밖에도 순식간에 케니의 팀이 선두에 나서 있었다. 케니의 디스트로이어는 우리 팀을 멀리 따돌리고는 곧 미트라 팀을 앞질러 갔다. 나는 맞은편의 툰데와 노르베르트를 봤다. 툰데의 얼굴에는 걱정스러운 기색이 역력했고 노르베르트는 비지땀을 흘리고 있었다.

로사가 앰브로즈의 휴대폰을 낚아채서 내 손에 밀어 넣었다.

"케니가 이기고 있잖아!" 로사가 소리쳤다. "뭐라도 해봐!"

앰브로즈가 고개를 가로저었다. "너무 위험해…."

"페인티드 울프는 할 수 있어." 로사가 말했다. "울프는 우리 둘을 합친 것보다 더 전략적으로 생각하잖아."

나는 눈을 감고 모든 가능한 방법을 머릿속에 펼쳐봤다. 툰데의 팀을 밀어주거나 케니의 속도를 늦출 방법을 찾아야 했다. 밝은 빛이 번쩍하며 해결책이 떠올랐지만 그 방법을 쓰려면 우리 팀이 희생해야 했다.

"아이디어가 있긴 해." 나는 눈을 뜨면서 말했다. "하지만 그건 우리 팀의 자발적 철수 작전을 의미해."

로사가 얼굴을 찡그렸다. "위험하지 않아?"

"그냥 해." 렉스가 말했다. "프로그램이 거의 자동으로 돌아가거든."

"문제가 생기면 어떡해?" 로사가 물었다. "일시적으로 지연된다든가?"

나는 앰브로즈를 쳐다봤다. "우리가 훨씬 뒤로 처질 수도 있어."

앰브로즈가 고개를 끄덕이는 것을 보고 나는 극단적인 조치를 취했다. 휴대폰 화면에서 손가락을 쭉 밀어 찰리 2의 등딱지 앞부분에 달려 있던 USB 스틱을 날려버린 것이다.

이제 찰리 2를 자유롭게 조종할 수 있었다.

케니를 흘긋 봤더니 눈이 휘둥그레져 있었다. 앞으로 무슨 일이 일어날지 아는 것 같았다.

케니가 고개를 세차게 저었다. "안 돼!" 레레티한테도 고함을 쳤다. "안 된다고!"

로사가 좋아하며 손뼉을 쳤다. "저놈 잡아라!"

나는 디스트로이어가 USB를 꽂아놓은 포트로 찰리 2를 움직였다. 레레티가 조종하는 디스트로이어가 금속 날개들을 미친 듯이 윙윙 돌리며 날뛰었지만 녀석의 바퀴로는 움직임이 더 자유로운 작은 곤충을 건드리지 못했다. 에즈라가 찰리 2를 직접 멈추게 하려고 금방이라도 달려 나갈 듯하더니 참았다. 가까스로.

나는 찰리 2의 집게발을 인드라 팀의 USB 쪽으로 조심스럽게 갖다 댄 뒤 앞뒤로 이동시키기기 시작했다. 앰브로즈한테 들은 바에 따르면, 노래기들은 자기 몸무게의 800배 이상까지 옮길 수 있다. USB를 빼는 것쯤은 문제없었다.

몇 초 뒤 USB가 랩톱컴퓨터에서 빠져 쨍강 소리를 내며 바닥으로 떨어졌을 때, 나는 노래기한테 키스라도 하고 싶은 기분이었다. 인드라 팀의 프로그램이 멈추고 금고 왼쪽의 화면 일부가 깜빡거리다가 텅 비었다.

케니가 비명을 지르며 레레티한테서 조종기를 빼앗았다.

"내 손으로 직접 할 거야."

나는 휴대폰을 다시 앰브로즈한테 건네주면서 키란이 나를 보고 있다는 걸 알아차렸다.

키란이 감탄하며 천천히 고개를 끄덕였다.

인드라 팀이 탈락하면서 렉스의 프로그램이 빠르게 앞서 갔다.

나는 렉스한테 속삭였다. "문제가 있어."

"알아." 렉스가 모니터를 응시하며 말했다. "내가 조절하고 있어."

렉스가 슬그머니 자기 프로그램의 속도를 늦췄고, 곧 미트라 팀이 선두로 나섰다. 툰데는 기쁨에 넘쳤지만 로사와 앰브로즈는 기절하기 일보 직전이었다. 로사는 기대에 들떠 몸을 떨면서 주먹을 꽉 쥐고 있었다. 앰브로즈는 땀을 뻘뻘 흘리면서 순간순간 이를 악물었다. 둘 다 머리 위의 화면에서 눈을 떼지 않았다.

아이들의 주의가 딴 데로 쏠린 동안 렉스가 나한테 휴대폰을 내밀었다.

"프로그램은 자동으로 돌아갈 거야." 렉스가 말했다. "그냥 네가 조종하고 있는 척만 해."

27.1

인드라 팀이 케니 주위에 몰려들었다. 케니는 USB를 집어 올려 다시 랩톱컴퓨터에 꽂도록 거대한 디스트로이어를 조종하느라 안간힘 쓰고 있었다.

그와 동시에 렉스가 조용히 방을 빠져나갔다.

다들 지니어스 게임에 온통 신경이 쏠려 있어서 렉스가 위층으로 올라가 양자컴퓨터 쪽으로 가는 걸 아무도 알아차리지 못했다.

"렉스는 금방 오는 거지?" 앰브로즈가 물었다.

"그냥 화장실에 간 거야." 내가 대답했다. "걱정 마. 곧 돌아올 거야."

미트라 팀을 봤더니 툰데가 노르베르트 뒤에 서서 권투 코치처럼 응원을 하고 있었다. 인드라 팀의 카오스 상태에 비하면 미트라 팀은 완벽한 조화 속에 협력하고 있었다.

몇 분이 몇 초처럼 지나갔다.

"우리가 이기고 있어." 앰브로즈가 초조하게 외쳤다. "하지만 많이는 아니야."

"렉스는 어디 있는 거야?" 로사가 허둥지둥 물었다.

"우린 괜찮아." 내가 말했다. "아직 이기고 있잖아."

렉스의 프로그램이 노르베르트의 프로그램을 약간 앞서고 있는 동안 나는 불안해서 이를 악물었다. 이게 아닌데. 우리가 이기면 안 되는데. 하지만 줄줄이 이어지는 코드들이 어찌나 쏜살같이 화면을 지나가던지 글자를 알아보기 힘들었다. 내 힘으로는 제어가 불가능한 흐릿한 디지털 흐름이 되어버렸다.

키란이 코드를 쏘아보며 전부 읽고는 화면 가까이 다가가며 진행 상황을 외쳤다.

"바로 여기예요. 여기."

방 안이 쥐 죽은 듯 조용해졌다. 조종기 클릭 소리와 케니의 거친 숨소리만 들렸다. 케니는 디스트로이어가 USB를 다시 집어 올리게 하려고 필사적이었지만 녀석은 USB를 바닥에 이리저리 걷어차기만 했다.

"안 돼, 안 돼, 안 돼, 안 돼, 안 돼. 아직 안 끝났어."

어찌나 집중하고 있었던지 렉스가 내 옆에 다시 나타난 것도 몰랐다.

"너, 이쪽에 완전 소질 있는 거 같은데?" 우리 팀이 앞서 있는 걸 보고 렉스가 말했다. "이제부턴 내가 할게."

렉스가 휴대폰을 손에 든 지 몇 초 뒤, 미트라 팀이 다시 선두로 나섰다. 하지만 여전히 우리 팀과 엎치락뒤치락하는 것처럼 보였다.

렉스가 내 쪽으로 몸을 기댔다. 따뜻한 숨결이 목덜미에 느껴질 정도로 가까이. 찌릿한 느낌이 옆구리를 타고 흘렀다.

렉스가 자기 휴대폰을 내 앞에 내밀었다. 워크어바웃 프로그램의 화면이 열려 있고 한 줄의 글자가 보였다. 뉴욕 시의 한 주소였다.

"성공한 거야?"

"워크어바웃이 테오 형을 찾아냈어."

나는 입이 딱 벌어져서 몸을 휙 돌려 렉스를 껴안았다. 렉스의 눈은 흥분으로 들떠 있었다. 하지만 우리는 아무 말도 하지 못했다. 바로 그때 사이렌이 울렸기 때문이다.

화면들 중 하나에 파란색 데스크톱컴퓨터가 깜빡거리며 나타났다. 데스크톱에는 파일 폴더 하나만 보였다. 그리고 폴더가 열리자 한가운데에 문장 하나가 타이핑된 쪽지가 있었다.

툰데가 그 문장을 큰 소리로 읽었다.

"당신의 팀을 환영합니다."

지니어스 게임은 끝났다. 키란이 손을 들어 올렸다.

"사상 최초의 지니어스 게임 승자는… 미트라 팀입니다!"

툰데가 털썩 무릎을 꿇었고, 우리는 달려가서 헹가래를 쳤다.

키란과 이디스는 열렬히 박수를 보냈다.

마침내 바닥에 내려선 툰데가 렉스와 나를 끌어안았다.

"봤지, 얘들아." 내가 말했다. "함께라면 우리 뭐든 할 수 있어."

"맞아." 툰데가 활짝 웃었다. "하지만 우리 모험은 이제 시작일 뿐이야."

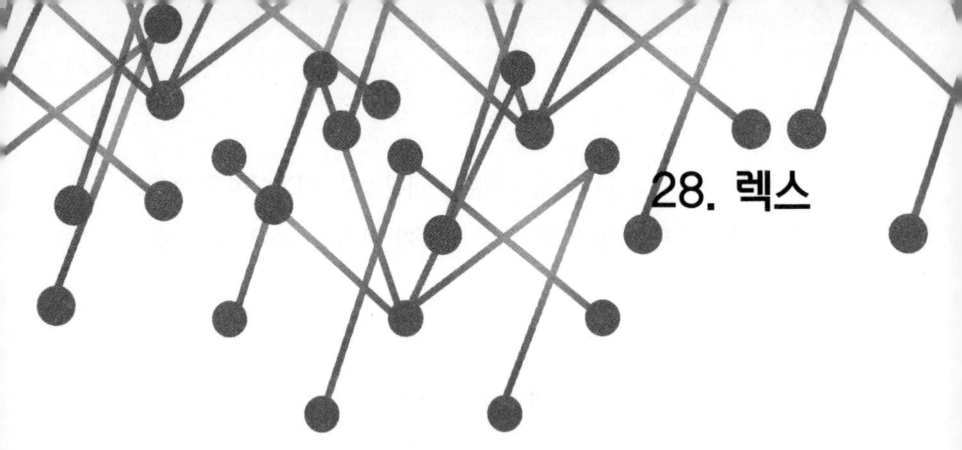

28. 렉스

지니어스 게임이 끝났다.

테오 형은 찾은 거나 다름없다.

툰데는 우승했다.

모두가 광분해서 춤을 추고 폴짝폴짝 뛰고 노래 부르고 고함을 질렀다. 음, 인드라 팀 빼고 모두가. 하지만 나는 그런 소란이 귀에 들어오지 않았다. 애들이 어깨를 부딪치는데도 아무 감각이 없었다. 그저 너무나, 너무나 먹먹했다.

워크어바웃이 진짜로 해냈어.

울프가 내 손을 잡았다. "괜찮아?"

"응. 그, 그런 것 같아."

"우리가 해냈어."

"우리가 정말로 해냈어, 그렇지?"

울프가 몸을 숙이고 내 뺨에 입을 맞췄다. "그래."

3초 뒤, 노르베르트의 색종이 폭탄이 터졌다.

유리 바닥이 깔린 고급 사무실이 순식간에 동화 같은 색종이 나라가 되었다. 색종이들이 북극의 눈보라처럼 펄펄 날렸다.

케니와 레레티는 낙심해서 한쪽 구석에 주저앉았다. 케니는 울고 있었다. 에즈라는 화를 내며 짐을 챙겼고 피오나는 황당한 표정으로 노르베르트가 고함치며 뛰어다니는 걸 바라봤다.

잠깐 동안 그 모든 풍경에 젖어 있는데, 누가 내 어깨에 손을 올리더니 꾹 눌렀다. 돌아보니 키란이 내 옆에 서 있었다.

"축하합니다." 키란이 말했다. "당신은 무시할 수 없는 존재군요."

"모든 게 당신이 원한 대로인가요?"

"훨씬 더 좋아요. 천 배쯤 더."

그때 바깥 복도에서 소란이 일었다. 잠시 후 제복을 입은 세 명의 경찰관이 문으로 들어섰고, 환희에 넘치던 파티가 삽시간에 걱정스러운 분위기로 바뀌었다.

누가 다쳤나? 무슨 일이지?

"뉴스 들었나요, 렉스?" 갑자기 키란이 물었다.

"뉴스요?"

"네." 키란이 침착하게 말했다. "러시아 연방보안국에 중대한 침입이 일어났습니다. 누군가가 해킹을 해서 수만 개에 이르는 최고 기밀 데이터 포인트를 훔쳤어요. 수많은 비밀 파일들을요. 전 세계가 난리 났어요. NSA, 인터폴, M16이 허겁지겁 해킹을 중단시키려고 나섰지만 아직 문제가 해결되지 않았어요. 실제로 사이트에 들어간 건 몇 분에 불과하지만 이미 역사상 가장 큰 사이버 누출 사건이거든요. 해커들이 훔친 자료가 나쁜 사람들한테 전달되면 전쟁이 터질 수도 있어요. 역사의 방향을 바꿀 수 있죠. 보안 전문가들은 양자컴퓨터가 사이버 범죄를 저지르는 데 사용된 첫 번째 사건이라고 생각해요."

정신이 아뜩해졌다.

"지금 농담하는 거예요?"

생각나는 말이 그것뿐이었다.

나는 키란한테서 눈을 떼지 않은 채 그가 무슨 말을 하고 있는지, 왜 지금 나한테 그 말을 하는지 이해하려고 애썼다.

"우리가 들은 말로는 터미널의 소행이라고 하더군요. 아직 확인은 되지 않았지만 나도 그럴 거라 생각해요. 해커들은 바로 이 위의 방에 있는 양자컴퓨터를 사용했어요."

"뭐라고요? 난…."

머리가 빙글빙글 돌았다.

말도 안 돼.

키란이 내 어깨 너머로 누군가에게 손짓하며 말했다.

"누군가가 양자컴퓨터에 침입했어요, 렉스."

경찰들이 나를 향해 걸어왔다. 나를 똑바로 주시하면서.

"난, 난 무슨 말인지 모르겠어요…."

나는 공포에 질려 뒤로 물러섰다.

수염이 텁수룩한 경찰이 고함을 질렀다.

"손, 머리 위로! 당장 손, 머리 위로!"

경찰이 나를 바닥에 넘어뜨리는 순간, 나는 휴대폰을 떨어트리고 방 건너편으로 찼다.

키란이 비웃었다.

"싸워볼 생각도 않는군요, 렉스."

28.1

경찰들은 내 손을 등 뒤로 돌려 수갑을 채우고 방에서 끌고 나갔다.

페인티드 울프는 충격에 빠졌다.

툰데는 이 상황이 믿기지 않는 듯 얼굴이 창백해졌다.

문이 닫히기 전 내가 마지막으로 본 건 울프가 바닥에서 내 휴대폰을 집어 드는 모습이었다. 적어도 테오 형의 주소는 안전했다.

건물 밖으로 끌려 나간 나는 경찰차 뒷좌석에 실렸다.

문이 쾅 하고 닫혔다.

그리고 차가 출발했다.

그 뒤의 3시간은 기억이 희미하다. 사건 접수 센터에 도착했고 나는 이리저리 떠밀렸다. 어깨가 욱신거리고 배가 아팠다. 경찰들은 내 지문을 채취하고 호주머니를 보푸라기까지 탈탈 털었다. 내 사진을 찍고 신체검사도 했다. 나는 유치장에 혼자 앉아 있다가 빈방으로 옮겨진 뒤 다시 다른 유치장으로 보내졌다. 방들은 추웠지만 나는 모든 것에 감각이 없어져서 추운 줄도 몰랐다. 마지막으로 경찰들은 나한테 미란다 원칙을 읽어줬다. 나는 숨길 게 없었고 열여섯 살이라 그 권리를 스스로 포기할 수 있는 나이였다.

"넌 이해관계가 있는 성인과 상의할 권리가 있어." 사건 접수 경찰관이 알려줬다.

"이해관계가 있는 성인요?"

"네 부모님, 가족, 친구. 네 안녕에 진심으로 관심 있고 조언을 해줄 수 있는 사람 말이야. 우리가 연락해줬으면 하는 사람 있어?"

"꼭 그래야 하나요?"

"아니. 하지만 네 부모님께는 연락을 할 거야."

"저기요…."

나는 말을 꺼냈지만 뭐라고 해야 할지 알 수가 없었다.

부모님을 보호해야 한다. 이건 내 문제다. 모두가 나 때문에 일어난 일이다. 만약 내가 일을 망쳐서 부모님이 강제 추방된다면….

"전 그냥 여기에 있는 사람과 얘기하고 싶어요. 제가 직접 전부 설명할게요. 부모님을 끌어들일 필요 없어요. 그분들은 몰라요. 알 필요도 없고요."

경찰관은 대답하지 않았다. 그냥 가만히 앉아 있으라고만 했다.

내가 마지막으로 간 곳은 취조실이었다. 지금까지 갔던 방들 중에서 제일 따뜻했다.

15분 정도 앉아 있는데 분홍색 정장을 입은 여자와 빨간 넥타이를 맨 통통한 남자가 들어왔다. 여자는 내 맞은편에 앉았고 통통한 남자는 뒤에 섰다. 여자가 서류가방에서 폴더를 꺼내 그 안의 내용을 잠깐 읽었다. 그러는 동안 목을 가다듬고 코를 닦았는데, 바보 같은 생각이지만 솔직히 말해 그때 나는 감기가 옮을까 봐 무엇보다 걱정이 되었다.

마침내 폴더를 닫은 여자가 말했다.

"렉스, 난 특별수사관 린델입니다. 이쪽은 특별수사관 로우고요. 우리는 FBI 소속입니다. 오늘 밤 늦게 부모님이 여기 올 겁니다. 그런데 렉스는 부모님이나 다른 성인 없이 우리와 얘기하는 쪽을 선택했다고 아는데요. 그런가요?"

"맞아요."

"당신은 부모님을 굉장히 보호하려는 것 같은데, 왜죠?"

린델이 시선을 나한테 고정했다. 눈빛이 액체헬륨처럼 차가웠다.

"이건 내 문제잖아요. 부모님의 문제가 아니라."

"부모님이 불법체류자인가요?"

나는 대답하지 않았다.

린델이 고개를 끄덕이더니 서류가방에서 디지털 녹음기를 꺼내 켠 다음 내 앞에 놓았다.

린델이 뭔가를 말하기 전에 내가 먼저 말했다.

"저는 그 일과 아무 관련이 없어요."

"그렇군요."

"착오가 있는 게 분명해요. 전 그런 짓 안 해요. 아시다시피 전 전과도 없어요. 그냥 대회에 참가했을 뿐이에요. 참가자일 뿐이라고요. 거기 있었던 누구에게든 물어보세요. 전…."

"여길 보면…" 린델이 서류를 휙휙 넘기더니 기침을 했다. "당신이 초대받지 않았다고 나와 있네요. 우리에겐 키란 비스와스 씨의 진술이 있어요. 비스와스 씨는 당신이 부정한 방법으로 대회에 참가했다고 하더군요."

그 말을 들으니 잠깐 말문이 막혔다.

"전 스스로를 초대했어요. 실수가 있었다고 생각했거든요.

주최 측이 저를 초대하는 걸 잊어버렸고 그래서… 제가 스스로를 초대했어요. 이 문제에 대해서라면 키란과 이미 얘기가 끝났어요. 키란이 말하지 않던가요? 우린 합의를 했어요."

린델이 몇 가지를 기록했다. 로우는 그냥 나를 빤히 바라보고만 있었다.

"당신은 굉장히 심각한 상황에 처해 있습니다, 렉스. 어마어마한 중범죄 혐의를 받고 있어요. 운이 좋고, 진실을 말하고, 정직하게 대답하고, 죄를 인정하면 아마 스물한 살이 될 때까지는 보호관찰 처분에 그칠 거예요. 컴퓨터도, 전화기도 사용하지 못하지만. 그게 내가 추측하는 가장 관대한 선고예요. 하지만 만약 당신이 우리와 싸운다면…."

"전 수사관님과 싸우지 않아요."

"만약 당신이 우리와 싸운다면 소년원을 생각해야 할 거예요. 그런 데 간 적 있나요?"

"아니요."

"터미널에 몸담은 지는 얼마나 됐죠?"

나는 침을 삼키고 똑바로 앉았다.

"네?"

"얼마나 오래됐죠?"

"전 터미널 소속이 아니에요. 터미널과 아무 관련이 없어요."

로우가 테이블로 의자를 끌어와서 앉았다.

"우리한테 거짓말을 할수록 상황은 더 나빠집니다."

"맹세해요. 전 터미널 소속이 아니에요."

로우가 나를 뚫어지게 쳐다봤다.

나는 눈을 깜빡이지 않았다. 시선을 피하지도 않았다.

"이것부터 보죠."

로우가 서류 더미에서 8×10인치 유광지에 인화한 사진을 꺼내 조심스럽게 내 쪽으로 밀었다. 보스턴 컬렉티브에 있는 툰데와 내 기숙사 방을 찍은 것이었다. 내가 벽에 썼던 메모와 계산들, 교란기용 프로그램의 핵심 내용들이 선명하고 무미건조한 카메라 플래시 속에 갇혀 있었다.

"이해가 안 가요."

"우리 전문가 한 명이 이걸 보더니 GPS 교란기를 만들기 위한 작업이라고 알려주더군요. 굉장히 정교하고 대규모에다 믿을 수 없을 정도로 위험하다고. 그리고 이건 당신 글씨 같네요."

"전 친구를 돕고 있었어요."

로우가 린델을 쳐다봤다. "대체 어떤 친구가 이런 게 필요하죠?"

"얘기가 복잡해요. 하지만 그 친구가 나이지리아의 부패한 장군한테 그걸 만들어달라는 요청을 받았어요. 그 장군을 찾아봐도 돼요. 그 사람이 제 친구의 가족들을 인질로 잡고 있어요…."

"물론 그렇겠죠."

내가 하는 말이 먹히지 않고 있었다. 내 안에서 좌절감이 요동쳤다.

"정말이에요. 저도 수사관님께 보여줄 수 있으면 좋겠어요…."

"시간은 많아요." 린델이 내 말을 끊었다. "양자컴퓨터에 대해 말해봐요. 양자컴퓨터에 불법 접근이 일어난 날, 보스턴 컬렉티브 연구소에 두 사람이 몰래 들어간 감시 카메라 영상을 온드스캔으로부터 제공받았어요. 굉장히 깔끔한 침입이었지만 그들은 카메라 두 대를 놓쳤더군요."

나는 속으로 움찔했지만 무표정을 유지했다.

변명을 해서 이 위기를 모면할 수 있을까?

"무슨 말인지 모르겠어요…."

"비스와스 씨가 확인을 해줬어요." 내 말은 들은 척도 안 하고 린델이 말을 이었다. "지니어스 게임이 끝난 뒤 양자컴퓨터에서 변칙 프로그램이 탐지되었다고요. 그 프로그램이 당신과 직접 연결되어 있었어요. 아직 예비 분석 단계이긴 하지만, 우리 보안팀에 따르면 양자컴퓨터에 설치된 그 프로그램이 러시아, 중국, 미국 정부의 이해에 반하는 해킹 공격을 실행하는 데 사용되었다고 합니다."

"말도 안 돼요!"

로우가 최후의 일격을 가했다. "워크어바웃이 당신과 상관있는 것 맞죠?"

"그래요. 하지만 그건 뭔가를 찾고 사람을 추적하는 프로그램일 뿐이에요."

"지금은 아니죠." 로우가 받아쳤다.

"그건 불가능해요."

"우리가 거짓말을 한다는 건가요?" 린델이 물었다.

나는 눈을 비비며 두통을 가라앉히려 애썼다. 머리가 터져나갈 듯 아팠다.

"들어보세요. 제가 그 프로그램을 썼고 양자컴퓨터에 실행시켰어요. 하지만 전 어떤 정부 사이트에도 침입하지 않았어요. 워

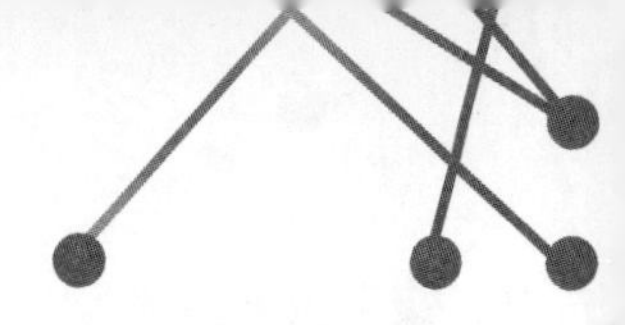

크어바웃은 그런 용도가 아니고 그런 일을 하지도 않아요. 제가 안 그랬어요. 전 그런 사람 아니에요. 맹세합니다. 이게 진실이에요."

"그럼 왜 양자컴퓨터에 그 프로그램을 올렸죠?" 로우가 물었다.

"실종된 형을 찾으려고요. 당신들이 하지 못한 일을 하기 위해서요."

이 말을 뱉고 난 뒤, 수사관들의 기분이 썩 좋지 않다는 게 느껴졌다.

"이런 프로그램을 쓰고 또 세계 최고 성능의 컴퓨터에 불법으로 올린 사람이 다른 나라 정부 사이트에 잠입하는 걸 꺼린다는 말은 믿기 어렵군요."

"맹세해요. 제가 안 그랬어요."

대화는 여기서 계속 쳇바퀴를 돌았다.

수사관들은 똑같은 말을 반복했고, 나도 매번 똑같은 대답을 했다.

이렇게 세 시간을 보낸 뒤, 나는 유치장으로 돌아갔다.

아빠와 엄마는 자정 직후에 도착했다.

엄마의 얼굴을 보니 마음이 으스러질 것 같았다.

28.2

우리는 사건 접수 센터 안쪽의 면회실에서 만났다. 플라스틱 가구가 놓인 작은 방이었다.

나는 절망적인 기분으로 테이블 앞에 앉아 손가락으로 머리를 쓸어내렸다.

아빠는 맞은편에 앉았고 엄마는 내 옆으로 의자를 끌고 왔다. 얘기를 나누는 동안 엄마가 내 손을 꼭 잡았다.

아빠는 화가 났다기보다 실망감이 더 큰 엄한 눈빛이었다.

"사실이니?" 아빠가 물었다.

"아니에요."

"어떤 정부 사이트도 해킹하지 않았다고?"

"아니라고 했잖아요. 전 그 어떤 짓도 하지 않았어요."

아빠가 의자에 몸을 기대며 한숨을 내쉬었다.

"대회는 어땠니?"

"전 속임수를 써서 참가했어요."

엄마가 내 손을 꽉 쥐어서 쳐다봤더니 또 울고 있었다.

"엄마, 정말 죄송해요. 제가 모두를 실망시켰어요. 전 그저… 여기에 꼭 와야 했어요."

"하지만 넌 우리 면전에서 거짓말을 했어, 렉스." 아빠가 말했다.

"알고 있어요. 제가 지금까지 한 가장 나쁜 짓이고 내내 괴로웠어요. 변명은 않겠지만 그럴 만한 이유가 있었어요."

"그게 뭔데?"

"테오 형 때문이었어요. 그 사람들이 양자컴퓨터에서 발견한 프로그램은, 그러니까 제가 정부 웹사이트를 해킹하는 데 사용했다고 주장하는 그 워크어바웃 프로그램은 형을 찾으려고 만든 거예요."

"그걸 왜 집에서 돌리지 않았어?"

"전 양자컴퓨터가 필요했어요. 그래서 여기에 와야 했어요."

아빠가 이해한다는 듯 고개를 끄덕였다.

"왜 우리한테 말하지 않았어? 우리가 뭔가 방법을 생각했을 텐데. 우리한테 먼저 물어봤어야지."

"죄송해요."

"이런 얘기를 전부 경찰한테 했니?"

"네. 그 사람들은 믿지 않았지만요."

"왜?"

"누군가가 제 프로그램을 건드린 것 같아요. 그 프로그램은 물건과 사람을 찾는 용도로만 설계됐어요. 워크어바웃 뒤에서 몰래 돌아간 제2의 프로그램이 있는 게 분명해요. 누가 그랬는지, 어떻게 그랬는지는 모르겠지만요."

"네 엄마와 얘기해봤다. 네겐 변호사가 필요해. 보비 삼촌이 예전에 일을 해줬던 사람이 추천해줬어. 아주 유능한 사람 같아. 기술과 관련된 법률 업무 경험이 많대."

"그리고 돈을 아주 많이 받겠죠."

"네 엄마와 내가 저축해둔 돈이 있어. 그 돈으로…."

"아빠, 안 돼요. 그건 두 분의 노후 자금이잖아요. 그걸 쓰게 하진 않을 거예요. 그리고 두 분은 여기 있으면 안 돼요. 저나 변호사나 누구와도 얘기해선 안 돼요. 사람들이 알아낼 거예요. 우리 가족에 대해… 알게 될 거예요. 만약 알게 되면 두 분을 본국으로 돌려보낼 거예요."

"렉스, 그걸 걱정하기엔 너무 늦었어."

"절대 안 늦었어요! 두 분은 가셔야 해요. 당장 가세요."

"우린 너를 두고 가지 않을 거야."

목이 꽉 막혀왔고 눈물이 뺨에 흘러내리지 않도록 눈을 깜박여야 했다. 이런 일이 벌어지고 있다는 사실이 믿기지 않았다.

왜 그렇게 어리석었을까?

여기서 어떻게 벗어나지?

우리는 잠시 동안 아무 말도 하지 않았다. 전등이 웅웅거리는 소리가 방 안을 휩쌌다.

마침내 엄마가 눈물을 닦고 내 두 손을 부여잡았다.

"그게 뭐라고 하든?" 엄마가 물었다.

"네?"

"네가 만든 프로그램이 뭐라고 했냐고. 테오를 찾았어?"

그 순간 감정의 봇물이 터져버렸다.

"네."

나는 눈물이 흘러내리도록 그냥 놔두었다.

내가 다시 한 번 "네, 형을 찾았어요." 하고 말한 순간, 우리 가족은 함께 울음을 터뜨렸다.

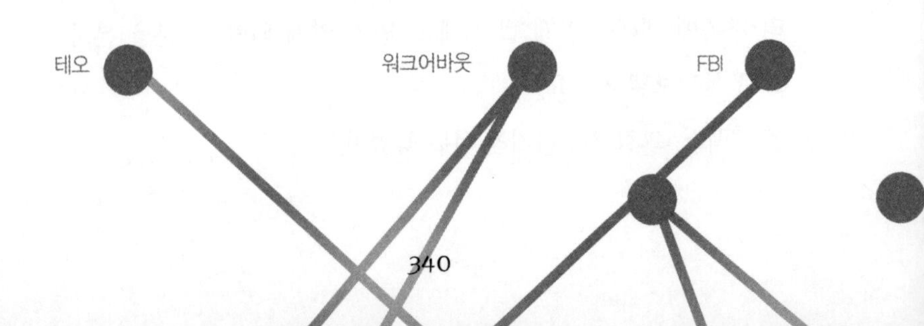

29. 툰데

지니어스 게임이 끝난 뒤, 24시간 동안 나는 완전히 기진맥진했다. 순수한 기쁨과 축하로 넘치던 분위기가 순식간에 암울한 걱정으로 바뀌어버려서 어안이 벙벙했다. 가장 친한 친구가 손에 수갑이 채워져 경찰에게 끌려 나가는 모습을 본 건 내가 목격한 최악의 일이었다.

페인티드 울프도 나와 똑같이 놀라고 공포에 휩싸였다.

하지만 나와 달리 울프는 공포에 압도되지 않았다. 울프의 정신은 스트레스를 받을 때 훨씬 더 속도를 내는 것 같았다. 울프가 이 상황을 어떻게 처리하는지 보는 건 멋진 일이었다.

렉스가 경찰차에 실려 떠나자마자 울프가 나를 옆으로 끌고 가더니 내 물건들을 챙기라고 했다.

"라고스로 돌아가는 비행기가 언제야?" 울프가 물었다.

"48시간 정도 남았어. 왜?"

"우리에겐 시간이 많이 없어. 그리고 난 네가 동의하지 않을 수도 있는 일들을 하도록 네 동의를 받아야 돼. 합법적이라고는 할 수 없는 일들이지."

"얼마나 합법적이지 않은데?"

"아주."

"렉스를 도울 수만 있다면, 알았어, 그렇게 할게."

나는 곧바로 동의했다. 렉스는 한 치의 망설임도 없이 교란기 만드는 걸 도와줬다. 렉스가 어려움에 처했을 때 내가 돕는 건 당연한 일이다.

나는 이야보 장군에게 전화를 걸어 장군님 덕분에 대회에서 우승했다고 보고했다. 그리고 곧 집으로 돌아가 교란기를 주겠다고 했다.

"고생했다, 툰데. 네 부모님도 몹시 기뻐하실 거다." 장군이 대답했다.

이후 몇 시간 동안 정신없이 바쁘게 움직였다.

계획에서 내가 맡은 부분에 너무 집중하는 바람에 나는 주위에서 더 큰 그림이 그려지고 있는 걸 보지 못했다. 거의 미친 듯이 일에 매달리며 또 하룻밤을 꼬박 새운 뒤 우리의 계획이 실행에 들어갔다.

울프와 나는 이른 아침에 학생회관 계단에서 만나기로 했다. 나는 조금도 피곤하지 않았다. 긴 밤을 새웠지만 지니어스 게임에서 우승했다는 사실에 아드레날린이 솟구쳤다.

얼마 기다리지 않아 울프가 도착했다. 유리창에 선팅을 한 까만색 미국 세단이 내 앞에 멈춰 섰을 때 나는 깜짝 놀랐다.

이 차가 왔다는 건 우리 말고 다른 누군가가 있다는 뜻인데?

조수석 문이 열렸을 때 나는 화려하게 차려입은 돈 많은 사람이 나타날 줄 알았다. 그런데 쪼글쪼글한 얼굴에 덥수룩한 백

발을 한 나이 지긋한 여자가 내렸다. 그녀는 정장 차림에 가죽 가방을 들고 오른쪽 귀에는 블루투스 이어폰을 꽂고 있었다.

그녀가 이쪽으로 걸어올 때 내가 도우려고 다가가 팔을 붙잡았는데, 약해빠진 팔이 아니라 근육질이어서 또 한 번 놀랐다.

"고마워요." 그녀가 쉰 목소리로 말했다. "매우 친절하군요, 툰데."

"저를 아세요?"

그러자 그녀의 목소리가 갑자기 달라졌다. 기운찬 목소리에 또렷하고 친근한 말투였다.

"나야."

"페인티드 울프?"

나는 어안이 벙벙했다.

"툰데." 울프가 말했다. "준비됐어?"

나는 정신을 차리고 고개를 끄덕였다.

그때 할릴이 운전석에서 내렸고 뒷문이 열리며 로사와 노르베르트가 나타났다.

"행운을 빌어." 노르베르트가 말했다. "우리 도움이 필요하면 언제든 말하고."

"고마워, 친구. 너희들 전부 다."

할릴이 나를 껴안았다.

"묵을 곳이 필요하면 말해. 우리 집은 항상 열려 있어. 그리고 언제든 그 쓰레기장에 함께 가줄게, 친구. 또 보자."

울프가 운전석에 앉고 나는 조수석에 탔다. 로사가 조수석 창으로 몸을 기울이며 말했다.

"페인티드 울프는 진짜 끝내줘, 안 그래?"

"대단하지." 내가 대답했다.

"너, 울프랑 렉스가 키스할 뻔했던 거 알아?"

하지만 울프가 시동을 거는 바람에 로사의 말은 묻혀버렸다.

나는 자리에 똑바로 앉았다. 앞으로 일어날 일에 마음의 준비가 되었고 흥분도 되었다.

"해보자!"

29.1

힘이 좋은 차였지만 울프는 조심스럽게 운전했다.

"이 차는 어디서 난 거야?"

"할릴. 여긴 걔네 동네잖아."

"너, 운전면허증은 있어?"

울프가 계기판 위의 봉투를 가리켰다. 봉투를 열어 보니 나이 든 여자 분장을 한 울프의 사진이 붙은 운전면허증과 배지, 그리고 바로 오늘 오후 뉴욕으로 떠나는 왕복 기차표 3장을 포함한 몇 가지 중요한 서류들이 들어 있었다.

"이것들은 다 뭐야?"

"렉스를 빼낼 방법들이지. 로사가 이것들을 위조했어."

"완전 진짜 같아. 솜씨가 대단한걸. 그런데 이 기차표들은 뭐야?"

"렉스의 형을 찾을 방법이야."

그 말을 들으니 라고스로 돌아갈 내 비행기가 걱정됐다. 나는 교란기를 고향으로 들고 가야 한다. 예정보다 늦어지면 큰일인데.

마치 내 얼굴에 걱정이 쓰여 있기라도 한 것처럼 울프가 내 마음을 꿰뚫어보고는 걱정 말라고 안심시켰다.

"비행기 시간에 맞춰 보내줄게. 모든 일이 잘 해결될 거야."

"어떻게 그렇게 확신해?"

"확신은 못 해. 하지만 우린 여기까지 왔잖아, 그렇지?"

나는 고개를 끄덕일 수밖에 없었다. 울프의 말이 맞다. 그래도 몹시 불안하긴 했다.

"그건 그렇고 널 위해 이걸 구입했어."

울프가 몸을 돌려 운전석 뒤쪽 공간에 손을 뻗더니 더플백을 꺼내서 내밀었다.

"너도 변장을 해야 할 거야. 더 일찍 주지 못해 미안해."

더플백을 열어 보니 깔끔하게 개어놓은 옷이 들어 있었다.

"넌 내 인턴 사원이야."

"내가 뭘 하면 될까?"

"인턴 사원들이 하는 일을 하면 돼. 쓸 만하게 보여야지."

거리를 달리는 동안 나는 뒷좌석으로 가서 양복으로 갈아입었다. 옷은 내 몸에 딱 맞았고 선바이저의 거울에 비춰보니 내가 꽤 멋지고 당당한 사람 같아 보였다. 양복 입은 내 모습을 처음 봤는데 솔직히 만족스러웠다.

시내의 청소년 사건 접수 센터에 도착하자 신경이 극도로 날카로워졌다. 그래도 겉으로는 태연한 체하며 페인티드 울프의 인턴 사원이라는 내 역할을 시작했다.

울프가 건물 앞에 차를 세웠고, 나는 울프를 따라 안으로 들어갔다. 울프가 배지를 보여주자 보안요원이 휴대용 금속탐지기로 우리 몸을 수색했다. 그런 뒤 우리를 엘리베이터로 안내했다. 보안요원은 3층으로 올라가 왼쪽, 오른쪽으로 모퉁이를 돈 뒤 왼편 마지막 방에서 특별수사관 린델을 찾으라고 알려줬다.

우리는 입을 꾹 다문 채 안내를 따랐다. 보안요원이 알려준 방에 노크를 하기 직전, 울프가 나를 보며 말했다.

"어떤 감정도 드러내지 마. 우리 계획이 성공하는 유일한 방법은 네가 이 문 뒤에 있는 사람을 모르는 척하는 거야. 알지?"

"알아."

울프가 문을 열었다. 그리고 문턱을 넘는 순간 울프는 완전히 다른 사람이 되었다. 변신!

렉스는 작은 테이블 앞에 부모님과 함께 앉아 있었다. 좌절한 듯 보였고 어찌나 낙심한 표정이던지 내 마음이 무너져 내리는 것 같았다.

렉스가 고개를 들고 나를 봤는데, 표정은 그대로였지만 눈빛이 바뀌었다.

눈빛이 곧바로 밝아졌다. 렉스가 알아차렸다! 상황을 파악했다!

당장 달려가 렉스를 빼오고 싶었지만 나는 집중력을 유지했다.

파란색 정장 차림의 엄해 보이는 여성이 자기가 린델 수사관이라고 밝혔다. 울프는 린델과 힘차게 악수를 나눴다.

"제 의뢰인이 20분 뒤 여기서 나갈 준비가 되길 바랍니다. 여기 증거가 있습니다."

울프가 할머니 목소리로 말하며 서류가방에서 로사가 위조한 몇 가지 서류를 꺼내 린델 수사관에게 내밀었다. 그런 뒤 렉스한테 가서 상태를 살폈다.

"저는 창, 칼슨, 라이더 & 번스 변호사 사무실의 마샤 오스본 창입니다. 당신의 변호사로 고용되었죠. 지금 이 순간부터 저와 의논하지 않고는 어떤 말도 하지 않길 바랍니다."

그러고는 린델 수사관을 봤다.

"제 의뢰인의 소지품을 챙겨주시겠어요? 우린 여기서 나갈 겁니다."

29.2

우리는 직원 라운지에서 렉스가 풀려나길 기다렸다.

얼마 후 린델 수사관이 찾아왔다. 린델이 울프 쪽으로 몸을 숙이고 말했다.

"우린 렉스를 그 부모의 보호 아래 석방하는 겁니다. 렉스는 감시 발찌를 차고 있고 이틀 뒤 소년법원에 소환되었습니다. 반드시 출석하도록 해주세요. 이 사건은 신속하게 진행될 겁니다. 우린 당신 의뢰인에 대한 모든 증거를 갖고 있거든요."

"무슨 말인지 모르겠네요." 울프가 차분히 대꾸했다.

"약간 조언을 해드리죠. 이 일은 터미널의 소행입니다. 렉스가 관련자들의 이름을 대고 그들의 위치와 IP 주소를 알려주고 터미널의 네트워크에 접속할 의사가 있다면 우린 거래를 할 수도 있겠죠."

"어떤 거래 말인가요?"

"특별 조치죠."

"제 사무실로 전화 주세요."

"이 제안에는 시간 제한이 있습니다. 첫 공판이 열리면 무효가 됩니다." 린델이 문 쪽으로 걸어가며 말을 이었다. "렉스한테 말해주세요. 똑바로 행동해야 한다고요. 모든 사람과 모든 걸 포기하라고요."

린델이 간 뒤 울프가 나를 보며 윙크를 했다.

"네가 지금 무슨 짓을 하고 있는지 알지?"

"어느 정도는." 울프가 대답했다. "중국에서 두 번 해본 일이야. 여긴 절차가 약간 다르지만 조사해보니 대충 다 맞는 것 같아."

그러더니 어깨를 으쓱하며 미소를 지었다. 역시 울프였다.

초조한 15분이 흘러간 뒤 렉스가 나타났다. 부모님과 함께 터덜터덜 걸어 나온 렉스는 추적 발찌를 차고 있었다.

주차장에서 렉스 아빠가 울프의 손을 잡고 격렬히 흔들었다.

"누가 변호사님을 고용했는지 모르지만 감사드립니다. 저희가 가진 게 얼마 없긴 하지만 부디…."

"저는 한 푼도 받을 생각 없습니다. 무료예요. 저를 믿으세요. 아드님은 아주 안전합니다."

"어떻게 그럴 수가 있겠어요?" 렉스의 엄마가 기쁘지만 당황한 표정으로 물었다.

"지니어스 게임을 하는 동안 렉스와 친구가 된 다른 참가자의 가족이 너그러이 비용을 부담하셨습니다. 우리 모두는 이 혐

의들이 조작됐다는 걸 알고 있고, 제가 반드시 모든 공소가 철회되도록 하겠습니다. 자, 우린 시간이 많이 없습니다. 두 분은 시내에 묵고 계신가요?"

렉스 아빠가 고개를 저었다.

"아직 묵을 곳을 정하지 못했어요."

"걱정 마세요. 두 분은 렉스의 친구 집에 머무시면 됩니다. 할릴 타우픽의 전화번호를 알려드릴게요. 그 애 부모님의 집이 바로 가까이에 있습니다. 두 분을 기다리고 있을 겁니다. 저는 렉스와 심층 면담을 해야 합니다. 아마 밤새도록 해야 할 것 같군요. 아드님은 내일 아침에 돌려보내겠습니다. 괜찮을까요?"

렉스의 부모님은 차례로 렉스를 껴안은 뒤 렌터카를 타고 떠났다. 나는 우리 차에 도착해서야 가까스로 깊은 숨을 내쉬었다.

두 블록쯤 벗어나자 렉스가 괴성을 내질렀다.

"너희들 미쳤구나!"

우리는 다 같이 배꼽이 빠지게 웃기 시작했다.

렉스가 몸을 돌려 나와 주먹 인사를 했다.

"너도 멋지게 해냈어, 툰데. 뭐라고 말해야 할지도 모르겠어. 믿기지가 않아. 지금 우리가 얼마나 큰 사고를 쳤는지 알아? 내 말은 진짜 대박이라는 뜻이야! 이제 어떡하지?"

"넌 이틀 뒤 법정에 서야 돼." 울프가 말했다. "하지만 그전에 우린 테오를 찾으러 뉴욕에 갈 거야. 우리가 이 차에 타고 있는 모습이 이미 수많은 CCTV 카메라에 찍혔을 거야. 이 차는 역에 버리고 대중교통을 이용해야 해. 기차가 30분 뒤에 떠나. 툰데는 비행기를 타러 내일 아침에 돌려보낼 거야."

“난 이 도시를 떠나면 안 돼.” 렉스가 말했다. “혹시 잊었을까 봐 말하는데 난 사상 최대의 사이버 범죄로 조사받고 있어.”

그러고는 오른 다리를 들어 발목에 찬 발찌를 보여줬다.

“그걸 해킹할 수 없다고 말하는 거야?” 울프가 물었다.

“음, 그래도….”

“말해봐.” 울프가 말을 막았다. “네가 그 문서들을 훔쳤어?”

“당연히 아니지!”

“그럼 그건 네가 걱정할 문제가 아니야. 누군가가 너를 함정에 빠트렸어. FBI는 네 얘기를 믿지 않아. 우린 네 결백을 증명하고 이 문제를 해결하기 위해 몇 가지 법을 위반할 거야. 우리 중 누구도 가족들이 연루되길 원치 않아. 상황을 바로잡으려면 우리가 직접 나서야 하고 그 과정에서 방법을 찾아야 해. 운이 좋으면 툰데가 떠나기 전에 테오와 연락이 닿을 거야. 지금 정말 무서운 상황이란 거 알아. 하지만 너희들은 나를 믿어야 해. 우리가 해낼 수 있다는 걸 믿어야 해.”

나는 렉스의 어깨를 톡톡 두드렸다.

“오케이, 친구. 우린 함께라면 뭐든 할 수 있어.”

무거운 침묵이 이어지다가 렉스가 울프를 보며 말했다.

“그건 그렇고 너, 눈이 진짜 예쁘다.”

30. 카이

나는 기차역 화장실에서 옷을 갈아입었다.

나이 든 여자가 화장실에 들어갔다가 완전히 다른 차림의 젊은 여자가 되어 걸어 나오는 모습을 본다면 분명 웃길 것이다. 나는 가방에 보형물들을 전부 쑤셔 넣은 뒤 그것들을 나한테 준 보스턴 컬렉티브 영화과 기술팀에게 마음속으로 감사를 보냈다.

기차에 오를 때까지는 별 문제가 없었다.

우리 좌석을 찾아가자마자 나는 자리에 앉아 몇 주 만에 처음으로 긴장을 풀려고 노력했다. 하지만 울렁거리는 속은 쉽게 가라앉지 않았다. 수없이 많은 비디오카메라에 내 모습이 찍혔다. 예전에는 내 변장이 항상 잘 먹혔지만 이번 상대는 무려 FBI다… 게다가 워크어바웃에 접근한 사람들이 우리를 찾겠다고 마음먹으면 당장이라도 찾아낼 수 있을 것이다.

그 생각을 하자 오싹해졌다.

다행히 기차가 역을 무사히 빠져나갔다. 이제부터는 당면한 문제들, 앞으로 몇 시간 동안 일어날 일에 집중해야 한다.

"너한테 한 번 더 고맙다는 말을 하고 싶어." 렉스가 말했다.

"당연한 일을 한 거야. 너도 날 위해 똑같이 했을 거야."

"맞아. 그래도 넌 엄청난 위험을 무릅썼어."

오늘 아침의 사건들을 돌아보면서 나는 내가 다른 무엇보다 충동에 따라 행동했다는 걸 깨달았다. 예전에는 새로운 녹화 테이프를 확보하고 새로운 증거를 포착하려는 욕구가 항상 내 원동력이었는데, 렉스를 구할 때는 순수하게 감정에 따라 행동했다. 그저 렉스를 빼내야 한다는 생각뿐이었다. 렉스가 갇혀 있다고 생각하니, 렉스를 다시 보지 못한다고 생각하니 견딜 수가 없었다. 선택의 여지가 없었다. 나는 렉스를 위해 모든 위험을 무릅썼다. 단지 해야 할 올바른 일이기 때문만은 아니었다. 내가 원했기 때문이다.

이게 무슨 의미일까?

기차가 보스턴을 벗어나 50킬로미터쯤 달렸을 때, 휴대폰이 울렸다. 우리의 흔적을 남기지 않고 인터넷에 접속하기 위해 아침에 구한 블랙베리 폰이었다. 이 휴대폰의 전화번호를 아는 사람은 아무도 없었다. 심지어 나도 몰랐다.

"말도 안 돼." 내가 외쳤다.

걸려온 건 음성 전화가 아니라 영상 채팅이었다.

"이 번호를 아는 사람이 아무도 없는데."

"받아봐." 렉스가 말했다. "카메라는 가리고."

나는 카메라 렌즈에 엄지손가락을 올린 뒤 전화를 받았다. 그런데 화면에 뜬 얼굴을 보고 경악했다. 키란이었다.

"맙소사." 렉스가 속삭였다.

"안녕하세요, 여러분." 키란이 마치 우리 모습이 보이는 듯 똑바로 앞을 보며 말했다. "오늘 아침의 활약은 멋졌습니다. 진짜 기발했어요. 재미있게 봤습니다. 렉스와 얘기할 수 있을까요?"

렉스가 망설이다가 대답했다. "네."

"내 아파트에서 당신이 내가 만난 최고의 컴퓨터 프로그래머 중 한 명이라고 말했었죠. 그건 거짓말입니다. 당신은 최고들 중 한 명이 아니라 그냥 최고거든요. 또 당신이 더 위로 도약하지 못하는 건 도발이 없기 때문이라는 말도 했죠. 그 말은 사실입니다. 이틀 전에는 세상이 시바에 대해 준비가 되지 않았어요. 지금은 준비가 됐습니다. 감사합니다. 진심이에요. 터미널의 유례없는 사이버 공격은 내가 찾던 기폭제가 되었습니다. 티핑 포인트요."

"저는 그 일과 아무 관련이 없어요. 전 터미널 소속이 아닙니다."

"당연하죠." 키란이 웃었다. "그게 포인트예요."

렉스가 눈을 부릅뜨고 나를 쳐다봤다. 감정이 북받쳐 얼굴이 일그러졌다.

"키란이 뭐라고 하는 거야?" 툰데가 속삭였다.

나는 혼란에 빠져 고개를 가로저었다.

렉스가 내 블랙베리 폰을 낚아채서 키란이 자기 얼굴을 볼 수 있도록 들었다.

"나를 함정에 빠트린 사람이 당신인가요?"

키란이 히죽히죽 웃었다.

"당신은 얼마나 절실히 승리를 원하나요, 렉스?"

"이건 더 이상 게임이 아니에요, 키란."

"아니, 당신이 틀린 게 그 부분이에요. 내가 이미 말했잖아요, 렉스. 당신에게 필요한 건 도발뿐이라고. 그러니 이번 일을 당신이 받은 가장 큰 도발이라고 생각하세요. 당신에게 주는 내 선물입니다. 당신이 달아나고 있다고 당국에 알렸어요. 바로 다음 역에서 경찰이 당신이 탄 기차를 멈춰 세울 겁니다. 헬기도 이미 띄워놓았다고 하더군요. 당신의 다음 행동을 기대할게요. 아, 워크어바웃도 감사합니다. 분명 쓸모가 있을 거예요."

그리고 전화가 끊겼다. 영상이 사라졌다.

우리가 놀라서 할 말을 잃은 채 앉아 있는 동안 기차가 속도를 늦추기 시작했다. 머리 위로 안내방송이 울려 퍼졌다.

"신사 숙녀 여러분. 알아차리셨겠지만 우리 기차는 지금 다음 역에서 예정에 없던 정차를 하기 위해 속도를 줄이고 있습니다. 불편을 끼친 데 대해 미리 사과드리며 기차가 다시 출발하면 지체된 시간을 보충하겠다고 약속드립니다. 감사합니다."

기차가 서서히 역으로 들어서는 동안 우리는 창밖을 살폈다. 플랫폼에 경찰들이 진을 치고 있었다.

렉스가 뭔가를 찾는 듯 눈을 가늘게 뜨고 기차 내부를 휘둘러봤다.

"카메라는 누군가의 눈이고… 마이크는 누군가의 귀다…."

"무슨 말이야?" 내가 당황해서 물었다.

렉스가 나를 봤다. "준비됐어?"

"무슨 준비?"

"응." 툰데가 떨리는 목소리로 대답했다. "근데 무슨 준비?"

렉스가 일어나서 손을 뻗어 내 손을 잡았다.

"뛰어!"

FBI 지국 - 사건번호 관련 기록

LODGE.COM에 올라온 영상의 녹취록

시간 : 01 : 40 : 21

제목 : '귀향'

00 : 00 : 10

영상 시작 : 누군지 알 수 없는 사람이 별 특징 없는 아파트 건물을 향해 거리를 걸어가는 휴대폰 영상.(화면의 프레임이 인물에 딱 맞춰져 있지만 뉴욕 시 브루클린으로 분석됨.) 건물 번호나 도로 표지판이 보이지 않음. 휴대폰 카메라 조작자가 건물을 향해 다가가서 버저를 누름. 버저가 두 번 울리자 문이 열리고 휴대폰 카메라 조작자가 건물 안으로 들어감. 계단을 올라가 왼쪽 첫 번째 집에서 멈춤. 그(영상 속 인물은 젊은 남성으로 분석되며 10대일 가능성이 있음)가 문을 두드림. 위치 분석에 따르면 이 아파트에는 테오 우에르타(18~19세, 캘리포니아 실종 사건 파일 CA53716B)가 살고 있는 것으로 확인됨. 문이 열림. 영상이 멈추기 직전 "우리가 형을 찾아낼 줄 알았어…"라는 말이 들림.

01 : 40 : 31

기록 종료.

참조 : 린델 특별수사관, 뉴욕 주

(다음 편에 계속…)